卡爾維諾自傳

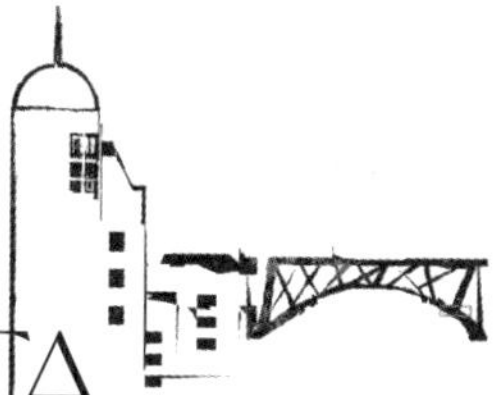

EREMITA A PARIGI

巴黎隱士

Pagine autobiografiche

Italo Calvino

伊塔羅・卡爾維諾

倪安宇 譯

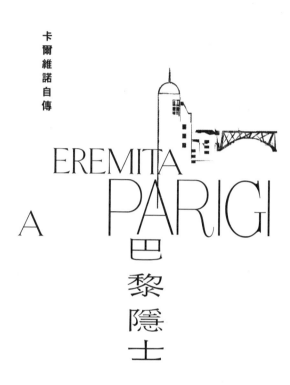

導讀

他的頭腦已成了傳奇

南方朔

一九八五年九月十九日，上午十時，當代最傑出作家之一的卡爾維諾，因為腦溢血而逝世，享年僅六十二歲。

卡爾維諾的逝世，使他成為近代文學的一則傳奇。而他的傳奇裡最主要的乃是那些總是不斷創造驚奇的腦細胞。將卡爾維諾的作品引進美國，並成為摯友的美國作家維達爾（Gore Vidal），後來在追念文章裡如此寫道：

> 第一次腦內出血後，曾進行了一次長達好幾個小時的手術，他從昏迷中醒來。……當時，那位腦神經外科醫師對他的病情十分樂觀。他告訴新聞界，從未看過一個人的腦內構造像卡爾維諾那麼纖細複雜。……他說他也是卡爾維諾的讀者，還曾經為了他的書和子女們辯論。這一顆使他覺得撲朔迷離的頭腦，就為了它的稀罕，他也必須讓它繼續活下來。

卡爾維諾的頭腦是近代文學最大的傳奇，這或許正是他的文學生涯彷彿高峰連綿，永遠看不見盡頭的原因。他的文學風格很少在一個地方停駐，每次都帶給人們不可思議的驚喜。他的文學跨越了寫實和奇幻的傳統邊界，將小說拉高到了語言哲學、記號學和人類學的層次。而晚年的《看不見的城市》，以及他在世時所出版的最後一本獨白小說《帕洛瑪先生》，更將文學提到與形上學並駕齊驅的高度。卡爾維諾的不可思議，乃是他幾乎開創出延續至今的全部新敘述形式和話題。他的想像奔馳在大到宇宙生成，小到波浪及砂粒的觀察之間。他的〈煙霧〉是文學探討環境的最先驅作品；他以文學探討記憶、慾望和感覺，也都是先河實驗。當然更不能忘了他在諸如《如果在冬夜，一個旅人》，以及短篇作品〈基督山伯爵〉等裡對後設小說所作的開創了。

卡爾維諾的腦細胞纖細複雜，不可揣度。他是近代文學最大的研究發展部，不斷在為文學的知覺範圍、文體的類型，甚至語言文字本身，進行著新邊界的探索。而六十二歲即告逝世，無疑的是太早了一些，如果他繼續活著，不知道他還會創造出多少的驚奇。但也正因他一直看著未來，因而疏忽了過去，當他猝逝，後來的人遂看不到一本差堪安慰的傳記。我們只能在他的作品裡想像，而不能藉著傳記和他接近。

其實，卡爾維諾並非全無傳記，多年以來，我就始終將《帕洛瑪先生》視為他的心靈傳記。這本獨白式的小說，帕洛瑪是卡爾維諾自己。它敘述他觀察事物的方法，觀察後的聯想，最後則將這兩者連結並拉高到理念的層次。心靈的獨白和自我詰問，他留下了許多讓人得以理解他的軌跡。但心靈傳記終究不是傳記。

然而，這個缺憾卻在卡爾維諾逝世之後逐漸補齊。他逝世之後，他那位高雅多才、嬌小、滿頭紅髮的妻子埃斯特（Chichita Calvino）不斷整理遺著，不但將尚未集輯的殘篇先後出版，更將具有自傳、傳記、訪談性質的文章彙整。於是，遂有了《聖喬凡尼之路》和《巴黎隱士》這兩本具有傳記性質的專書。前者是卡爾維諾的早年回憶，而《巴黎隱士》則是他大半生的成長痕跡。儘管這些仍然不是自傳或傳記，但它畢竟已填補了那一片空白。由他的作品，以及這些有傳記意涵的生命紀錄，我們已經可以更加靠近卡爾維諾了。

《巴黎隱士》由十九篇或長或短的文章輯成，題材有日記、回憶短文、訪談、短評等。儘管體例不統一，但毫無疑問的，乃是其中都充斥著卡爾維諾生命歷程的內容。由卡爾維諾的妻子所寫的前言，我們可以知道其中有十二篇早在卡爾維諾生前就已存放在自己列為「自傳」的檔案裡。對於這些留存的資料，他計劃怎麼處理，我們並無法知悉。他可能根據這些重寫一本自傳，也可能只是增補剪輯。但這樣的工作在卡爾維諾逝世後已永不可能，我們只好自己跳進這些生命痕跡的海洋裡與他共泳，並以他的作品來和這些資料參照，重編出我們自己心目中的他的自傳。

《巴黎隱士》由三個主要階段的文章組成。第一個階段包括了他青少年時在墨索里尼的法西斯治下，經過參與地下抗德，加入義共，以迄後來退出的紀錄與省思。第二階段則是一九五九至六〇年間他首次訪問美國時所寫的信札式日記。第三階段則是後來他多次被訪問的紀錄。這三個階段的紀錄對理解他的生平及文學都有極重要的參考價值。他早年參與政治的那些經驗和反省，顯示出他不受拘束以及非政治化的天性。他後來在《帕洛瑪先生》裡有這樣的一段話，很可以拿來參證：

在一個每個人都搶著發表意見和要做出判斷的時代與國度，帕洛瑪先生養成了一種習慣，每逢想要提出甚麼主張時，就先咬舌頭三次。當他咬過舌頭後仍覺得對自己的主張能夠信服，他才說出來。……能夠提出正確的見解，並不是甚麼特別了不起的事。就統計上的意義而言，當各種瘋狂、混亂和庸俗的觀念襲上心來，不可避免的也會伴隨著某些精采、甚至還是天才的想法。但他會有這種情形，這種情況也同樣發生在別人身上。

一個對政治事務會有這種看法的人，其實已是對政治最有洞見的人，而有了洞見，也就必然走到了政治的上方，而不可能繼續在政治中淌流蕩漾。卡爾維諾的這種態度不但顯示在作品和評論裡，也同樣顯示在許多次的訪談中。他是那種眾生平等，端視萬事萬物，並能出入自得的人。也正因這樣的廓然心境，他遂能很細緻的去觀察和解讀，並賦予事物各種多角度的意義。他在一九五九至六〇年間第一次到美國，行程上的所見所思，儘管信手拈來，但吉光片羽，多見犀利的鋒芒，卡爾維諾的確是那麼的不同，所以始能在當代作家群裡那麼的頭角崢嶸。卡爾維諾的文學創作固然是一家之言，但他的各種文論與評論也都斐然可觀。他早年的《文學之用論文集》，以及逝後結集的《給下一輪太平盛世的備忘錄》都是例證。

不過，卡爾維諾是文學家，一切的討論最後終究要落實到他的作品和創作世界中。在《巴黎隱士》裡，他在一九七八年接受義大利中生代傑出作家朱迪契的訪問；一九八五年接受義大利文論家瑪麗亞·寇爾提的訪問，這兩篇訪談錄都是一流的問話，一流的答覆。尤其是他答覆朱迪契的那篇最有文學上的參考價值。朱迪契（Daniele Del Giudice）今年五十歲，他小了卡爾維諾整整兩個世代，已被認為是卡爾維諾的文學繼承者，因而他的訪問最能掌握住卡爾維諾文學作品的核心。其中有一段答覆很可以作為理解卡爾維諾的基本參考點：

……而追求和諧的欲望來自對內心掙扎的認知。不過偶然事件的和諧幻象是自欺欺人，所以要到其他層面尋找。就這樣我走向了宇宙。但這個宇宙是不存在的，縱使就科學角度而言。那只是無關個人意識，超越所有人類本位主義排他性，期望達到非擬人觀點的一個境域。在這升空的過程中，我既無驚惶失措的快感，也未曾冥思。反倒興起一股對宇宙萬物的使命感。我們是以亞原子或前銀河系為比例的星系中的一環：我深信不移的是，承先啟後是我們行動和思想的責任。我希望由那些片段的組合，亦即我的作品，感受到的是這個。

對於卡爾維諾的文學，在《看不見的城市》（時報）的中譯本導讀裡，我曾對它的分期和時代背景等因素作過扼要的論列。對於這一部分，在此不擬重複。不過，所有的分期都是一種為了記憶的方便而作的權宜設計，而在分期裡，真實的卡爾維諾仍是那一個不變的實體，只是可能換上不同的衣服。

也正是如此，儘管卡爾維諾的文學，從他《蛛巢小徑》裡那個在蜘蛛洞口張望的小孤兒開始，雖然歷經寓言、法國新小說、波赫士的魔幻隱喻，一直到「後現代」與「後結構」，它只有很少的時候有點玩興過濃，但絕大多數的時間裡，他那種表面輕盈的文學裡，所承載的其實是另外一種更大的重量。他後期的文學早已與渲染式的敘述訣別，而成為一種文學低限主義表現型態下的自我詰問與辯難。那是一種「獨我主義」（Solipsism）式的重新開始，他要透過這樣的質問，藉著否定和揚棄而尋找《帕洛瑪先生》裡不斷出現的那個「合一」（The One）。他從早期開始，就有好多故事到最後都讓主角去面對大海或草地。他們的背後是一片被解構掉的荒蕪，而前面則是未可知的憧憬。這是一種強烈的對比和矛盾，而人在兩者之間，很有一種天地悠悠，謂我何求的孤絕況味。

卡爾維諾的文學有好多個不同層次的閱讀，它的敘述方法彷彿萬花筒般的瑰麗。它觀察事物或意義，都會將它正讀與反讀並施，解開它的歸屬位置，而後重新放在一個與它相對立或相反的關係裡，讓虛假因此而被拋出，使意義從此而成為一種等待。卡爾維諾畢生的文學事業，即是在於不斷的拋出，世界因而變得更加空曠，但空曠的虛，卻又是好大的沉重。每當展讀卡爾維諾的作品，在嚐盡它智巧、鋒利、通達、豁然的況味後，我最後總是會在恍惚的嘆息中掩卷，油然而生古今混同的蒼茫之感，並覺得自己似乎也變成了那個靜觀萬物的巴黎隱士卡爾維諾。

卡爾維諾的著作裡，我最喜歡的是那本仍未被譯成中文的《帕洛瑪先生》，一方面因為那是他的心靈獨白與冥思，也是他活著時所出版的最後一本著作。在他贈書給至交時題曰：「這是我對自然的最後思考。」這本薄薄的小書，封面是對比的兩個人，一個是伽利略，另一人則是隔著屏風而沉睡或者在冥想的女士。封面的這種對比似乎很有暗指的意義，科學家根據觀察而測度世界，而小說家則用想像來描述及捕捉真實。他把自己提到與伽利略等高的地位。而卡爾維諾也以他自己來證明了這種可能性。

因此，讓我們來喜歡卡爾維諾！

前言

此書中我收錄了卡爾維諾已經發表、散見各處的十二篇文章，未發表的一篇——〈美國日記〉，還有一篇在義大利未發表過，瑞士盧卡諾區限量出版的〈巴黎隱士〉。

一九八五年八月，距出發去哈佛大學一個月，卡爾維諾既累又煩。他想在去美國前結束手邊準備中的六篇演講稿，未能如願。修改、調整、「剪貼」，然後一切，或幾乎一切如舊。進度是零。

我當時想，可能的解決辦法是說服他轉移注意力，把精神集中到他眾多計畫中的一個。對我的問題：「你為什麼不乾脆丟開演講去把《聖喬凡尼之路》寫完呢？」他說：「因為那是我的自傳，而我的傳記還沒有……」話沒說完。他是要說「還沒結束？」抑或想的是「那還不是我完整的自傳」？

多年後我找到一份稿子，標題是「自傳作品」，包括已做好出版說明的一系列文章。所以說，是有另外一個，與《聖喬凡尼之路》書中所勾勒完全不同的自傳計畫。不能說不可能，但很難猜出卡爾維諾想以什麼方式呈現這些按時間先後排列的文章。毫無疑問談的是他生命中最重要的部分，企圖闡明他的選擇：政治、文學、存在，讓大家知道是怎麼回事，為什麼，以及何時。何時格外重要：在

〈青年政治家回憶錄〉的作者註中，卡爾維諾寫道：「關於我所表達的信念（第二篇），如同這本合集的任何一篇文章，只是我對事物當時——僅止當時——看法的見證。」

卡爾維諾為此書所準備的材料只到一九八〇年十二月。按作者意願，其中三篇以時間為序刊出兩個版本。我加入了最後五篇，因為是自傳作品，我覺得本書會因此而更加完備。

將這些文章擺在一起我發現其中幾篇缺少那種自傳作品應有的直接性。當然不純粹是為了這個原因我才想到要把〈美國日記一九五九——一九六〇〉收進來。是因為那次旅行在他一生中的重要性，卡爾維諾於不同場合都曾提到或寫過。儘管如此，他仍然決定不出版在這次旅行所完成的《一個樂天派在美國》，當時已在二校。對此臨陣反悔，在他一九八五年一月二十四日寫給盧卡．巴拉內利（Luca Baranelli）的信中有所解釋：「……我決定不出版該書，因為重看之下，我覺得就文學作品而言太過小品，就新聞報導而言缺乏新意。我做對了嗎？天知道！當時倘若出版，這本書畢竟是針對那個時代，我的某一段心路歷程的一個紀錄……。」

反之，〈美國日記〉是他定期寫給埃伊瑙迪（Einaudi）出版社朋友丹尼耶雷．彭克羅利（Daniele Ponchiroli）的信，收信人也可以是出版社所有工作人員，甚至像卡爾維諾寫的，任何一個想知道他的美國印象及經驗的人。

就自傳資料——而非文學嘗試——我認為是必要的；像自畫像，最發自內心也最直接。

所以，這本書的價值可以是：將讀者與作者之間關係拉得更近，透過這些文章深入這層關係。卡爾維諾認為「重要的是我們之為我們，深化我們與世界、與他人的關係，這個關係可以是關係之所以存在的愛加上轉換的意志力之總和。」

埃斯特・卡爾維諾

我要感謝盧卡・巴拉內利極其珍貴的多方協助，還有他同樣可貴的友誼。

埃斯特・卡爾維諾

異鄉人在都靈*

以都靈為第二故鄉的——文學界——我想並不多見。我認識的以米蘭為第二故鄉的很多——我敢保證，幾乎所有米蘭的文人都是！以羅馬為第二故鄉的人數不斷在上升；以佛羅倫斯為第二故鄉的人，比以前少，但是還有；都靈呢，則相反，說起來其實應該生於斯，或在最後匯流入波河的涓流自然推動下，由皮埃蒙特省各個山谷湧進都靈來。對我而言，都靈卻不折不扣是選擇的結果。我的出生地，里古利亞省，其文學傳統只是碎片或灰燼，所以每一個人都可以——多幸運啊！——揭示或創造一個屬於他自己的傳統；我的土地不是什麼盛名遠播的文學首府，所以里古利亞文人——小鳥幾隻，說真的——也只好是候鳥了。

都靈吸引我的，是與我的鄉親及我所偏好相去不遠的某些精神：不編織無謂的浪漫情懷，對自己的工作全心投入，天性害羞的不信任，積極參與廣闊世界、遊走其中但不故步自封的堅定，嘲諷的人生觀，清澄和理性的智慧。所以說都靈吸引我的是它的精神文明，而非文學。這就是那個城市三十年前由另一位「後天」的都靈人，原籍撒丁島人的葛蘭西（Antonio Gramsci）認出、激發出，由土生土長的都靈人葛貝提（Piero Gobetti）記錄下來，直到今天仍振奮人心的魅力。戰後初期革命工人即組成領導階級的那個都靈，反法西斯知識分子堅不妥協的那個都靈。那樣的都靈還在嗎？在今日義大利現實中還聽得到它的聲音嗎？我相信它的潛力蟄伏有如灰燼下的餘火，雖然不顯但繼續燃燒。我的文學都靈跟某個人是分不開的，我有幸曾與他如此親近，他卻太早離我而去：如今關於他的文章很多，但往往愈描愈看不清。光憑他的作品確不足以勾勒出他完整的輪廓，因為重要的是他表現在工作上的風範，看一位文人的修養加上詩人的敏銳如何轉化為生產力，或是供他人開發的有價物值，使理念組織化及流通化，轉化為結合所有科技及現代文化文明的實踐與教學。

我說的是契撒雷．帕維瑟（Cesare Pavese）[1]。對於我，還有其他認識他與他熟識的人而言，都靈教給我們的與帕維瑟教給我們的大同小異。他的影子填滿了我的都靈生活；我寫的每一頁他都是第一位讀者；是他帶我進入那直到今天使都靈仍保有國際間文化重鎮地位的出版業[2]；也是他，在街道、丘陵散步中教我觀看他的城市，品嘗那細緻之美。

照理說應該要改變一下話題，談談一個像我這樣的異鄉人如何融入這片景致，我過得好不好，岩岸的魚和叢林中的鳥如何遷徙到這個拱門之城，呼吸著霧氣和阿爾卑斯山麓的凜冽寒風。可是那得長篇大論。還應該試著找出那將這些方整道路組成的幾何體與我家鄉那些灰泥牆組成的幾何體連接起來的神祕、頑皮動機。還有，都靈大自然與文明之間的特殊關係：像街道上樹葉的新綠，波河上的粼光一閃，丘陵親切的相望。只要對著那未被遺忘的山水重新打開心扉，重新讓人與遼闊的自然世界面對面，重新賦予——簡而言之——生之滋味。

＊《靠岸》（*L'Approdo*）季刊，II，1，一九五三年一月—三月。

1　契撒雷・帕維瑟（Cesare pavese，1908-1950），作家。義大利一九三〇年代文化過渡到大戰後新民主文化階段文人投入政治、社會的代表人物。終其一生都在對自己及與他人的關係的分析中掙扎。一九五〇年自殺。埃伊瑙迪出版社中堅分子。（譯者註）

2　即埃伊瑙迪出版社。一九三三年成立，創辦人朱利歐・埃伊瑙迪（Giulio Einaudi，1912-1999）。出版社的合作對象皆為當時文化界左派新血如雷歐內・金茲伯格（Leone Ginzburg，1909-1944）、馬西莫・米拉（Massimo Mila，1910-1988）、契撒雷・帕維瑟，很快便將出版重心放在文學、哲學及歷史研究方面。大戰後埃伊瑙迪出版社成為義大利各類文化的實驗中心，在當時文化界扮演極為重要的角色。（譯者註）

作家與城市*

如果我們接受作家會受寫作環境、周遭事物影響的說法，那麼我們得承認都靈是從事寫作的最佳城市。我不知道待在一個當代影像過於強勢、霸道、不留一點空間和安寧的城市中要如何寫作。在都靈能夠寫作是因為過去與未來比現代更清晰，過去的頑強與對未來的期待使審慎、有秩序的今日之貌實際且具意義。都靈是一個要求紀律，連貫，有風格的城市。要求邏輯，然後藉由邏輯向瘋狂招手。

*都靈印象，未發表，一九六〇年。

一九五六年訪答錄

伊塔羅·卡爾維諾回答《咖啡館》雜誌訪問*

◉ 個人資料

我是一九二三年十月十五日在桑地雅哥·得·拉斯維卡斯，哈瓦那[1]附近的一個小村鎮出生的。我父親，里古利亞省聖雷莫（Liguria Sanremo）人，農學家，在那裡主持一個農業實驗中心，至於我母親，撒丁島人，植物學家，是他的助手。很遺憾，我對古巴不復記憶，因為一九二五年我已經回到義大利聖雷莫了，我父親跟我母親回國一起主持一個園藝實驗中心。關於我的遠洋誕生，保存下來的不過是一個很難書寫的出生地名，一些家庭回憶，和一個靈感來自海外移民對自己家園守護神的虔誠，但在祖國聽起來卻太過響亮有卡度奇（Giosue Carducci）[2]味道的教名。一直到二十歲我都與雙親同住在聖雷莫，生活在一個滿植熱帶奇花異草的花園裡，和我父親那不知疲倦的老獵人一起徜徉在內地樹林中。等到了念大學的年齡，基於家庭傳統而非志趣，我選擇了農學系，但我已對文學充滿嚮往。同時德軍佔領了義大利中、北部，一股古老情操促使我與加里波底軍並肩在少年時我父親即教我認識的樹林中作戰。光復後我改念文學，還是都靈，稍嫌匆忙，於一九四七年畢業，論文研究的是康拉德。我進入文學圈是一九四五年底左右的事，進到維多里尼（Elio Vittorini）[3]主持，登了我早期一個短篇的《綜合科技》雜誌。當時我真正的第一個短篇已由帕維瑟看過，推薦給穆謝塔（Carlo Muscetta）的《阿瑞杜莎》雜誌刊登。我作家性格的形成，要感謝帕維瑟，在他生命最後幾年，我與他朝夕相處頗受薰陶。一九四五年起我定居都靈，圍繞著埃伊瑙迪出版社打轉，先為他們兜售分期付款書，然後在編輯室工作直到今天。這十年間我只寫了我想寫的一小部分，只出版了我寫完的一小部分，付梓的共有四冊。

最讚賞您的批評家是哪一位？最不以為然的呢？

從一開始，大家對我的書都太過獎了，不論是知名人士（很高興能在這裡提到得．羅伯提斯〔Giuseppe De Robertis〕，他亦步亦趨跟著我從第一本書到現在，以及為《分成兩半的子爵》撰文的艾密利歐．契科〔Emilio Cecchi〕，和波〔Carlo Bo〕、波契利〔Arnaldo Bocelli〕、龐帕龍尼〔Geno Pampaloni〕、法奎〔Enrico Falqui〕，還有我的第一位書評，已故的卡裕密〔Arrigo Cajumi〕，或與我同一代的年輕人。少數持負面意見的批評家反倒更吸引我，更教我期待：但是一個嚴謹深入、讓我有所受益的負面批評，我還沒看到。《蛛巢小徑》出版時有一篇恩佐．加奇諾（Enzo Giachino）的文章，對該書大加抨擊，說得一無是處，教人汗顏，極盡嘲諷之能事，或許是所有關於我作品的評論文章中最美的其中一篇，偶爾重讀還看得津津有味的文章之一，但要說有用，連它對我亦無任何助益：它只觸及我作品的表面問題，我獨力亦能超越。

您可以簡短說明您的美學標準嗎？

我對文學的大致看法，部分已在去年二月的一場會議上解釋過了（〈獅心〉），不久前發表在一本雜誌上。現階段我不打算多加補充。不過要說明的是我並不敢奢言能實現我所宣揚的那一套。寫我所能寫的，伺機而動。

哪些環境、人物和情境會吸引您從中汲取題材？

我還不完全清楚，或許這是我常換領域的原因。但幾乎所有我比較成功的作品都離不開里古利亞海岸，所以說多跟童年及青少年世界有關。就忠於個人題材這個角度來看，離開童年和世代棲居的那片土地，教我頓失一向不虞匱乏的滋養，但由另一個角度來看，當你身在其中時又說不出所以然來。都靈，基於許多深層理由是我的第二故鄉，長久以來我試著要寫它老寫不好。或許我得走開，才寫得出來。至於不同社會階層中，我很難說自己鍾情於其中一個。之前我描寫游擊隊，覺得得心應手：關於游擊隊我懂得不少，藉此我還探知了許多其他道路，包括社會邊緣面。勞工，我很感興趣，但還不知道如何下筆。感興趣是一回事，使其躍然紙上是另一回事。不是洩自己的氣，我可以學，遲早的問題。至於我所屬的階層，算是資產階級，我並不覺得怎麼親，因為我的家庭一向不曲意逢迎，視潮流及傳統為無物；說實在的，資產階級作為論戰議題也引不起我多大興趣。我之所以大發議論是為了回答問題，可不是有什麼教我寢食難安的困惑。我喜歡說的故事都是人類追求完整的故事，然後透過實質及精神上的同時考驗，超越加諸在現代人身上的異化與分裂。我想我作品中值得探討的是創作與精神上統一性的問題。

您最欣賞的義大利當代作家是哪位？年輕作家中較引起您注意的有誰？

我認為帕維瑟是我們這個時代最重要、複雜、豐富的義大利作家。任何問題一經提出，都不可能不溯及這位文人。一開始維多里尼的論述對我亦有重要影響。我說一開始是因為今天我們看到的是一個半途而廢的論述，有待延續。之後，著魔於語言新實驗的階段過後，我偏愛的是莫拉維亞（Alberto Moravia），他是義大利唯一一個就某個角度來說我願稱之為「風俗」派作家：定期交出的作品中有我們這個時代時光流轉間對道德所下的不同定義，與風俗、社會變動、大眾思想指標息息相關。因為對斯當達爾的傾心，我對托比諾（Mario Tobino）頗有好感，但他自恃鄉下人而且是托斯卡納省的鄉下人這一點，我不能諒解。我與卡爾洛．雷維（Carlo Levi）的知心及對他有所偏愛首在於他的反浪漫，還有，他的非虛構敘事文學，我認為是社會、問題文學中最嚴肅的作品，雖然我並不同意他認為這類作品應取代小說的看法，我覺得小說要為其他東西服務。

我們來看年輕作家。一九一五年出生的少數幾位作家中，卡索拉（Carlo Cassola）和巴薩尼（Giorgio Bassani）探討的是義大利資產階級的良心掙扎，他們的短篇是今天可讀性最高的小說；不過我對卡索拉處理人際關係的連鎖反應，巴薩尼矯揉造作的朦朧主義手法有意見。更年輕一輩的，開始研究冷硬派小說，生動、鄙俗，走在最前頭的是雷亞（Domenico Rea）。現在還有帕索里尼（Pier Paolo Pasolini），於同輩中屬於最早出頭的那一批。寫詩寫小說，他寫了一本書，但我對其「創作觀」持諸多保留，不過再三咀嚼後愈覺耐人尋味的小說，是成功之作。

您最欣賞的外國當代小說家是哪一位？

大約一年前我曾寫到海明威在我創作生涯初期的意義。當海明威不再能夠滿足我時，我不能說有另一位當代作家取代了他的位子。這五、六年來我也在啃我的湯瑪斯・曼（Paul Thomas Mann），愈讀愈著迷於其內涵之豐富。不過，我一直在想，今天該用另一種方式寫作。我與過去的作家之間的關係更自由，我讓自己一頭栽進去毫無保留；我十八、十九世紀的老師及朋友不計其數，跟他們的友誼是天長地久的。

您的書在國外反應如何？

現在還言之過早。《分成兩半的子爵》現在要在法國出版，接下來是德國。英國春天要出《蛛巢小徑》，半年後會出版《最後來的是烏鴉》。

您在準備哪一部作品？

我不說沒有定數的事。

您認為文人應該參與政治嗎？如何參與？您的政治傾向為何？

我認為人人都應該參與政治。文人亦然。我認為公民及道德意識對人理當有所影響，遲早對作家也會有影響。長路迢迢，沒有他途。我認為作家應該保持一個開放、不可能拒政治於門外的論述空間。我在共產黨近十二年，始終忠於這些原則，我許多朋友因為共產意識與作家意識水火不容的矛盾而備受煎熬，他們以為必須二選一，這在我身上從未發生。凡讓我們放棄我們自己一部分的必是負面的。我參與政治和文學的方式依能力而異，但兩者其實是以人為中心的同一話題，我皆感興趣。

＊《咖啡館》，IV，I，一月，一九五六年，在「新文學」專欄中推介卡爾維諾，刊登他一則短篇作品（〈與母牛同遊〉，後收入《馬可瓦多》）。文前有他接受強巴提斯塔·魏卡利（Giambattista Vicari，1909-1978）的訪問。

同文，稍作修訂，收入專書《專訪畫像》，艾里歐·菲利浦·阿克羅卡（Elio Filippo Accrocca，1923-1996）編，書社，威尼斯，一九六〇年。（作者按）

1 古巴首都。（譯者註）

2 卡度奇（Giosue Carducci，1835-1907），詩人，文學批評家。保皇派，被尊為皇家詩人。強調文人的市民責任，貶抑後浪漫主義的情感訴求。義大利首位諾貝爾文學獎得主。（譯者註）

◉專訪畫像

我是科學家之子：我父親是農學家，我母親是植物學家，兩人都在大學執教。在我們家唯有從事科學研究才算光彩，我一個舅舅是化學家，大學教授，娶了一位女化學家（其實我有兩個化學家舅舅，娶了兩個化學家舅媽）；我弟弟是地質學家，大學教授。我是家中敗類，唯一一個從事文學工作的。我父親是里古利亞人，家族在聖雷莫歷史悠久；我母親是撒丁島人。我父親在墨西哥待過二十多年，是一所農業實驗中心的負責人，之後又去了古巴；在古巴我母親是他的助理，他們因交換研究論文而認識，在一次義大利短程旅行途中結婚；我是一九二三年十月十五日在哈瓦那附近一個叫桑地雅哥·得·拉斯維卡斯的小村鎮出生的。很遺憾，我對古巴不復記憶，因為兩歲不到我已經回到義大利聖雷莫了，我父親跟我母親回國一起主持一個園藝實驗中心。關於我的遠洋誕生保存下來的不過是一個很複雜的出生地名（在篇幅有限的個人資料中我都用那個更真實的代替：聖雷莫），一些家庭回憶，以及我母親預見我將在異國成長，為了不讓我忘記故土所取的一個在義大利聽起來很像國家主義好戰分子的教名。一直到二十歲我都與雙親同住在聖雷莫，生活在一個滿植奇花異草的花園裡，和我父親那不知疲倦的老獵人一起徜徉在里古利亞阿爾卑斯山區的樹林中。高中畢業後曾嘗試繼承家裡的科學傳統，但其實我心裡嚮往的是文學，結果中途輟學。同時德軍佔領了義大利中、北部，由於青少年期所受的薰陶，我自然而然加入加里波底軍與游擊隊並肩作戰。游擊戰就在少年時我父親帶我認識的樹林中進行，在那片景色中我對自己有了進一步的認同，和對人類的痛苦世界有了初步發現。

因為那次經驗，幾個月後，那是一九四五年秋天，我第一批短篇小說誕生。第一篇寄給了當時在羅馬的朋友帕維瑟，他覺得不錯，交給穆謝塔的《阿瑞杜莎》雜誌發表。那一期的《阿瑞杜莎》出刊甚晚，拖到隔年。期間維多里尼看了我另一個短篇，登在一九四五年十二月的《綜合科技》雜誌。

我改念文學系，還是都靈，因為特別照顧由戰場回來的士兵，我直接插班三年級。我在一九四六年的一年中考完所有四年該考的試，有些科目分數還不錯。一九四七年以研究康拉德全部作品為論文畢業。我大學念得太匆忙，後悔莫及，可是當時我心另有所屬：我積極投入政治，對此並不後悔；新聞工作，為《統一報》就各式題材寫稿；還有文學創作，那幾年我寫了為數驚人的短篇，一個長篇（二十天寫完，那是一九四六年十二月），書名是《蛛巢小徑》，就這樣築起那個創作天地，之後起起落落我不曾遠離。一九四五年起，主要是一九四六年帕維瑟回到都靈後，我開始圍著埃伊瑙迪出版社打轉，最早是去兜售分期付款書，一九四七年成為編輯，一直到今天。不過從我與《綜合科技》雜誌合作以來，米蘭和維多里尼對我亦頻頻召喚。我跟羅馬的關係是爭辯加上吸引力，那裡有卡洛．李維

（Carlo Levi），和其他批評家如莫拉維亞（Alberto Moravia）、艾莎・莫蘭黛、娜塔莉亞・金茲柏格[1]。

我在歐洲的幾個鐵幕國家旅行過，不過這些旅行不值一提。

工作方面需要潛心研究、做文獻整理的是《義大利童話》（一九五六年）；花了兩年時間，我樂在其中；但後來未再繼續研究工作，我最關心的還是當一個作家，這已經夠我忙的了。

---

1 艾莎・莫蘭黛（Elsa Morante，1912-1985），作家。以象徵—幻想手法描寫與現實格格不入的焦慮。娜塔莉亞・金茲柏格（Natalia Ginzburg，1916-1991），作家。多以家庭情感、回憶及日常生活為寫作題材。埃伊瑙迪出版社中堅分子。其夫雷翁內・金茲柏格於一九四四年死於納粹監獄。（譯者註）

美國日記*一九五九——一九六〇

船上，五九．十一．三

親愛的丹尼耶雷[1]，親愛的朋友們：

無趣，是我對這次橫渡大西洋的印象。我幹嘛不搭飛機呢？可以在大手筆交易和強權政治世界的律動中到達美國。而今我抵達時已經被沉疴的美國單調、垂垂老矣和衰竭的生命力壓得喘不過氣來。好在經過令人絕望無聊的四晚後，我只需在輪船上打發最後一晚。搭船橫渡大西洋那屬於「美麗新時代」的情趣再也激不起任何想像火花。你在蒙地卡羅或聖培雷葛林諾還能重溫往日時光的些許回憶，在這裡找不到，因為這艘大西洋渡輪是新玩意，是今日為誇耀而造的過時物，船上盡是陳腐、老邁、醜陋的人。將此無趣視為歷史上的一個反常，清楚知道這以外的世界運轉自如而你被隔離開來的那種感覺，是它唯一尚能吸引人之處。大西洋渡輪的單調無趣，與雷卡納提鎮堪與《三姐妹》一書媲美的無趣不分軒輊。

社會主義萬歲。

飛行萬歲。

---

* 未發表。卡爾維諾在寄給埃伊瑙迪出版社信中敘述他的美國之旅。

1 丹尼耶雷（Daniele Ponchiroli，1924-1979），當時埃伊瑙迪出版社的總編輯。

我的旅伴（年輕作家）

他們一共三個人。因為德國人鈞特・葛拉斯（Günther Grass）沒有通過體檢，莫名其妙的法律規定入境美國必須有健康的肺，他只好放棄。

還有第四個，因為自費帶妻子和小兒子同行，坐的是經濟艙（三等艙），所以我們只見過他一次。他是阿弗烈・湯姆林生（Alfred Charles Tomlinson），英國詩人，典型的英國學院派。三十二歲，看上去活像五十二歲。

另外三個是：

克勞德・奧利埃（Claude Ollier），法國人，三十七歲，新小說派，直到現在只寫過一本書[1]，他本想利用這趟旅行好好讀一讀普魯斯特，可是大西洋渡輪上的圖書館沒有比克朗寧（Archibald Joseph Cronin）[2]之類更深奧的書。

費南度・阿拉巴爾（Fernando Arrabal），西班牙人，二十七歲，小個子，娃娃臉，落腮鬍加瀏海，定居法國多年。他寫了幾齣沒有人想搬上舞台的劇本以及一本由Julliard出版社出的小說。生活拮据。一個西班牙作家也不認識，沒有一個他喜歡，因為他們要他加入社會主義寫實路線，寫討伐佛朗哥的東西，他拒絕了，他根本不知道佛朗哥是誰，可是在西班牙你要不反對佛朗哥就別想出書，也休想贏得任何文學獎，因為操縱全局的是戈伊蒂索洛（Juan Goytisolo Gay），他非要大家都走社會寫實路線不可，也就是海明威加上多斯．帕索斯[3]，而他從來沒讀過海明威和帕索斯的作品，也沒讀過戈伊蒂索洛，因為社會寫實主義的東西他看不下去，除了尤涅斯柯（Eugène Ionesco）及龐德外他喜歡的不多。他侵略性很強，愛開玩笑到令人心煩和傷心的地步，而且不厭其煩地追問我怎麼會對政治有興趣，還有如何與女人周旋。他的論戰課題有兩個：政治與性。他跟那些他自詡為代言人的叛逆小子根本就無法理解為什麼大家會對政治及性感興趣。他只喜歡電影（尤其是寬銀幕電影、彩色電影及黑社會電影），還有電動迷你撞球檯。從神學院出來（在西班牙時就讀耶穌教會學校）至今沒有過性經驗，恐怕跟妻子也不曾越界（他結婚三年了），而且始終沒動過念頭，跟對政治的態度一樣。他說現在新冒出頭的小鬼比他還要敬政治而遠之。他一句英語都不會說，用法文寫作。

雨果．克勞斯（Hugo Claus），比利時佛蘭芒人，三十二歲，十九歲開始出書從此產量驚人，是使用佛蘭芒——荷蘭語最有名的新生代作家、劇作家及詩人。很多作品照他自己的說法沒有任何價值，包括那本被美國和法國翻譯出版的小說，不過他可一點也不笨，也不討人厭，金髮大個子，有一位美艷動人為雜誌做紙上演員的妻子（啟航前她來跟他告別時我認出來的），而且是這三個人當中唯一讀了不少書、言談讓人信服的。蘇聯第一枚人造衛星發射後四個小時他已經就此事做好一首詩，立即就登在比利時某報的頭版。

我的新地址，應該只要我人在紐約，也就是說一直到一月五號左右的地址是：

Grosvenor Hotel, 35 Fifth Avenue, New York.

1 克勞德·奧利埃著有《*Le mise en scène*》，Minuit出版社，巴黎，一九五八年。

2 克朗寧（Archibald Joseph Cronin，1896-1981），英國作家。其小說靈感多來自他的行醫經驗。（譯者註）

3 多斯·帕索斯（John Roderigo Dos Passos，1896-1970），美國作家。作品公開聲討社會不公及剝削，以新聞、電影手法進行創作。（譯者註）

初抵紐約

一九五九・十一・九

抵達

旅程的無趣因為抵達紐約的激動大大得到了補償。地球上所能看到最壯觀的景象。摩天大樓陰鬱地矗立在微明的天空中，看起來像荒置了三千年的醜惡的紐約廢墟。然後你慢慢分辨出那顏色與之前你所以為的不同，還有繁複至極的設計造型。一片沉寂荒蕪，然後開始看到汽車奔馳。陰沉、巨大的世紀末建築讓紐約，像奧利埃說的，有德國城市的味道。

雷特尼奇

一心想省錢，IIE（為原籍杜布羅尼克——拉哥沙[1]的一個家族所擁有）藝術部門負責人馬提歐・雷特尼奇不讓我叫小弟搬行李。他幫我們找的范・倫斯勒（Van Rensselaer）旅館骯髒、破爛、臭氣沖天、搖搖欲墜。他要是建議某家餐廳一定是那一區最糟的。他對幾個代表團隨行的蘇聯翻譯一副憂心忡忡、驚惶失措的樣子，我真懷念在莫斯科陪伴我們青年勞工和雇農代表團那位出身貴族後裔官員的坦蕩。被社會主義國家的殷勤寵壞了以後，面對資本主義國家處理福特基金會上億金額侷促的害羞，頗不自在。不過這裡沒有團體行動，少數儀式草草結束後就可以單獨行動，愛做什麼就做什麼，我就不用看到馬提歐了。他其實是一位沒被搬上過舞台的前衛喜劇作家。

旅館

第二天我開始在格林威治村打轉找旅館，結果所有的旅館都一樣：老舊、骯髒、臭烘烘的，磨得見底的地毯，不過沒有哪一間有像我在范．倫斯勒的房間那樣，在面對陽光永遠照不到的狹長中庭的窗戶前面有一條銹跡斑斑、髒兮兮的小鐵梯，教人痛不欲生的視野。我搬去的格羅夫納（Grosvenor）在格林威治村屬於典雅的旅館，老舊但乾淨；我擁有一間美麗至極、完全亨利．詹姆斯風格的房間（距華盛頓廣場一步之遙，多維持古色古香之貌），一天七塊美金，得保證住兩個月且預付一個月的租金。

紐約還不是美國

我在所有關於紐約的書上讀到的這句話，大家每天會覆誦十遍給你聽，而且千真萬確。但又何妨？這是紐約，既不完全美國也不完全歐洲，讓你感受到的是無窮的充沛活力，你立刻覺得掌握自如，好像在這裡已經活了一輩子似的。有些時候在非商業區，你尤其能感受到辦公大樓和成衣工廠的大眾生活猛然迎頭撲下，彷彿要把你壓扁。不用說，一個剛在這裡落腳的人，才不想離開呢。

格林威治村

或許我留在格林威治村做錯了。這裡一點也不紐約，儘管它位居紐約市中心。這裡太像巴黎了，不過究其所以，你會發現其實這個相似並非出自本願，是之後努力讓自己相信那份真心誠意的。村內有三種不同的社會階級：正統中產階級，尤其是住在少不了也聳立在這裡的新大廈的那些人；面對藝術家大批湧入（一〇年代開始的，因為這裡消費較低）採取排斥態度並常常互毆的在美國土生土長的義大利人（發生在春天的爭執加上警方逮捕了不少人，對星期天來自其他住宅區的紐約觀光人潮頗有影響），其實他們正是靠波希米亞人和這種狂放不羈的氣氛得以維持他們的商店經營；如今被大家通稱為「垮掉的一代」的波希米亞人，有男有女，比起巴黎的同行更邋遢孤僻。另外，這一區的景觀受到房地產炒作的威脅，不能免俗地也蓋起摩天大樓了。我在第六街街角收集拯救格林威治村簽名的一個行動派小女生的請願書上也簽下了我的名字。格林威治村的人對這個社區的向心力很強。我們還有兩份專屬的報紙：《格林威治村報》和《格林威治村之聲》。

世界真小

獵戶座（Orion）出版社就在對面，米斯卡[2]住在過去的那個街廓，一轉過街角就是格羅夫（Grove）出版社，從窗戶望出去我看到的是麥克米倫（MacMillan）大樓。

汽車

到達此地後，讓你覺得最好玩的，是看到美國的汽車全部都碩大無比，沒有大小之分，有時候它們大到讓人覺得好笑，那些在我們看來是遊覽車的，是正常尺寸，就連計程車也有長得驚人的車尾。朋友中唯一一個開小汽車的紐約客是巴尼·羅塞特（Barney Rosset），始終堅持不隨波逐流，他有一輛那種被作成玩具的火柴盒小汽車，紅色的伊賽達（Isetta）。

我立即躍躍欲試想租一輛巨無霸大車，即便不開，只為了支配全城的心理需求。不過如果把車停在馬路邊得在七點時下樓去改停到馬路的另一邊，因為禁止停車的車道換邊了。車庫所費不貲。

夜間紐約最美的一景

洛克斐勒中心廣場有一處溜冰場，少男少女就在夜晚的紐約市中心，在百老匯和第五街之間溜冰。

唐人街

來自貧窮國家百姓自成天地的社區挺令人沮喪的，義大利區尤其詭異。不過唐人街不同，雖然唐人街也有各式觀光剝削，但洋溢著富足的勤奮文明，和在紐約其他「獨樹一格」的社區所見不到的歡欣氣氛。波波餐廳的中國菜頂呱呱。

我的第一份《紐約時報書評周刊》

儘管我早已讀過也聽說過，但是去報攤上看見一捆得出力才夾得住，僅僅二十五分錢的報紙交到自己肘臂下時，還是讓你一陣暈眩。在各類專刊和增刊中我找到了我們習慣視為一份獨立雜誌的《書評周刊》，它不過是周末所附贈的眾多增刊之一。

獎助金同僚

在紐約我們再度遇到那位坐經濟艙的英國詩人，他打算立即啟程，因為他不適應紐約寧願待在鄉間；還有來自以色列的梅哲德，政治兼宗教學者、評論家，也是沒被翻譯成任何一種歐洲語言的一本小說的作者，很嚴肅的一個人，有點孤芳自賞，不是很討人喜歡：我不是很了解他，我想也不會再看到他了，因為他也要去待在一個小小的大學城裡。遞補鈞特・葛拉斯的（可憐的他不知道自己有肺結核，為申請簽證做體檢時才發現，現住在療養院中）不是德國人而是另一個法國人，那個在Fiston出書的羅貝爾．品哲（他剛寫完另一本小說）。

記者招待會

IIE為我們六個人舉行了一場記者招待會。在發給與會者的個人資料上我最顯眼的一點是我是由蓋塔妮公主所推薦，而且她對我讚譽有加。這場記者招待會跟那些民眾參與的民主制度一樣不專業且生硬，同一批人，天真爛漫的女孩，同樣的白痴問題。阿拉巴爾不懂英語，回答時聲細如絲，弄得大家意興闌珊。你們想跟哪些美國作家碰面？他說：艾森豪，但他說得極慢，做翻譯的雷特尼奇嚇壞了，不願意重複。奧利埃直截了當承認（關於我們是悲觀主義或樂觀主義者的問題）他傾向於唯物主義的世界觀。我說我相信歷史，反對只要順民的意識形態和宗教。聽到這些話之後，IIE的主席從主席台站起來，離開會場再也沒有回來。

酒鬼

短時間之內我就可以變成酒鬼。如果我從早上十一點就開始一直喝到晚上兩點的話。在紐約待上這幾天，得格外注意節省自己的精力。

我的書有沒有陳列在書店裡、櫥窗或架上？沒有，不見影子，在書店沒看到半本。

藍燈書屋（Random House）

問題出在總編輯希蘭．海登（Hiram Haydn）爭取到《樹上的男爵》後離開藍燈另創了Atheneum，而藍燈的創辦人兼老闆克勒弗（Klopfer）先生不相信我的書有市場，跟我說了一番契拉提[3]跟歐提耶洛．歐提葉利（Ottiero Otteri）說的話。每家書店都收到四、五本我的書，無論賣出去與否，都不能退書，出版商還能幹什麼？美國人不喜歡幻想文學，有書評讚揚自然再好不過（在星期六書評專欄就有一篇很棒的書評），書商看了就知道自己該怎麼做。我好不容易逼他允諾送契拉提去跟書商談，不過我沒什麼信心。無論如何，星期四我會跟他吃中飯。後來我才從一些小姐（我對她們始終很滿意；就編輯部門而言藍燈是最嚴謹的出版社之一）處得知，藍燈發行部剛剛才引進IBM電腦，發書時出了紕漏：有兩台電腦故障，結果內布拉斯加州的小書店接到了十來本《樹上的男爵》，而第五街的重要書店一本都沒有。不過最主要的原因是我這本書的廣告預算只有五百美金，等於沒有：想推出一本書你要是不花上五十萬美金，就等於什麼都沒做。事實是當一本書是暢銷書時，這些大型商業出版社絕不會出錯，但若要推出的是有幸才獲青睞的作品時他們就無所謂了。現在他們有三本暢銷書：福克納的新書，潘・華倫的新書，還有一個職業作家[4]，書名是《夏威夷》，他們就賣這幾本。

獵戶座出版社

就兩個小房間。這個格林菲爾德是個有錢的好男孩，不過不曉得他們想做什麼。反正，由於出的書少，就商業角度來說他們挺花心思的，跟做公關一樣，《義大利童話》之所以四處可見主要也是因為它被歸類為童書，雖然他們並未刻意操作類別。星期天在《紐約時報書評周刊》上有一篇評論，對此書義大利文版極為推許，並無私地對翻譯大加批評。

霍許女士

我覺得她是一位很能幹的女士，了不起的老太太，和藹而且熱情。她不願意把《分成兩半的子爵》交給如今又想要它的藍燈，我也同意把書交給較小、在文學界富聲望的出版社。結果是她打算將書交給 Atheneum，準備近期推出，這將是出版界一大盛事，因為攜手合作的是三大名編：一是原來主掌藍燈的海登，另一個是哈潑的麥可・貝西埃（Michael Bessie），第三個則是柯納普夫（Knopf）的兒子。我惹了一個說大不大說小不小的麻煩，因為我已經答應把書交給緊追不捨的格羅夫出版社，格羅夫的書倒是四處可見，而且是前衛圈子裡行情最俏的。格羅夫早先跟霍許有口頭之約，而她如今決定給海登，我也相信 Atheneum 的地位將會舉足輕重。

十一・十

羅塞特

在格羅夫出版社的巴尼・羅塞特（Barney Rosset）家裡舉辦的雞尾酒會是截至目前為止調劑我生活的各式酒會中最有趣、賓客最多彩多姿的一次。我們在法蘭克福對羅塞特下的評語在這裡得到肯定，品味卓然的前衛主義者但缺乏歷史及道德中心理念。得在格林威治村看羅塞特（還有他的合作伙伴狄克・席佛〔Dick Seaver〕，法蘭克福那次他也在，與他的法國妻子住在曼哈頓一間小棚屋裡，不過室內是屬於知識分子的典雅）對他才會有進一步認識，以格林威治村知識分子永恆（無結論）的反動精神對抗更為不朽的美國隨波逐流精神。

垮掉的一代（La Beat Generation）

在羅塞特的酒會上有艾倫．金斯堡（Allen Ginsberg），一把噁心的大鬍子，雙排釦西裝下套一件白色T恤，球鞋。跟他一起出現的全是滿臉鬍子更為髒亂的「垮掉的一代」。他們幾乎全部從舊金山遷到紐約了，包括今天晚上沒來的凱魯亞克（Jack Kerouac）。

阿拉巴歷險記

「垮掉的一代」那批人理所當然隨即跟阿拉巴爾稱兄道弟起來，因為他也留鬍子（巴黎式的落腮鬍，「垮掉的一代」則是未經修葺的大鬍子）。他們邀他去家裡聽詠詩。艾倫．金斯堡跟另一個大鬍子像夫妻一樣住在一起，他們想要阿拉巴加入他們的鬍子雜交。阿拉巴回到旅館時，因為他們企圖勾引他大驚失色且駭異不已。這位到美國來想要聳人聽聞的叛逆小子被他與美國前衛的第一次接觸嚇得手足無措，毫無準備下露出了直到幾年前還在神學院念書的那膽怯西班牙男孩的一面。

他說「垮掉的一代」但家裡其實很乾淨，漂亮的家中有冰箱和電視，過的是祥和的中產階級生活，只有出門時才換上髒衣服。

百老匯首演

克勞斯去看了一齣查耶夫斯基（Paddy Chayefski）新喜劇的首演。他說表演結束後他到所有演員和劇場界人士吃晚飯的沙第（Sardi's）去晚餐。大家都緊張兮兮地等著出報，因為表演落幕後一個小時，一點左右，有劇評的《紐約時報》和《前鋒論壇報》就出報了。（當場寫的，不是針對彩排。）報紙到了，其中一名演員在一片寂靜中朗讀劇評。一聽到劇評家對演出給予好評，大家便鼓掌、擁抱、開香檳，這齣戲將可以在舞台上待兩年；萬一評價不佳，幾天以後海報就會被換掉。劇院經理、經紀人蜂擁而至，戲劇版權被賣到全世界，所有人衝向電話，在短短一小時內，這齣戲幾年內的命運都被定了下來，一眨眼是上百萬的生意。

猶太人

百分之七十五的出版業在猶太人手上。劇院有百分之九十是猶太人的。紐約最大的工業也就是成衣業，除了猶太人以外誰也進不去。至於銀行則完全封鎖猶太人，大學也一樣。為數稀少的猶太籍醫生被視為最優秀的醫生，因為猶太人進大學拿到醫學院文憑所必須通過的考試的高難度，非得是菁英不可。

女人

很迷人的少之又少。多是小資產階級。轉啊，轉啊，都靈。

十一．十一

義大利人探險記

一個義大利人為了融入這個大都會，一個酒會接著一個酒會，跟陌生人到更陌生的人家裡去消磨夜晚。最後跟一個十分幽默、慧黠的女演員去到一位美麗非凡的電視女歌星家，周圍都是些銅臭味很重的劇場界人士、劇院經理等等。遇見一位做空中少爺，一個星期中一半待在羅馬一半待在紐約的義大利年輕人。當他正準備送那位女演員回家時，空中少爺提議何不以四個人結束該晚。說服女演員找來了一個挺可愛，當電影演員的女孩。女孩沒多久就放鬆戒心，兩個義大利人已經得意地搓著手彷彿一切都在掌握中，只須達成協議看誰跟誰一對了。可是到了女演員家話題落在文化、政治、改革。顯見是搞不出什麼名堂了。這兩個女孩一點也不笨，雖然好萊塢的那個看起來不過是一般小明星。後來發現她們兩個都是蘇俄籍猶太裔。最後兩個義大利人走了，而那個好萊塢女孩則留宿在她女朋友家，這才恍然大悟她們是同性戀。清晨五點，兩個義大利人走在紐約下著毛毛雨的寂寞街上。

現況

我是如此急於要發現某樣新的、可勾勒出冷戰結束後美國輪廓的東西，但找不到任何線索。好像除了提出新政的那些人外沒有其他團體出現，就氣氛來看——雖然大家都認為氣氛顯著好轉——在領導階級內不像有更替的跡象。富裕景象不變，情勢的緩和有助於維持現況。

貪污

最近這段時間的話題都集中在美國的貪污問題，據說，報社、機關主管貪污和搞錢的風氣從未如此猖獗過。報紙的熱門消息，范．德倫電視醜聞，說明了扯謊乃家常便飯。某些圈子（如劇場界）為范．德倫辯護說他不過是現代通病的代罪羔羊罷了。

第三性

比羅馬還要普及。尤其是在格林威治村。不知情的觀光客隨意進到一家小店吃早餐，愕然發現在那裡的所有人，顧客、服務生、廚師，毫無疑問的全是那種人。

世界真小

一個歐洲人因為交上了第一個美國女友滿心歡喜。不會有比這個更好、更歡愉、熱情、沒有心眼的女孩了。不過他最滿意的是她如此的美國，跟歐洲沒有任何瓜葛。只在許多年前在歐洲待了幾個星期。幾天幸福美滿的日子過去，發現她在歐洲時曾是他朋友X的女朋友，而X的前任女友Z也曾經是他的女友。

米斯卡

我只見到他一次，因為他家裡有小孩感冒，約在外面吃午餐。不過接下來我們會常碰面。他是談及美國能發智慧之語而且給予珍貴指引的人。伊莉莎白我則是在路上遇到的，她沒再寫作了，說要等朱利歐[5]先寫。現在我們得研究研究怎麼組織工作。

賈桂琳

頂尖人物。我昨晚跟她在一起，不過跟她相處有點困難，因為她極端的神經質帶給人一種不安（我看出閒談中她漸漸放鬆）而且也沒什麼幫助，我挖不出任何出版業（她的敏銳既不屬於文學也不屬於出版業）或社會方面（像她這樣悲觀、孤僻的人，活在自己的象牙塔裡）的東西。這是美國的另一面，負面且教人心痛。縱然如此，她仍是不可少的線索，正因為她是我到目前為止遇到的美國女士中唯一沒辦法迅速建立起自然親切關係的人。

藍燈如何運作

編輯部門。每一位主編（不論年長或年輕）以私人身分與作者保持聯繫。作家如福克納，有他固定處理所有編輯事務的主編。（與行政人員無關，行政人員要應付的是作家的經紀人和出版社的法律部門。）主編就書與作者進行討論，他讓作者改書改到他滿意為止是稀鬆平常的事。當作者是新人，基本上主編是那個爭取出書的人；如果是出版社的老作家，那麼主編是跟作家長年往來、知道如何伺候服貼的人。主編還是那個要注意在第一章主角是黑髮，第十章不要變成金髮的人，他們這麼告訴我，其實這些小事是在主編手下工作的編輯要做的，捧著草稿一讀再讀找出需要更正之處。不是校對，校對屬於印刷廠，與出版社無關。（藍燈沒有自己的印刷廠。）負責處理出書、工作天數等等的，海登在的時候稱之為總編，而今厄斯金（Albrecht Erskine）稱之為執行編輯。（厄斯金也是福克納的主編。）

美編部門。負責封面、裝訂、插圖。

生產部門。技術單位。

宣傳部門。（別跟廣告部門，也就是花錢做廣告的單位相混淆；藍燈沒有這個部門，因為它跟一家廣告公司簽了約，根據出版社為每一本書編列的預算來做廣告，也負責寫廣告文案，直接交給出版社審核通過。）宣傳部門只負責報紙，跟評論家之間的關係（有餘力時也包括廣播和電視），全是在做公關，應酬吃飯，所以都是年輕女孩。就連小出版社如獵戶座，也在這方面集中火力。

促銷部門。在報紙上刊登附印花的廣告，並依書之種類往不同地址寄訂單，是郵購部門。十分重要的一個單位，有十多名工作人員。

發行部門。負責出書，機器作業，我之前已向你們描述過我的書的下場。

青少年讀物部門。藍燈是出版青少年讀物最重要的出版社之一。有它自己的編輯室。

中學教科書部門。專出中學用教科書。現代叢書原屬教科書部門，現改屬編輯部了。

法律部門。負責法規問題。

據我所知，除了大學用書獨佔鰲頭和單位名稱不同外，麥克米倫公司的行政劃分大同小異。（像促銷部門他們就不知道是什麼；郵購書是營業部門的職責之一。）

最重要的美國年輕作家

昨天在獵戶座的安排下我跟《前鋒論壇報》的書評佟皮耶做了一次午餐——訪談。根據他的看

法，新生代作家中，也是他認為表現傑出的一代中，最重要的幾個是（按順序）

彼得．費博曼（Peter Fiebelman）（《沒有曙光的地方》）

菲利浦．羅斯（Philip Roth）

威廉．韓福瑞（Williàm Humphrey）

伯納多．馬拉末（Bernard Malamud）

格雷斯．培利（Grace Paley）

H．E．休姆斯（H. E. Humes）

赫伯特．戈德（Herbert Gold）

哈維．思沃德斯（Harvey Swados）

有計畫的出版工作

當然我還沒能開始。這個星期我跟出版界的約會不少，但最重要的是妥善安排我的一天，以找到時間閱讀及釐清思路。此刻我只能把我筆記本上的幾點抄下來給你們。

聽說詹姆斯．耶弗（James Yaffe）也不錯，他已經出了四本書，其中一本叫《何為大事？》，小布朗出版。

聽說有一本英國小說不錯（海涅曼出版），作者是艾利斯（A. E. Ellis），書名《毀滅》。

我不記得威廉·史泰隆（William Styron）在義大利是不是已經小有名氣。藍燈三月將出版他的一本新書《縱火焚屋》。

格羅夫很重視一位已經介紹給我認識、即將在春天推出的新的小說家：亞歷山大·特魯奇（Alexander Trucchi），《該隱之書》。

我在書店看到一本為小朋友寫的非常美麗的抽象書：作者李歐·李奧（Leo Lionni），《小藍與小黃》（麥克道威爾〔McDowell〕出版的Astor叢書）。

藍燈有一系列童書非常成功，是署名蘇斯（Seuss）博士，專為五至六歲的小孩所寫的書，只用三百個單字。

說明書

丹尼耶雷，這等於是給義大利朋友看的一份報紙。埃伊瑙迪會接到一份他專屬的，這一份則是公開的，那些跟編輯工作有關的，你可以剪下來交給佛厄[6]，其他的你就收到一份檔案夾裡，供所有同事還有想看的朋友及訪客去看，要讓它流傳可是得留意別弄丟了，以便我所累積的經驗之萃成為全國的財產。

候鳥的心願

候鳥需要有人給他寫信，讓他跟出生地緊密相連，否則他的通訊將日漸稀少，有一天終會忘記他的母語。他還未接到任何郵件，包括他母親都不見來信，沒有所愛女子的隻字片語，也沒有出國前才訂的《新聞報》（*La Stampa*）艾可的消息。每當他經過市中心都會到時代廣場去買幾份《新聞報》好看看天氣預報圖、高速公路交通事故和退休老人瓦斯中毒的報導。但這些不夠。

一場噩夢

在紐約待了四天以後，我夢到自己火速趕回了義大利。不記得回義大利的動機了：一件什麼小事我突然想到要回來，只一眨眼，我就回到了義大利，而我不知道自己回來幹什麼。我感到急需要儘快趕回美國。對我去過美國這件事義大利這裡沒有人在乎，對我回來也視若無睹。我因為不在美國陷入發狂的絕望中，苦悶至極，對美國的渴望並沒有跟任何特殊影像有關，但宛如我被人從生命中拔起。從來沒有過這樣絕對的絕望感受，我全身發抖地醒了過來：發現自己仍在到達美國後第一家旅館空盪盪的房間裡，彷彿回到自己家。

十一．十二

出版業者雲集的昨天

我到新美國文庫的韋布萊特先生家裡去了，他是法蘭克福的舊識。他向我推薦了兩本即將出版的小說：

特文．華利士（Twing Wallace），《商賈報告》，將先由西蒙與舒斯特，後由新美國文庫出版，而且已經以三十萬美金將電影版權賣給了柴納克—福斯公司。故事很滑稽：一群大學教授在名流紳士進出的俱樂部裡進行一個類似金賽報告的調查，結果引發一連串的麻煩。

彼得．齊爾曼（Peter Zilman，還是 Tilman？），《美國短篇小說》（韋氏寫的字我看不太懂），Coward-McCann—新美國文庫出版；電影版權：哥倫比亞。他說很像埃爾斯．沃（Else Waugh）的暢銷書《陽光島嶼》。

不知道韋氏的建議能聽多少。Signet 叢書文學系列多已落伍（他還沒決定要不要《樹上的男爵》！），但他十分熱情要我從非小說的 Mentor 叢書中任選我們需要的。我覺得好像比較有趣的我們都看過了。等候指示。

在柯納普夫家：我在法蘭克福認識的皮克先生對我還在觀察中，但要定了巴薩尼的下一本長篇小說；我改天再來偵察考施蘭先生。柯納普夫跟圈子裡都很熟。等候指示。

出席 Pantheon 出版社沙伯特先生家裡辦的酒會的人，全是出版業者。沙伯特是在維也納認識埃伊瑙迪的，兩個人變成了好朋友，不過出版《齊瓦哥醫生》和《山貓》[7]的這家出版社快要變成 GG[8]的分社了。我下個禮拜會見到他。等候指示。在場的還有老柯納普夫、ND[9]的萊夫林。Atheneum 的海登今天晚上跟我有飯局，《出版家周報》的范．德倫女士也是醜聞案主角的姑媽。

這個星期談的是諾曼．梅勒（Norman Mailer）的書《自我宣傳》（普特南出版），包括隨筆、自傳和未完成的小說片段。

彩色電視

昨天晚上我看了一會兒彩色電視。歌手派瑞．科莫的節目間或被一家食品公司廣告打斷，整整十分鐘只見一盤盤的通心麵還有一隻手澆上各色調味醬，一盤盤的肉和沙拉，然後解釋如何準備所有一切。很漂亮，應該趕快引進未開發國家。

我是跟一位要在派瑞．科莫節目中穿插表演幾場舞蹈的前衛舞者的幾位朋友在一起。結果舞蹈慘不忍睹。過了一會兒他們打電話給她，她已經回到家了，絕望、哭泣，在節目播送完畢之前她就從攝影棚跑出來了，她想自殺，以抗議電視台強暴她的藝術。

十一·二十

聯合國

最有趣的一件事是在魯傑洛·奧蘭多（Ruggero Orlando）的陪同下去參觀聯合國組織，他從知道我到紐約後就一直邀我到這個沒有任何人比他更熟悉的世界來。我認為就建築和室內裝潢而言，聯合國大廈是我們這個世紀的里程碑，就連一間間會議室也美輪美奐，安理會會議廳除外。還有在聯合國大廈感受到的氣氛亦如此雄偉，那聯合國精神的生氣蓬勃在美國和歐洲都再也找不到了，這一點柯比意（Le Corbusier）自然功不可沒，因為環境也很重要，不容忽視。昨天晚上我旁聽了原子試爆表決案，看到法國孤軍奮戰（還有阿富汗），其他人都說 Yes，只有拉丁美洲的代表們說 Si，大概是反美主義情緒的關係。後來，我去了摩洛哥代表團辦的一個酒會，遇到了：因為我說義大利童話在美國及蘇聯同時出版（不賴的巧合）向我表示恭賀之意說我真是左右逢源的索伯列夫；因為我有兩位美麗小姐作陪向我表示欽羨之意的阿里·克罕（巴基斯坦代表團團長）；阿爾及利亞解放陣線外交部長（以觀察身分出席；他們對在短時間內談判的可能性抱持悲觀態度），我為出版社向他請教了一本書；唯一的女性代表團團長（瑞典）是一位美麗詼諧的女士；現任聯合國主席是老教授貝勞恩德，祕魯人，為了讓我高興向我表達了他對佛卡扎洛（Antonio Fogazzaro）、阿達·內格莉（Ada Negri）及帕皮尼

（Giovanni Papini）的景仰之意；從不錯過一場酒會的歐托那；跟我解釋說他之所以投反對票是因為提案太弱的阿富汗代表；為對抗南非種族歧視奮戰不懈，以觀察人士身分出席（南非將他驅逐出境）的rev[10]；還有出版一份聯合國文件簡報的美國合作運動組織的梅茲里克先生。只是現在伊斯曼參議員上反美行動委員會告他，說他「印發共產黨手冊」（簡報刊登所有的發言，包括蘇俄的），所以他的麻煩來了（財務上的，他得請一位名律師為自己辯護等等）。事實是伊斯曼是南方人，其目的是要打擊梅茲里克身為有色人種解放聯盟成員的妻子。

鄉村周末

上個星期天我第一次到鄉間去，布朗克斯區北方，壯觀的高速公路邊未經開墾的蓊鬱山陵；也是頭一次到這幾天一直陪著我的那位太太的親戚家，一棟碩果僅存的十八世紀木造別墅去吃飯。整個家族都是銀行家，擁有這一區所有的不動產。氣氛雅致，由於是星期天，沒有僕人，不過一切有條不紊，讓人渾然不覺。後來又應強卡爾洛．梅諾提[11]之邀到克斯寇山去；他住在（跟巴勃〔Samuel Barber〕一起，可是他人不在）森林中一間美得出奇的小木屋中，品味純屬個人，令人不敢恭維的是缺乏對美醜之間的辨別力：印有女子相片的磁盤、魔術燈籠，集醜惡之大成。他抱怨說在斯坡雷托關於他的流言有礙他向美國的基金會尋求資助。美國森林的日落如此不寫實。紐約夜晚的天空亦然。

十一．十九

華爾街

我第一個想看的自然是華爾街和證券交易所，也就是紐約的股票市場。我想辦法安排參觀了當中最大的美林證券公司。有導遊小姐帶領訪客及有興趣的投資人參觀各個部門，並向他們解釋所有功能。鉅細靡遺為我解說的是一位可愛的小姐。我是一竅不通，儘管如此，我仍然滿心敬仰同時又難抑焦慮，因為我覺得紐約股市是第一個比我還大而我無法操控的東西。美林證券公司全部採用電腦作業。與證券交易所連線，所以每一間辦公室都有一條不間斷顯示指數的帶狀顯示器，接收從美國各地甚至歐洲分公司透過電話和電子終端機下的買賣單，另外有電子計算機每秒鐘算出股息、公債、期貨和成交量並傳到證券交易所，還有為市場交易所做的計算也繁複之至。而這棟龐大的美林證券大樓各個辦公室和單位的數據全都匯集到位在頂樓的七〇五型 IBM 電子計算機。這台機器一分鐘內可以做五十萬四千條加法或減法，七萬五千條乘法，三萬三千條除法及做出一百七十六萬四千六百六十個合乎邏輯的裁決，還可以在三分鐘讀完《飄》並將其複製到一條只有小拇指寬的帶子上，一切都在那上面，用條碼顯示，每一吋容納五百四十三個字母。我還看到七〇五的記憶體像是一條條細絲束成的塵拂般的一種織品。我也到證券交易所去了，其壯觀自不在話下，只是因電影之故對它並不陌生。至於美林證券則是讓我覺得遺憾自己已經太老的一個地方，否則應該在那裡待一陣子學學這門技藝（有一間寬敞的研究辦公室），你們應該先把小孩送來這裡接受幾年實務經驗，然後再學哲學、音樂和所有其他東西，最重要的是一個人必須能操控華爾街。他們為了吸引投資還做了一缸子廣告，有鼓吹恪守錢滾錢理念的小冊子，有偉大哲學家關於金錢的格言，這種金錢熱的宣傳在美國樂此不疲，要是哪一天興起一代人不再鼓吹金錢至上，美國就毀了。

不過我現在在哥倫比亞大學認識了跟菲密曾經同為原子彈研究小組成員的工程師兼數學家馬里歐．薩瓦多利，頂尖人物，他說那個七〇五還不算什麼，他會帶我去看看什麼才叫電腦。

1 杜布羅尼克（Dubrovnik），南斯拉夫境內主要的觀光都市，臨亞得里亞海。義大利人為該城取名為「拉哥沙」。（譯者註）

2 米斯卡（Mischa），即Ugo Stille，《晚郵報》駐紐約特派員。卡爾維諾及埃伊瑙迪出版社的朋友。

3 契拉提（Cerati），埃伊瑙迪出版社營業部主管。

4 打字稿缺漏。

5 伊莉莎白是Ugo Stille的妻子；朱利歐，埃伊瑙迪出版社社長。

6 佛厄（Luciano Foà），出版社祕書負責人，沒多久便離開埃伊瑙迪另創阿德菲（Adelphi）出版社。

7 《山貓》（*Gattopardo*），背景是波旁王朝過渡到統一的義大利時期的西西里。描寫主角沙林納王子，顯赫皇族的繼承人，對保守、宿命世界的幻滅。作者Ginseppe Tomasi di Lampedusa（1896-1957），貴族後裔。《山貓》於他死後始出版印行，後拍成電影《浩氣蓋山河》。（譯者註）

8 Giangiacomo Feltrinelli。一九五五年在米蘭創辦Feltrinelli出版社，主要出版作品為義大利／外國文學及政治意識形態討論方面的書。（譯者註）

9 New Directions。

10 打字稿缺漏。

11 強卡爾洛・梅諾提（Giancarlo Menotti，1911-2007），作曲家。一九三〇年定居美國。（譯者註）

紐約客日記

十一・二十四

女子學院

昨天我應馬爾克・斯洛尼姆（Marc Slonim）（美國最有名的蘇俄文學專家，同時也是研究義大利文學的學者，我是在羅馬認識他的）之邀到布朗克斯區的莎拉・勞倫斯學院去，他在那裡教比較文學。莎拉・勞倫斯學院是一所別出心裁的女子學院，任選自己想修的課程，沒有上課只有討論，沒有考試，總而言之，在愉悅的各式文化論題間遊走。女孩們長褲、長襪加上各色毛衣，就跟那些以大學為背景的電影一樣，在教室和宿舍各大樓中穿梭。午餐少得可憐，反正那些女生要保持身材（至於餓得半死的教授們則起而抗議）。在咖啡館裡等我的是讀義大利文的女學生：二十五個，其中美麗動人的至少有兩個。女老師告訴我她們準備了一個驚喜，要為我唱一首歌。她們其中一個抱著吉他，我原以為是老套的拿坡里或收音機播放的民謠，結果她們唱的是〈在綠色波河上〉。我出乎她們意料之外的詫異（後來才知道摩米亞諾夫婦帶到美國去的其中一張唱片流到那裡去了）。女老師說那首歌對學動詞很有幫助。女孩們就她們熟讀的我的文章對我提問題。後來我去了比較文學講座：今天討論的是《卡拉馬助夫兄弟們》，學生們發表她們對該書的看法，然後斯洛尼姆介入引導大家發問並讓討論有其中心意旨，就教育的角度來說極為雅致且有效，不過當然這些小女孩與杜思妥也夫斯基相隔宛如距離月亮這麼遠。看到杜思妥也夫斯基和蘇俄的宗教及改革觀念在這群西徹斯特豪門世家女弟子中輕盈滑翔，給人一種錯愕感和無國界的激動。後來我到義大利文課去，今天學生們應該要帶《佛耶索雷之夜》，她們以旁若無人的自信翻譯鄧南遮（Gabriele D'Annunzio）的詩文。也談到聖芳濟。老師請我唸〈造物讚美詩〉。我唸我翻譯和評論聖芳濟的作品給貝絲、維吉妮亞、瓊安等人聽。由於那位女老師暗示了她對鄧南遮的偏愛，我突然滔滔不絕地推讚聖芳濟為詩人之最。我發現這是我到美國來第一次解釋某樣東西或支持某項見解。不過事關聖芳濟，絕對正確。

古根漢美術館

這幾個星期所有紐約客的熱門話題是萊特（Frank Lloyd Wright）為古根漢的藝術收藏所設計剛剛落成的新美術館。大家都有意見，我則是狂熱的支持者，不過幾乎都在孤軍奮戰。那是一座迴旋上升的塔，一條無止境沒有階梯的斜坡，玻璃圓屋頂。一面攀升一面探頭看到的是永遠不同但完美的比例，有凸出的半圓修飾螺旋體，下方有一小片橢圓的花壇，一排玻璃門窗和一彎花園，而這些組合，每回更換所在的高度就有所不同，代表了律動建築的精準度和獨一無二的想像力。大家都說建築物搶了繪畫的風頭，這倒是真的（好像萊特不怎麼喜歡那些畫家），但又何妨：你去那裡第一件事是看建築，然後每一幅畫都受到均勻照明，這也很重要。問題在於傾斜的地板構成了如何掛畫的難題。他們以牆面伸出指向畫作中心點的鐵桿來支撐而不將畫掛在牆上解決了這個問題。其實古根漢的收藏不至於教人嘆為觀止，除了我們已經在羅馬看過的康丁斯基的收藏外，有很多是二流的作品（不像佔地不大的現代美術館，全是讓人屏氣凝神的珍品，或者大都會博物館中精彩絕倫，可惜被一幅不忍卒睹而大家排隊爭看的達利作品給破壞了的現代畫室）。所有人又異口同聲地對古根漢美術館的外觀不滿，但我連這個也喜歡：那是一種螺絲釘或車床軸輪，與室內美妙地協調一致。

嘲笑死亡

常聽人說美國人對死亡無動於衷。那天晚上在哈萊姆區，一家演奏爵士樂叫三角鋼琴的夜總會裡，一位十分著名的黑人喜劇演員表演時在一片爆笑聲中拿美國演員弗林（Errol Flynn）的死開玩笑，又拿此為話題講了一個黃色笑話之後，在哄堂大笑中大談喪禮。這個黑人喜劇演員另一個嘲諷惹笑的話題是種族問題，跟種族分離主義者鬥嘴。

歐里維提

雅得里亞諾・歐里維提[1]這幾天到紐約來買下了虧損經年的美國打字機公司Underwood，之後歐里維提將以Underwood之名在美國生產，不再受關稅約束。Underwood的股票並沒有上市，不過好像近日又將回到交易所的行情表上。那個白痴塞尼[2]在這裡開記者會時，一名美國記者問他對歐里維提進入Underwood股份公司的看法，他說：「像這種大型企業不至於會怕我們小小的歐里維提吧！」

普雷佐里尼家

十一・二十三

我到以烹飪及殷勤待客聞名且已被再三傳誦，高居十六樓的普雷佐里尼[3]家吃晚飯。我人還在義大利的時候他就邀過我。同桌的還有古德喜女士，是培雷格林諾侯爵遺孀，法勒・施特勞斯（Farrar Strauss）副總裁，天主教徒，還有一位匈牙利伯爵，我要沒聽錯的話他是叫阿拉迪，寫了一本教宗庇歐十一世的傳記。在連續幾天遇到的不外是猶太人之後，跟擺明了是天主教保守分子的人相處倒是一件賞心樂事。這位嚮往十九世紀倫巴第穩健貴族政治，身為開明天主教徒，跟普雷佐里尼往來密切的匈牙利伯爵，自然讓我覺得志同道合。匈牙利伯爵極其引人入勝的談話中指出庇歐十一世到若望二十三世之間一脈相傳的關係，而後者之所以還不能出頭是因為庇歐十二世那一派的勢力仍然強大。大家齊聲撻伐美國的愛爾蘭教士和史培門[4]，不過我發現反對的理由與平日耳聞對神職人員自命不凡態度不滿的評語正相反：這裡批評的是他們視形式為無物，他們膚淺的「民主」以及不識拉丁文。讓大家同聲表示憤怒的，還有他們在派翠克街設了一個玻璃櫃，裡面擺了一尊庇歐十二世真人大小的彩色蠟像，頭髮等一應俱全，就跟圖桑夫人蠟像館裡的那些一樣；他們不懂為什麼對此顯而易見是史培門為了污蔑若望二十三世而採取的瀆神之舉，羅馬還不出面加以干涉。他們對門肯（Henry Louis Mencken）十分推崇，認為他摧毀了美國民主神話。然後匈牙利伯爵又對卡爾・克勞斯[5]同樣讚賞不已（後者頗為契撒雷・卡瑟斯〔Cesare Cases〕所推許，正如門肯被視為全美國左派宗師）。給予《山貓》極高評價（毫不猶豫將它與曼佐尼相提並論），而這全都是基於保守角度，他們向我重申這本書對此刻西方意識形態之消長有其超乎尋常的重要性。當然絕大部分的話題都是因為有我在場而起，其中自然也有我略施小計引發的論戰，跟這些公開的保守分子在一起我覺得十分自在，我跟普雷佐里尼以「你」相稱，至於伯爵及侯爵夫人（下一次飯局我還會再見到她）跟我的共通點則是都對波迪蓋拉鎮(Bordigher)及當地的社交圈很熟。

附註。對普迪，尤其是《馬科姆》（*Malcolm*）一書的評價在法勒・施特勞斯這邊也不好。關於普迪（我這幾天會遇到他）我還沒聽到任何正面評語；但昨天晚上大家倒是異口同聲誇讚馬拉末說他是傑出的新生代作家，頗堪玩味的天主教徒意見。所以今年的計畫我看還是把重心放在馬拉末身上吧。

大書店如何運作

（整理自與Brentano's書店女店長的談話。）美國書店比我們要複雜多了，因為出版品多到沒有任何負責銷售方面的人有十足把握。Brentano's組織得很好，偌大一家書店裡有各個檯面展示新出版的小說、歷史研究、詩集等等，還有只賣平裝書（書店一般不賣平裝書，只有雜貨店、報攤或專賣店才有）、期刊和任何一家書店都少不了的青少年讀物部門。沒有每十三本送一本這回事：書商有百分之四十的折扣，少之又少的情況下出版社才每十本送一本。出版社的督導每個月來取一次訂單，這跟我們是一樣的。書店店員跟領帶店店員沒什麼不同，無須奢望他認識所有的書。大眾不懂逛書店，假設有一位母親看到書評介紹一本育嬰的事，她會打電話或寫信問出版社如何才能買到該書，就是沒有上書店的習慣。總而言之沒有什麼新鮮的，跟我們完全一樣。如今書店裡擺滿了複製的小型雕像，古典的，或現代出名的，應該是繼複製畫之後（也就是說這已經落伍了）藝術品大量複製的新紀元。千篇一律都是些醜陋的東西。

後車燈

想要研究美國精神，大可以去觀察汽車碩大無比的車尾和後車燈千變萬化、賞心悅目的造型，彷彿在述說美國社會的種種神話。除了我們也有的、讓人想起警匪追逐的大圓車燈外，還有飛彈造型的，摩天大樓尖頂造型的，像偶像女明星的大眼睛的，還有最完整的全套佛洛依德的象徵符號。

紐約　一九五九．十二．七

這一次我不寫太多。一整個星期我過的是半退隱生活，寫演講稿。無聊到極點，因為他們對義大利一無所知，你得從零開始解釋老掉牙的東西，談的是道德——政治——文學這些在義大利連做夢都想不到會再談到的話題，即便這樣他們還是什麼都不懂，因為對義大利感興趣的總是比較駑鈍，不過看到我們官方的文化推廣組織的不足，覺得是應該要盡點力來補救補救。這次巡迴各大學的演講，如果沒一下子就讓我覺得無聊以致中途放棄的話，也許將是我這趟旅行還算有意義的事，因為至少有人轉了美國一圈解釋誰是葛蘭西、蒙塔萊（Eugenio Montale）、帕維瑟、丹尼洛．多奇（Danilo Dolci）、卡達（Carlo Emilio Gadda）和萊奧帕爾迪（Giacomo Leopardi）。所以我的日記沒往下寫，也是因為值得說的事愈來愈少，紐約不再是一個陌生城市，如果說之前我在街上看到的每一個人都是觀察的焦點，如今人群不過是平常的紐約人群，日復一日的約會排出已預知的行程表。但無論如何我累積了不少觀察心得供我一點一點地消化，現在我寫完了演講稿交給人家翻譯，便又重新投入世俗生活。我還得找時間看書，只是這個計畫尚待實現，而五斗櫃上的那一堵書牆已經蓋過鏡子，我根本來不及拆卸。

總之，現階段只有一些出版工作筆記。

富盧特洛[6]：我買了現代文庫出的恐怖小說選集明天寄出去（星期六和星期天郵局關門）。你穿幾號尺寸的皮鞋？

詹姆斯．普迪（James Purdy）

我去見了普迪，他住在布魯克林區挺高級的地段。他在與一位教授合租的房間裡招待我。廚房加上雙人房全在一大間裡。普迪在那裡住了一年了，把工作丟下，靠古根漢基金會的獎助金完成了一本小說《外甥》，今天剛交給出版社，比較接近短篇小說，不像《馬科姆》。普迪這個人假假的，胖胖壯壯的中年人，性情溫和，金髮，面色紅潤光滑無鬚，打扮嚴肅，是不歇斯底里的、溫柔的卡達。要說他是同性戀，也是謹慎、傷感的那種。在他的床腳邊有舉重啞鈴，床上方有一張十九世紀拳擊手的、一張魯奧（Georges Rouault）十字架的複製畫。四周，零零散散的，都是神學方面的書。我們很低調地談起美國文學，受制於商業需求。要是寫的東西不合紐約客的口味就沒辦法出版。普迪自費出版了他的第一本短篇小說集，在英國被詩人西特韋爾發掘，之後法勒．施特勞斯才幫他出書，他連古德喜女士都不認識，對評論一竅不通，不過書儘管銷得很慢但總是在賣。沒有雜誌登載他的小說，未加入作家團體，或起碼他不屬於任何團體。他給了我一份作品不俗的作家名單，但幾乎都是未出版的小說，找不到出版社。在美國好的文學作品都不為人知，在不起眼的作者的抽屜裡，純靠機運才有人打破商業作業成規，得見天日。我本想談談資本主義和社會主義，可是普迪肯定聽不懂，這裡沒有人知道或想過社會主義存在與否，資本主義席捲了一切，它的對句是孤零零、怯生生，既沒有輪廓也沒有前景的空洞辯駁；與蘇聯社會不同的是，那個社會的極權、統一建立在敵人、對立面的持續覺悟上，這裡我們則是在一個屬於中世紀的極權制度裡，奠基在不存在任何對立面，也不存在任何假設的對立面的覺悟之上，所謂覺悟，至多只是個人主義者的逃避罷了。再說大家日子過得不錯，還有基金會這類機構存在。

我逢人就問沙林傑（Jerome David Salinger），大家也遇到我就談這位中生代作者中最重要，而今已不再寫作的作家的傷心事。他被送進了一間精神病院，最後的作品是為紐約人所寫的短篇小說，有點像費茲傑羅（Francis Scott Fitzgerald）發生在這個世紀中的例子。我想我們應該儘早出版沙林傑的另一本書，《九個故事》（小布朗出版，現代文庫重印）。沙林傑對美國而言已可歸於經典作家了。

什麼人都可以說他要寫一本書然後弄到一筆獎助金，在家裡窩一年。

獎助金

對大學教授而言真是救星，因為通常一個人不會連續教兩年以上的書，之後總得要想辦法找到一筆一年或兩年的獎助金，也不用跟誰做報告，只是你若想再申請下一筆獎助金，那麼這本書不管是好是壞你都非寫不可，所以才有這些或許一無是處但終歸是書的學術著作四處氾濫。至於我們呢，為升等檢定而寫的出版著作毫無用處，連書也不是，而且還不能藉以維生。

史威茲

親愛的拉尼耶羅[7]，我寫信給史威茲[8]要約他見面，他則讓李奧・胡博曼打電話給我跟我說他現在人在康乃爾大學，幾天後會到他在鄉間的房子去（這裡聖誕節大家全都銷聲匿跡）叫我寫信給他。要寫信給他的話，當然最好是你寫，這樣你可以詳細解釋你的計畫，如果之後他要透過我回信，我很樂意効勞。不過你要記得我在紐約待到一月初就出發去加州，要三月中才回紐約。

史泰隆

我拿到史泰隆[9]新小說的草稿[10]了，就我看過的前幾頁我認為不錯。我找不找得到時間看書？我不知道（腦袋裡老想著比看書好玩的事），我衡量一下，要是沒時間看書的話，過幾天我會寄去給你們。

演講

我在哥倫比亞大學的義大利館做了一場演講，雖然時值聖誕假期，聽眾還不少。就這樣，我開始了抵美後覺得有必要扮演的義大利民間文化大使，儘管待在那裡解釋什麼是抗戰文學以及戰後至今的文化，還得把所有碰不得的名字安排到一場演講中，真是一件很無聊的事，可是這些東西這裡從來沒有人談過，我相信至少就義大利在美國的政治文化層面上，我達到了初步效果，就說所有那些普雷佐里尼不希望提到的東西好了，還有讓多寧尼（他負責大使館的義大利文學會，是安博羅久的弟弟，差不多跟他哥哥一樣趨炎附勢但方向相反，人並不笨，只是膽小又處處受限，加上有一位哥哥是受勛者的陰影）看看他該做了些什麼。他們倒是都默然接受，普雷佐里尼不僅沒有反駁，反而說他對很多事的看法都與我一致，並且大家全都就「演講中提到盧多維克·阿里奧斯托（Ludovico Ariosto）的那一段」向我致賀（其實是最後為了讓會場氣氛輕鬆一點，我談到我自己，並以公開表明對阿里奧斯托的忠貞做結語），倒不是為了別的。在那個場合裡為數不多的乾乾淨淨的義大利人覺得受到了點鼓舞，至於對美國人有什麼影響我就不知道了，那些崇義的都不是什麼有志之士。事實上是義大利文化乏善可陳，尤其是今日，即便在一個對此無動於衷的世界。

聖誕節

我就省下不說這個城市聖誕節魔幻般的景象給你們聽了，反正這方面的描述你們已看過十萬遍，我只能保證比想像中的還要精彩，從未見過一個節慶如此深入一個城市的生活；這不再是城市，是聖誕節。消費文化之下的聖誕節變成了大肆慶祝消費的節慶。至於無所不在的聖克勞斯（聖誕老公公）你可以看到活生生的他手持搖鈴站在每一家商店門口，出現在每一張海報、每一個櫥窗、每一扇門上，是不計代價硬將快樂和幸福塞給你無從逃避的消費之神。

展望大選

被知識分子圈奉為聖人崇拜的史蒂文生[11]看樣子連這次在大眾選民中仍發生不了什麼作用。由他上一次曾經落選的情況來看，史蒂文生說不定連黨內初選都沒勝算，所以民主黨候選人很可能是天主教徒，甘迺迪，所有報紙都對一位信奉天主教的總統當選的可能性議論紛紛。但由於共和黨幾乎勝券在握，所以決定性的選擇在於共和黨的尼克森與洛克斐勒之爭。對洛克斐勒的評語我聽到的不是大好就是大壞，像馬克斯・阿思克利，一直是務實政治的擁護者，我想他是決定要支持洛克斐勒了，他貶斥尼克森說他是個見風轉舵，連對最對立的政策也不拒絕的機會主義者。其他人跟我談到洛克斐勒則說他是權力欲望很強、不擇手段的人。事實是，美國跟政治團體一樣，毫無新意。

最新的美國笑話

樂觀者與悲觀者之間的差別：

樂觀者學俄文；悲觀者學中文。

紐約

一九六〇・一・二

所有都靈的朋友，新年快樂！

有二十多天沒人回信給我，可以說完全沒有生命跡象，除了一份日期是十二月二十一日的會議紀錄。我知道寒冬中工作格外艱辛需要輕鬆一下，可是這樣缺少對話（說起來只對我最初幾封信有過一次反應）我覺得很遺憾。出版社的工作向來很難遙控，你們大家的任何意見建議，都可以幫助我不至於困坐在一個個人主義旅者因為與那生產進程及發展中社會格格不入的孤立中。這一點，在紐約陷入聖誕狂熱，參觀出版社的安排全都暫停（其實也沒有多少好看了）的這幾個星期中我尤其深深體會。十二號左右我會離開：克利夫蘭、底特律、芝加哥然後舊金山、洛杉磯再往南方，所以接下來兩個月我的信將只是旅行日誌，我希望再加上我看完的書的摘要，因為我會帶著書，希望有機會看。

在紐約街頭騎馬

有生以來第一次騎馬。星期天在中央公園。但是馬廄距離中央公園西面尚有一小段距離，所以我初上馬鞍就得走一段長長的第八十九街並穿過幾個街口，高高在上傲視被迫放慢速度跟隨馬匹步伐前進的車群。中央公園清整過後的地上有些泥濘，我試了小跑步和快跑，後者反而比較容易。四周，在紐約美好的寧靜天空中（全世界沒有哪一個城市有如此清澈的空氣及美麗的天空）是一簇簇摩天大樓。在公園草地上竄來竄去的是不值大驚小怪的松鼠。伴我前來的女士，輕盈地跨在她的坐騎上，向我高聲喊著我聽不懂的技術指令。我前所未有地感到落入紐約的股掌之間，建議所有到紐約來的人第一件事就是騎馬轉一圈。這位女士，是一位作家的妻子，是我昨天以貴賓身分參加的一個酒會上（在場的還有雷馬克及他的夫人高黛[12]，她與《摩登時代》相比年華已老，然而眼波流轉，談笑風生依舊，是非常可愛的一個人，至於她先生則惹人反感）認識的。這位年輕女士雖然是猶太人，但熱愛大自然，談到《樹上的男爵》時，她說她很喜歡騎馬但從來不騎，因為她先生不帶她去，想必我一定馬術精湛囉。我告訴她我這輩子都沒騎過馬，於是我們定下了第二天早上的約會，他們還借了我一雙墨西哥馬靴。顯然這是接近美國的正確途徑，因為得先順著歷史的腳步走過交通工具的全程演變，最後再到達凱迪拉克。

演員工作坊

每逢星期二或星期五早上，我常常到港口區一間類似違建的演員工作坊去，那裡總是有很多演員，不乏知名演員，及圍坐一旁的導演，其中有李．斯特拉斯伯格[13]，還有每次演一齣短劇或獨幕劇的演員，藉此研究問題所在，向他們的同行解釋表演上遇到的問題，而其他人進行討論並提出意見，斯特拉斯伯格也說出他的，然後便真槍實彈上一堂課。當然這全是免費的，是演員們的討論及實驗中心。還有斯特拉斯伯格發明的、名為隱私時刻的練習，亦即一名演員在沒有任何劇本的情況下演出他的個人問題，你會看到一個人在床上，慢吞吞地下了床，陷入絕望，詛咒，試著再入睡，起身站到窗前，茫然失措，放上一張唱片，比較不那麼絕望了等等，然後大家進行討論之類的活動。挺滑稽的，這個斯特拉斯伯格（他是三〇年代有奧德茲和bella劇團的那批劇場人之一）固執地認定內在真相這個理念，也就是說演員要有感覺，我覺得真是無稽之談，他們每演一幕戲的標準問題是：「那一刻你想的是你自己的問題還是表演的問題？」因為將個人的心理問題與呈現出來的問題合而為一被認為是表演的極致。總而言之再一次證明了美國思想的弱勢，不過那是一個讓人覺得神清氣爽、一心追求完美的地方，也是比任何其他東西更能代表美國紐約精神的地方：蘇俄精神方面（我指的是斯坦尼斯拉夫斯基）由猶太人引進，與佛洛依德的內在真相相融合，在老式新教徒公開悔罪的精神上生根，這一切又與堅不可摧、認為一切都可以教的盎格魯撒克遜教育觀相結合。在演員工作坊中有兩名美國演員是夫婦，在斯坡雷托看過我那齣劇，我生平所寫唯一一齣劇[14]，他們徵求我的同意想在那裡演出，我們一起翻譯完畢，幾個星期後就會搬上舞台，不過那時候我人已經在加州了。演員工作坊裡還有一個編劇組，但我從未去過。關於演員工作坊的書一本也沒有。

電腦

我跟最重要的電子計算機工廠IBM的主管單位聯絡上了。公關一流，他們拿我當總統招待，整家公司供我使喚。知道我要去華盛頓，為我安排到接收先鋒者號及其他火箭所有數據和做所有計算的太空電腦中心去參觀。我得意萬分，以為要去看什麼機密基地，結果這個太空電腦中心是華盛頓市中心純為展示用的一個櫥窗，運作如儀，至於萬一有卡車操作失控衝進櫥窗導致所有太空資料毀於一旦的危險性是可以避免的，因為在卡納維拉爾角有另外一個一模一樣的中心。無論如何還是很壯觀：各式各樣的火箭與衛星，只要開啟某些開關它們應該就會啟動，只是開關始終故障中。年輕的數學家心不在焉有一搭沒一搭地在太空電腦鍵盤上敲打。二十三號那天他們提供我一輛有司機的凱迪拉克，在一位都靈的工程師陪同下，把我從紐約送到北邊西徹斯特在波基普西的IBM的工廠。那是一間有上萬員工、宛如一座中世紀建築且有防禦碉堡的城市，前方寬敞的空地可停放四千輛汽車（這些離開紐約市就會看到的無邊無際停放著藍色和灰色汽車的停車場，是最能代表美國的景觀之一）。負責接待我的是一批主管，首先向我解釋該公司的行政組織，開門見山的說明之一就是：沒有工會。我當然會問原因，「不需要」他們回答說。的確，他們的薪資比任何地方都高，很清楚的家長式管理，沃森先生的彩色肖像隨處可見；稍後我還聽說沃森先生生日那天所有員工都會被邀請參加宴會，印刷好的邀請函上說明赴宴若有交通問題，主管部門會提供一輛汽車在某個時間去接他們和他們的妻子，如果妻子沒有晚禮服，主管部門也可以提供，還有保證當天晚上有保母，他們被安排在某某桌位子是某某號，當沃森先生進場時他們要站起來唱一首主旋律眾所皆知的小曲等等，然後是歌詞。這些都是題外話，總之我參觀了工廠，他們跟我解釋了關於儲存記憶的中央處理器的一切，於是我知道如何透過中央處理器的正、負電就可以輕而易舉表示任何數字與字母，還有製造那些微小電晶體的方式，然後我還看到了隨機存取儲存器，它負責處理偶然輸入，也就是說未按設定程式輸入的數據。壯觀的機器和它一瀉千里、美麗絕倫的繽紛彩線，有偉大抽象畫的效果。我跟幾位主管及研究人員一起進餐，沒有酒，因為沃森先生禁止公司內飲酒。我也參觀了實驗中心，一棟很漂亮的建築物，比歐里維提好，隔間牆全是活動的，可以按需要調整空間。研究單位不比一般，獨立於生產之外。整體來說，這家企業首重實用功能，不過當他們在黑板上用圖表向我說明公司結構時，沃森先生上方的線條仍不斷往上攀升，他們說：上帝。你們知道嗎，他們還跟睏得半死的我解釋了所有絕緣體的情況。我也參觀了學校，非常漂亮。至於員工分為兩種：的確教人心驚膽跳的管理人員和我們可以說屬於歐里維提型的員工。自然我沒搞懂這兩個類型之間的辯證關係。所有那些數學家和物理學家在他們掛著綠色黑板的小房間裡是值得一看的奇景。工人當然都技藝高超，工作節奏很自在；女工很多都胖嘟嘟的，姿色平庸（就連這裡也跟義大利的城市一樣，漂亮女性被侷限於某些社會階層）。每一個工作檯上都擺滿了糕餅盒，聖誕節的關係；電腦與電腦間是裝飾品和聖誕賀語；許多部門都籌辦了小型聖誕晚會；擴音器為全世界最先進的技術工人傳送由 IBM 上級提供的聖誕歌曲。

懷念紐約

我不跟你們報告華盛頓，因為它跟一個人透過書本所能想像到的華盛頓如出一轍，矯作無趣，高不可攀。其實說起來我還滿喜歡的，不希望它有所不同。只是還沒待上三天，對紐約的懷念就馬上又跑回來了。

電影

我自然沒上電影院，因為晚上我更喜歡看人，而讓我驚訝的是都沒有人上電影院，也從來遇不到去過電影院或聊電影的人。這自然是紐約曼哈頓的特色，繞上美國一圈我當會發現另一面，不過這塊島嶼就我們這個時代的社會而言，是世界上的一個特例，所以電影不算什麼，只是對來自義大利的人實在不可思議。不僅對紐約，尤其相對於我們這個世界，曼哈頓不是一個特定的族群，它就是城市（出版社新聞戲劇經紀人和整個龐大的廣告及公關界，再加上教育與研究，和總是跟作者版權問題形影不離的律師等等），那裡至多談談每天在現代美術館放的早期默片或柏格曼的電影。但像《海灘上》（是我唯一去看的一部片子，因為我對其政治影射感興趣，雖然拍得不好）就從沒遇到有人看過。

1 雅得里亞諾·歐里維提（Adriano Olivetti，1901-1960），一九〇八年以製造打字機起家的義大利企業，在家族第二代雅得里亞諾的帶領下，生產項目擴及計算機、收銀機、電腦。今天是歐洲資訊方面最大的企業之一。（譯者註）

2 塞尼（Antonio Segni，1891-1972），政治家。兩度出任義大利總理，一九六二年當選總統。（譯者註）

3 普雷佐里尼（Giuseppe Prezzolini，1882-1982），義大利作家。文學雜誌《雷歐納爾多》（一九〇三—一九〇七）及《聲音》（一九〇八—一九一六）的創辦人。（譯者註）

4 史培門（Francis Joseph Spellman，1889-1967），美國天主教會大主教，紐約大主教，紅衣主教。（譯者註）

5 卡爾·克勞斯（Karl Kraus，1874-1936），奧地利作家。（譯者註）

6 富盧特洛（Carlo Fruttero，1926-2012），是當時埃伊瑙迪出版社編輯。

7 拉尼耶羅（Raniero Panzieri，1921-1964），埃伊瑙迪出版社編輯，主要負責政治與社會學方面的書。

8 史威茲（Paul Marlor Sweezy，1910-2004），美國經濟學家。著重馬克思理論先進資本主義制度的分析。（譯者註）

9 威廉·史泰隆（William Styron，1925-2006），美國小說家。主要作品有描寫一八三一年美國黑奴起義的長篇小說《奈特杜納的告白》，獲一九六八年普立茲文學獎。（譯者註）

10 Set this House on Fire，埃伊瑙迪出版社於一九六四年以《縱火焚屋》為名出版。

11 史蒂文生（Adlai Stevenson，1900-1965），民主黨黨員，曾為一九五二年間春季大選候選人。

12 雷馬克（Erich Maria Remarque，1898-1970），德國小說家。納粹執政後作品遭查禁（一九三三年），流亡美國。作品有《西線無戰事》等。

寶蓮・高黛（Paulette Goddard，1911-1990），美國女演員。演出電影有《摩登時代》、《獨裁者》……等。卓別林前妻。（譯者註）

13 李・斯特拉斯伯格（Lee Strasberg，1901-1982），美國斯坦尼斯拉夫斯基表演體系的代表，戲劇導演、教師及演員。表演工作坊培養出的演員有馬龍・白蘭度、詹姆斯・狄恩、達斯汀・霍夫曼等等。（譯者註）

14 卡爾維諾成於一九五五年的短篇〈長凳〉由作者親自改編為劇本，作曲家Sergio Liberovici譜曲，一九五六年搬上舞台。〈長凳〉後改為〈長凳上的假期〉收入《馬可瓦多》一書。（譯者註）

中西美日記

芝加哥 一・二十一

我在克利夫蘭、底特律、芝加哥待了十幾天，而短短幾天內我對美國的認識遠超過我在紐約待的兩個月。更認識美國的意思是不斷衝口而出：這才是美國。

美國城市最典型的景觀是道路兩旁的二手車賣場，寬廣的空地上，七彩小旗結成的彩帶下成排成列的是純白、天藍或淺綠的汽車，看板上的數字不是在告訴你價錢，而是價格多麼低廉（用一百美金甚至五十美金就可以買一輛車），有時這樣的賣場綿延數公里，一幅馬市氣象。

城市在哪裡？

說真的，你可以開上幾個小時的車都找不到一處稱得上是市中心的地方；比如克利夫蘭這裡，城市漸漸消失，在像我們的一個省那麼大面積的土地上流散。還有一個商業區勉強可算是市中心，但也只是辦公室集中地。中產階級都住在林蔭道路旁，千篇一律兩層樓，門前數尺綠地，加上依家庭成人人數可停放三或四輛汽車的車庫，各有千秋的小洋屋裡。完全靠汽車代步，因為沒有汽車哪裡都別想去。每隔幾條林蔭大道的一個路口就有一家購物中心，是大家買東西的地方。中產階級從不離開那裡一步，小孩無論左鄰右舍與自己家行動完全一致，年年換車是因為萬一開的是去年的舊車會在鄰居面前丟臉，全是在除了那個世界之外的一無所知中成長。男人每天早上去工作，五點回家就換上拖鞋看電視。

貧民區也完全一樣，小洋房並無二致，只是裡面住的不是一家人，而是兩家或三家。至於房子一般來說都是木造的，短短幾年內就摧枯拉朽。那些四、五年前的高級住宅區如今轉入黑人資產階級手中。猶太人也離開了他們的貧民區，因為今天在克利夫蘭的猶太人差不多全是有錢人，而他們留下的房子就成了黑人貧民窟。教堂還留著，我是指建築物，不再是猶太區的猶太教堂，變成了黑人的洗禮堂，不過彩繪玻璃門窗上和拱門上緣還保留了枝形大燭台做裝飾。在這些超級大城，各個國籍的人不停地從這個住宅區遷到另一個住宅區：原來住義大利人，現在則是匈牙利人，以此類推。波多黎各人還沒到中西部來，全都集中在紐約，不過這裡最近每天有大批的墨西哥移民潮。比較特別的是，今天移民的最新階級是境內移民，維吉尼亞州的貧民白天到這北方的工廠來工作，由於他們是最後到的，所以地位比黑人還不如，於是對他們的種族歧視比對美國北方反種族隔離者的怨恨更為激烈。

戈德一家人

在克利夫蘭我是戈德家的客人，他們是典型的中西部猶太家庭。赫伯特的父親年輕時從蘇俄過來，做過泥水匠和蔬果小販，直到第二次世界大戰後才變成克利夫蘭最富有的旅館業老闆，但仍樸實地住在他的小洋房裡，捐給他差不多每年都會回去的以色列一大筆錢，已經完全世俗化和美國化，但跟許多猶太家庭一樣以家中出了一位文壇名人為傲並對其生活行徑百般容忍。娶的太太是美籍猶太人，是這片土地上的重要原則，她的猶太菜一級棒，有四個孩子的這個家庭洋溢著不可思議的祥和氣氛，因為來到人世心滿意足，她還是以色列國家認定的傑出女性。小孩中最小的當律師，在旅館裡有他的事務所（理所當然的稅務顧問），最小的則幫助父親經營旅館業，除了赫伯特外還有另外一個想當作家，西德尼，是家中異類。直到不久前還是工人，在底特律的福特車廠也工作過，但老是原地踏步，半個共產黨，也想搖筆桿，目前養他的（他三十五歲）是他父親，因為知道有作家兒子可抬高他在同族之中的地位。可是西德尼不如赫伯特機靈，人不積極又虎頭蛇尾，一個注定要失敗，教人憐憫的傢伙，想像力豐富，激進。

汽車旅館

我也住過幾家汽車旅館（其中一家在克利夫蘭，是戈德家的最新財產），如今不再是木造小房間，而是水泥隔牆，一大片停車用的停車場，四邊圍繞隔成眾多房間的樓房，大多是兩層樓。每個房間都有白天變成沙發的雙人床、電視、附鬧鐘功能的收音機、淋浴設備、廚房、冰箱，所有佈置提供了最起碼的服務，是推銷員及情人幽會的天堂，比任何像樣的旅館都便宜。

選舉

在文藝人士家中談的不外選舉，比紐約更甚。我為在波士頓看到的美國天主教面目所震懾，在那裡聖母不斷進逼清教徒的原始發源地（波士頓百分之七十五是天主教徒，根本已被義大利——愛爾蘭人壟斷），所以我做了一場慷慨激昂的反甘迺迪宣傳戰，一般來說猶太籍教授家是不錯的戰場，但通常對他們而言尼克森才是危機所在。往往一聽到有人認為直到昨天仍代表窮人和工人的天主教民主黨人士固然有民主概念，但不懂得扮演史培門的美國——愛爾蘭教會在國際天主教內部所扮演的反動角色時，就失去理智。還有激進的民主黨人，像一位支持漢佛烈、但如果甘迺迪贏得黨內提名隨時可以倒戈擁護的國會議員的妻子，甚至氣到把我們趕出她家。（跟這裡的中產階級交往，常常會遇到某些人，而且是聰明人，覺得有重中美國文化無庸置疑名列前茅的必要——他們舉出跟蘇聯不相上下的大學、劇場、圖書館數字——彷彿在說服別人之前要先說服自己。而且，也只有這裡，才有對美國社會及生活最透徹、嚴謹和掌握史料的評論家。）

妓女

我到這裡兩個半月了，從來沒在街上看到過妓女，這對一個歐洲人而言很不可思議。只在幾個黑人區我才發現西歐所有城市習以為常的景象：流鶯。某些白人區也有，但都在幾個固定的咖啡館裡，而且少之又少。紐約最教人驚奇的是——既因清教教義，也是女子放蕩的結果——偌大的城市裡你看不到一名妓女。外地城市才有。

種族主義者間的大家長作風

卡拉姆劇院（Karamu House）是克利夫蘭三十多年前為推動白人及有色人種一次集體文化活動所創建的一座活動中心。就建築角度來看十分精彩，有劇場，黑人藝術家、手工藝匠的展覽場地，非洲文化美術館，全都是一流的品味，我還看到晚上有黑人全神貫注在上化學及生物課的教室。我彷彿置身蘇聯。我應劇場導演之邀，觀賞明天要上演的一齣話劇的總排，他是猶太白人，將黑人和白人（有業餘的，也有不取分文的專業人士，他是喜歡在小地方工作、向該中心支薪的專業人員）的作品搬上舞台。我們看了話劇，是一齣以種族為題（作者是黑人）叫人落淚感化人心的溫情——社會劇，屬於教會典型的教育劇，或應該說跟我九年前在列寧格勒一個類似的先鋒之家Komsomol小劇場看到的一齣戲神似，不過至少那裡的偽善是另一種類型的，算不上溫情，而是遮遮掩掩地向我揭露這個體制的偽善。我還翻閱了一本關於一系列政治演講的小冊子：是政府文宣。在陪導演妻子回家的路上，我把我對話劇的看法告訴她（我覺得她是一位十分聰慧大方和幸福的女子），但她衷心認為這齣戲很好，跟許多小地方的知識分子一樣受困於一種相對的價值等級，輕信平庸。

思緒不由自主又飄向歐里維提。不斷質疑這個企業的理念之醞釀及運作並非無中生有，而是在「開明資本主義」一定範圍內純憑摸索累積而來的經驗。可以說，歐里維提比他的前輩有格調，大致說來，相較於義大利（政府）所提供給合作伙伴的資源，他的條件更好。只是這裡的家長式文化主動性格局太小，因為文化事業全部集中在紐約，那裡吸收菁英分子後用另一種方式使他們墮落，這裡事情比較自暴其短。（往往我在這裡比較能夠跟美國人——某些美國人——說歐里維提的好，用正面角度介紹它，它是少數幾個美國能懂得並讚揚的義大利奇蹟之一，同時提供他們一個聞所未聞的「另一個義大利」概念。我當然也會談陶里亞蒂[1]，談的都是他的好——怎麼可能跟一個美國人長篇大論讓他們了解某些奇觀在歷史上的重要性及正統性之後又告訴他們負面的東西——不過他們什麼也不懂，一頭霧水。）

美術館

中西部的所有工業機構中都有令人咋舌的美術收藏，包括義大利文藝復興之前和法國印象畫派的作品，琳瑯滿目、精采絕倫的藝術品，還有許多中等但絕不是次等的作品，偶爾也有你絕對料想不到的名作（Corallo 叢書封面）[2]。很遺憾沒能在托雷多停留，小小的鋼鐵城裡他們說有最完備的美術館。不乏硬體方面的新科技：克利夫蘭美術館的展覽大廳內沒有人看守，掛在天花板上的電子監視器轉來轉去對著參觀者錄影，所以只須一名警衛待在他的電子監看室裡就可以看管整個美術館。在底特律美術館花二十五分，就可以租一個戴在耳上有傳送器的小紙盒：每一間展覽室都有一個傳送站用碟片解釋廳內的每一幅畫。

一位激進派人士之死

克利夫蘭的自由黨人士和猶太人一片哀悼之聲，因為歐文・史賓塞（Irwin Spencer）死了，老牌自由黨記者，為一家雖是保守黨孤立主義人士所有但讓他自由發揮的地方報社擔任專欄作家。我讀了他最後一篇文章，討論德國納粹黨徽，他是地方上老一輩的熱情民主演說家。赫伯特去參加了喪禮。歐文是教友派的教徒，不過所有新教教會的牧師和猶太教牧師都到場，而且每個人都說了一番話，在場的還有黑人知識分子及臉色絳紫的酗酒者。歐文以前也酗酒，戒掉以後出任匿名戒酒中心負責人之一，那是社會各階層酗酒者的一個互助組織。

咖啡館

在等赫伯特參加喪禮時，我坐在一間我在紐約想看看不到、屬於美國另一面的氣氛十分火爆的咖啡館裡。那些像電影裡最好少惹的傢伙是克利夫蘭汽車廠的工人，看起來像妓女的女人八成也是苦哈哈的女工。自動點唱機（一個頭戴鴨舌帽的男人跟一個老女人跳舞，然後一同離去），其實是我們稱之為 flippers 的賓果電玩（在紐約只有時代廣場上的一間咖啡館才看得到），電子射靶。總而言之，義大利的美國化走的是外地、無產階級美國的路線。我在廁所以為自己找到了來美國後的第一句髒話，結果不然，是罵黑人的，而且骨子裡還挺悲觀的（趕走黑人以後誰當老大？蟑螂）。這家咖啡館的客人都是來自南方，在工廠裡工作的窮苦白人。

我在底特律去過一些形跡可疑的彈子房，圍坐桌子玩撲克牌的賭徒瞪著陌生人生怕是警察。一幅納爾遜．艾格林[3]筆下不得志的小黑幫調調（我真希望有阿爾格倫在他的芝加哥為我做嚮導，但我們錯過了，因為我在那裡的那幾天他不在，所以我未能一睹芝加哥黑社會風雲）。

電視晚餐

參觀過每個城市都有的大型百貨公司 Sears 後發現，連消費文化都在小地方比較吃香。這裡什麼都賣，包括小型摩托車（比汽車還貴）及汽艇（湖濱城市此刻正是為夏季促銷新款汽艇的季節）。這家百貨公司當年以它的目錄讓即便最偏遠地區的農夫在聯絡不易的那個年代都能郵購而聞名。超市目前最轟動的新產品是電視晚餐，為那些正在看電視連暫停十分鐘去煮飯吃都不願意的人準備好的一盤盤套餐。這些電視晚餐種類繁多，每一個餐盤的蓋子上都有一張顯示菜色的彩色照片，只要把它從冰箱拿出來，眼睛不用離開電視就可以吃飯了。

猶太禮拜堂

赫伯特．戈德在克利夫蘭高地的一座禮拜堂裡做了一場關於嬉皮及「垮掉的一代」的演講。是他父親堅持的，因為這是兒子第一次以文化人士之姿在出生地現身，也是對他，近幾年才剛成為教會要人之一的撒母耳．戈德聲望的一項認可。這間禮拜堂既不是克利夫蘭高地行正統禮的十二猶太堂之一，也不屬於行新禮的禮拜堂（一種猶太新教教會，儀式十分簡單，是為了讓猶太教與美式生活得以協調），它行的是介在上述兩者之間的「保守」禮，保留了大部分的正統儀式並大公無私地加以混合，像耶穌會。我陪著歡欣鼓舞的戈德一家人去做禮拜，連最抱持懷疑態度的孩子們都感染到父母的開懷。我跟其他教徒一樣戴了一頂小黑帽。唱詩班很出色，不論聲音或手勢的莊嚴。為他們伴奏的是管風琴，與正教衝突的革新。牧師（看起來公正嚴明，沒有鬍子）吟唸一小段讚美詩，教徒齊聲回應另一小段，他們埋首於一本小書中誦唸，我也不例外。在那本小書的讚美詩中還有〈美國〉，著名的愛國讚歌。跟所有美國教堂一樣，聖壇旁邊有美國國旗，告解室亦然（但告解室另一邊有以色列國旗）。講台上還有穿著祭服的小男孩和著散步服的小女孩，與牧師和唱詩班交替朗誦讚美詩。做禮拜中途，牧師在紀念完本周該教區的死者及記者歐文．史賓塞後，宣布赫伯特的演講。為了讓這場演講有其宗教性，宣布的講題是〈嬉皮、垮掉的一代與信仰〉，可是赫伯特沒談信仰，說的是由於缺乏具革命性的政治理念，導致「垮掉的一代」理想主義者冷感、漠然。看來，沒有人對這作為美國文化特色已不復存在的政治請願有所非議，好像只有幾名教徒向牧師抗議說做愛和通姦等字眼的使用過頻。演講結束後禮拜繼續進行，戈德爸爸被召去揭約櫃的布幔。

我第一次開車

是一輛美國車，在底特律的路上開了一段。自動排檔讓開車變得再容易不過，只要習慣找不到離合器踩就好了。高速公路上的時速限制很嚴格，駕駛都格外謹慎。奇怪的是沒有超車方面的規定，從右或從左超隨你高興。而且幾乎從來不打方向燈。

仙境

另外一個典型美國才有的場所，高速公路站。我在男廁看到的驚奇新發現。有一台幫你放鬆的設備，為開車過久雙腿麻痺的人所設：你踩上踏腳板，投一枚五分鎳幣，機器便啟動讓你抖上五分鐘，跟跳 san vito 舞差不多。還有刷子呈圓筒狀的自動擦鞋機。許多男廁中的擦手巾已改為熱風烘手機了。

美國貧窮

有其獨特顏色，我已學會辨認，是磚屋的紅，或貧民窟的木頭房子的無色。在紐約，貧窮好像只是初來乍到者的問題，有點像過渡期；如果隨便一個波多黎各人一登陸就發大財彷彿是一件不對的事。工業大城裡看得出大眾的貧窮是制度下必然的產物，往往還看到歐洲貧窮的影子，黑人住的房子比茅屋好不到哪裡去，老人推著手推車（！）裡頭裝的是從快要倒塌的貧民窟撿來的木板。不過，往富裕階梯上爬的各階層的交替翻轉雖然緩慢但不間斷，新來的總能找到安身之地。雖然這種美國的活力來源，流動多變，更迭不輟，卻在日漸消失中。一九五八年的經濟蕭條對底特律是一大打擊，福特自那時起實施半年輪休，呈永久的半失業狀態；比較年長的工人，那些上了一定歲數的，比其他人有優先權重新被錄用，也就是說他們的位子有保障，這對通常缺乏穩定性，無產階級向來以打臨時工維生的美國生活來說是一件新鮮事。

計畫案

計畫案是取代現有貧民窟，由市政府或國家興建的國民住宅，往往比原有的貧民窟還要令人傷心，這些國民住宅所有的不過是一種生命和歡愉的腐朽滋味。即便那些於新政時期，在紐約、克利夫蘭、底特律蓋起來的國民住宅，都是一種磚牢，不論高矮，總是太過平庸，矗立在光禿禿的空地上。人行道旁的小店舖不見了，每一個住宅區都到它的購物中心辦貨。不過在底特律，原先為貧民窟的一區，如今立起密斯・凡・得・羅斯（Mies Van der Rohe）第一批名聲大噪的住宅區，大塊、大塊垂直量體和綠地上有其他水平量體的那個。我去參觀過，現在有裝潢好的公寓展示給買者或租屋者看。到目前為止大家都用買的，沒有人租。房價挺貴的。房租：一間公寓月租二百二十美金。那是為中高收入、專業人士、主管階級設計的住宅，不是貧民窟的解答。被趕出來的貧民窟居民得去別的地方尋找別的貧民窟，購屋者之中也不乏黑人。

典型美國照片

擺在商店櫥窗裡典型美國黑人浸信教會的照片並不特別引人入勝，因為在黑人貧民區轉一圈，這是再平常不過的景色。窮苦黑人的浸信教會因內部分歧造成為數眾多的分會，任何一個擅演宗教喜劇又有錢租下場地的黑人都可以成立一個教會在那裡大聲嚷嚷。信條不外乎至靈復活、現場顯靈或現身。有人搖身一變成了名人和百萬富翁像 Father Divine，反之則像這幾天剛過世的那個。

在芝加哥令人傷感但並不貧窮的黑人區路邊，我看到一幅巨大的可口可樂風格的廣告，而那美麗優雅無瑕的男孩、女孩不再是白人，是黑人。我坐車經過時沒來得及反應過來廣告什麼，另一天我又經過那裡，這回留神細看：是一家殯儀館的廣告（提供您絕對的舒適）。（殯儀館的廣告在黑人區十分常見。）

窮人店

在這個消費國家裡，為了能儘快買進新東西什麼東西都得丟，然後發現在商品生產標準化的這個國家，有一個誰也想不到在美國還有人會買賣的貨品的地下市場。像芝加哥的義大利區就有一些賣過時存貨的大型百貨公司，它的商品是商業區的翻版，只是品質差到即便是全新的時候也教人覺得洩氣。還有猶太貧民區壯觀的二手貨市集，我原以為是紐約歐徹街的專利，結果發現它四處可見。在美國有一方天地，那裡是什麼都不丟的，芝加哥有一個去年屬於義大利人今年換手給墨西哥人的住宅區，墨西哥商店老闆連店帶貨一起買下來，繼續把義大利存貨混在墨西哥貨裡賣。還有窮人書店，賣的是二手平裝書和雜誌，都是小型書商的產物，以移民的語言為主，西班牙文、希臘文、匈牙利文（沒有義大利文，因為義大利移民通常看不懂書寫的義大利文）。迷信成了文化根源。底特律有一家賣香燭的店，櫥窗裡有適用於不同宗教的香燭，包括巫術邪教儀式所需設備，天主教的宗教圖片、經書、魔術、撲克牌，及色情刊物。西德尼．戈德告訴我說有一次店老闆看到他探頭探腦，把他從店裡趕了出去，說不定店後頭為黑人、義大利、墨西哥顧客準備有春藥或其他妖術。芝加哥的墨西哥區也有一家吉普賽女人開的手相算命店。

包我利街

這並不是紐約所特有，每一個城市都有一條專為醉漢、人渣保留的街。那裡有價錢極為低廉的房間，破破爛爛的小店，醉漢手上有幾文就能飽餐的飯館。他們都先去買一張只要幾分錢就可以吃一頓，點數固定的餐券，確知自己接下來幾天有飯吃，剩下的錢就拿去喝個痛快。當然在這些地方救世軍的單位及各色宗教團體林立，可以去那裡取暖。我記得一間聖湯瑪斯．阿奎諾閱覽室，在底特律，擠滿了假裝去看書的遊民：一個由寒冽街道可以透過大窗子望進去的地方。會議室都得上鎖——UE的一個工會人士跟我說，他的辦公室附近醉漢成群——否則會有遊民跑進去睡覺。美國離家棄職淪為醉漢和流浪漢的現象很普遍，四十歲的中年人也有，一種不知名的自我毀滅儀式。

放輕鬆

今晚在底特律招待我的主人，原本是哲學教授，現在在廣播電台當DJ（介紹唱片，空檔時間說點俏皮話），賺很多錢而且很受歡迎，也自己作曲自己唱，還灌錄反潮流（不太過分）的一些小曲子。

鋼鐵危機

已經開始了。大罷工的起因是鋼鐵工業為了維持高價位，導致存貨量一直上升。說不定年內，選舉過後，美國經濟將面臨嚴重衰竭。聽某些左派工會人士的說法（芝加哥我主要都在那個圈子裡活動），美國經濟在信用賒貸和強迫消費的惡性循環下，看起來實在很脆弱，危在旦夕。

芝加哥

實實在在的美國大城市，事生產、血腥、跋扈鄙俗。這裡的各社會階級像敵軍一般對峙，有錢人住在風光綺麗的一排排湖濱豪華大廈中，稍往下走幾步就是一望無際地獄般的貧民區。在這裡可以嗅到人行道上的喋血氣味，Haymarket事件犧牲者的血（無政府主義的德國人，關於他們有一本十分精美附有插圖的老書，是當時警察頭子的作品），一磚一瓦建起芝加哥工業、在工作中殉職者的血，黑社會人士的血。我停留的這幾天爆發了轟動的警察受賄案，我想義大利報紙也有報導。我很想在這不論其美醜都值得去了解的芝加哥多留一陣子，但是這裡的冷很不舒服，我當地的朋友言語乏味且庸俗（跟芝加哥是絕配），我決定飛往加州。

1 陶里亞蒂（Palmiro Togliatti，1893-1964），義大利政治家。一九二六年葛蘭西被法西斯逮捕後接任義共書記一職，推動黨內新氣象，走群眾路線，奠定義共民間基礎，塑造義共新形象。（譯者註）

2 卡爾維諾這裡指的是埃伊瑙迪出版社 Corallo 叢書以現代畫家名作所設計的封面。（譯者註）

3 納爾遜・艾格林（Nelson Algren，1909-1981），美國作家，題材多取自城市下層社會生活。（譯者註）

舊金山日記

一九六〇．二．五

你們都知道舊金山怎麼回事，整個在山丘上，陡峭的上坡路，行經某些路段、古老頗具特色的有軌電車和路面軌道的金屬刮擦聲，是這個城市的標記，像紐約則是下水道排出的暖氣輕煙。我住中國城附近，這個中國以外最大的中國人社區現在正爆竹連天地在慶祝這幾天的農曆春節（今年是鼠年）。中國商店賣的東西幾乎全是日本製的。舊金山的日本僑民也很多，黃白雜居的這個都市景觀將是五十年、一百年後全世界各地的都市景觀。黑人中為數最多的是墨西哥印第安人。義大利人原本在中國城附近有一個義大利區，北灘，不過現在大部分都搬走了，如今還有一些義大利餐廳和商店，成了嬉皮區，招牌上的名字和句子是用義大利文寫的：你們知道舊金山的義大利人都是里古利亞省、托斯卡納省或義大利北方人，老一輩的還懂義大利文，紐約的義大利人則不同，他們既不懂義大利文也從來不學英文，就這麼辭不達意過了幾個世紀。這裡的義大利姓氏跟今日義大利的姓氏相吻合，至於紐約義大利人的姓，在義大利連聽都沒聽過，他們屬於那不曾在義大利史上露臉的義大利。還有，舊金山的義大利人長得跟我們一樣，紐約的義大利人只像他們自己。這種住著中國人——義大利——嬉皮的拉丁區到了晚上滿街都是人，這在美國很反常；有一家咖啡館居然還在人行道上擺出桌椅，教人錯以為身在巴黎或羅馬。不過後來我發現這種熱鬧景象只有星期五、六、日晚上才見得到，其他時候則荒涼無生氣。

碼頭工人工會

頭一件事自然是去拜訪哈利．布立基，他是美國左派唯一一個勢力強大的碼頭裝卸工人工會ILWU的祕書長，因為跟赫魯雪夫會過面而名聲大噪（ILWU是西岸的工會，紐約的碼頭裝卸工人工會眾所皆知是在黑社會手裡；請參考Waterfront）。我不覺得布立基有什麼特別魅力，他的幾個同僚反而十分風趣。舊金山碼頭工人拜他們工會的戰鬥力之賜變成一種藍領貴族。他們月薪在五百美金上下，就一個不需特殊技能就能勝任的工作而言這份酬勞過於優渥。在一間不漂亮但挺別致的現代建築中，進行的是有名的補給動作，應船隻要求安排工人白天或晚上來裝卸貨物。我目睹了晚班工作。裝卸工人陸續到來，每個人都開一輛豪華大轎車停在草坪上，穿著各式艷色夾克來上工，令人難以置信的新穎及乾淨。之中許多是黑人，還有斯堪的那維亞人。下工之後工人要跟工會報告個人工時，這樣工會隨時都有按工時多寡排出的工人名單，當業主要人的時候，工會便優先選擇工時較低的人，年底大家的工時就差不多一樣。這些數字是用一塊燈光告示板顯示，很像賽馬場的計分表還有股市。在舊金山，當碼頭裝卸工就跟在聖雷莫坐賭場收銀台一樣，是最教大家羨慕的一個行業。今年工會收到了一萬多份的入會申請，只挑選了七百人，即便在貧窮這個字眼不存在的加州，這個數字仍說明了什麼叫做美國的富裕勞工。當然篩選的標準是要看體力及年齡，大部分的碼頭工人都是魁梧巨人。這個成果來自不懈的奮戰精神，工會頗引以為豪，確實也值得歐洲工會檢討。有天晚上一位工會激進派老將語氣很衝地對著我大加抨擊法國和義大利工會的缺乏戰鬥力，他說義、法工會分子空有美國勞工所沒有的政治意識，卻從來沒能經由罷工爭取到美國工會所爭取到的東西（我們還可以說，甚至連堅守自己的政治立場都做不到）。

俱樂部

舊金山的祕密難道在於它是一個貴族城市嗎？一位研究地方歷史的老作家帶我到波希米亞俱樂部吃午飯，這是我在美國看到的第一家英式俱樂部。一切的一切，包括木面裝潢的牆壁、遊樂室、世紀初風格的繪畫、名人肖像、圖書館都跟倫敦最保守的俱樂部一模一樣。如同每次在這個各方面離英國說有多遠就有多遠的國家中嗅到一絲盎格魯撒克遜文化氣息那樣，我深受感動。由俱樂部的名字可知八十年前是藝術家、作家聚集地，滿室手稿、珍品皆出自傑克・倫敦（Jack London）、比爾斯（Ambrose Bierce）、諾里斯（Frank Norris）及曾住過舊金山的史蒂文生（Robert Louis Stevenson）和吉卜林（Joseph Rudyard Kipling）之手。前者於此長住過，後者則只停留了短短幾個月。還有馬克吐溫，當時他還是一個名叫撒母耳・克雷門斯的記者。如今俱樂部會員都是六十多歲的老先生，英國派頭，或許是舊金山碩果僅存的盎格魯撒克遜人。這麼說來舊金山是群雄交會地囉？舊金山的出版業者出版的書種寥寥可數，加州書會出的是像Tallone那一類的古典叢書，將內戰期間加州人書信手跡複製並集結出版，這種以附有精確複製文件推出歷史書的方式果然新穎、誘人。舊金山主要是為紐約的出版業做印刷。這裡的義大利人跟美國其他地方的義大利僑民比起來也多了一份優越感。雖然我在這些祖籍義大利的美國人開的俱樂部「晚宴」進餐時，並沒有感覺到相較於紐約類似的圈子有什麼層級上的明顯差別。

澤爾巴赫（Zellerbach）

我旅館附近有一棟很神氣的澤爾巴赫家族的造紙廠新大樓。澤家是淘金熱之前就進駐舊金山的少數猶太家族之一（一八四九年始終被視為加州史前史及正史的分水嶺），這些猶太家族並未跟日後來自中東大批湧進的意第緒語系猶太人融合（再說後者在加州人數不多），可以算是自成一格的貴族。

佛令格提（Lawrence Ferlinghetti）

佛令格提（你們知道的，他原名叫佛令〔Ferling〕，之所以加上那個字尾是表示對義大利人、黑人及其他生氣盎然、原始民族的敬仰）是「垮掉的一代」詩人中最聰穎的（也是唯一有幽默感的，他的詩作有賈克．普維〔Jacques Prévert〕之風），而且並未捨棄舊金山就紐約。不過他現在人在智利旅行，所以我少了一個對舊金山瞭若指掌的權威導遊，就像在芝加哥沒找到阿爾格倫一樣。佛令格提有一家全舊金山最棒的前衛書店「城市之光」，跟哥倫布街上另一家文學書店一樣幾乎純賣平裝書。不過這些平裝書的價格相去甚遠：在只要三十五分到五角不折不扣的大眾書（通常純以營利為目的）旁邊有包羅萬象（上至天文下至地理，偉大的書名涵蓋了各式趣味與智慧）的文化叢書，有售價一塊半、一塊七毛五甚至兩塊美金的軟皮書，說起來跟定價三塊左右的精裝硬皮書沒有明顯差距。但是大家寧可賣昂貴的平裝書也不買精裝書。

鄉村

這裡的生活與紐約並沒什麼不同，正如城市的社會組合亦大同小異。不過此地的小團體間瀰漫著某種典型的鄉間氣氛。這裡的流言蜚語可不是紐約那種流言蜚語，有其鄉村式的震撼效果。這點在柏克萊教授們的那個人造樂園小世界中尤其明顯。每個人都守著自己在丘陵上成排而立的小巧華宅。僑民圈子亦然。我們在太平洋濱。

傳奇真人真事

我看了七、八家後才選定這家旅館，就價錢、清潔和地點都是最合理的。沒有人介紹，兩天以後我發現同一批獎助金的另外三個人奧利埃、克勞斯、梅傑德，不同時間抵達，也住在那裡。四個人不約而同在有成千上百家同類旅館的這一區選上同一家。

古蹟

我始終避開風景、古蹟和城市觀光旅遊不提。不過這回得破例。在戈登門附近的一個公園裡逛，猛抬頭發現一片巨大的新古典建築，一排列柱，映照在一小汪湖水上，比例大得驚人；已成廢墟，花草蔓生，摧枯拉朽中看出當年精雕細琢。視覺效果很超現實，像噩夢情境，就連波赫士也想像不出類似場景。原來是美術館，為一九一五年一次美洲藝術展所建。無視其詭異今貌，觀光手冊硬拱它是全美洲最精彩的新古典建築，或許不假。從這座建築物身上可以看到一九一五年富裕美國的文化夢，以今日建築現況看待卻讓人聯想到，我不記得是誰說的，美國由蠻荒一腳就跨入了衰亡。如今不忍見此樓化為塵土的聖芳濟教會決定以石材重建，於陶立克柱頭上方的方形磚面飾以大理石。加州政府負責五百萬，市政府及商會再各出五百萬，另外五百萬將由民間募款。

緒爾沙利特湖

海灣及附近的海水即便在夏天也是冷的，撇開緯度和林木生態（有藍桉及亦稱為紅木的巨杉）不談，舊金山一帶令人神往的海景與山林不帶一絲地中海氣息，天空永遠烏雲密佈，飄著小雨和無時不在的霧，使這片景色比里古利亞的聖瑪格麗特及斯堪的那維亞峽灣還要憂鬱。其憂鬱也更甚於緒爾沙利特湖。該湖在眾多觀光村和遊艇港口中最具文藝色彩，精品店林立，住在那裡的都是作家、畫家和同性戀，跟瑞士的阿斯寇納一樣。

哲學教授

不能免俗，馬克・哈里斯（Mark Harris）（我們月前曾看過並放棄的幽默小說《傻子，醒醒》的作者）跟絕大多數的年輕作家一樣在大學裡開寫作課，舊金山州立大學。他真正的專業其實是棒球，他寫了三本以棒球為題材的小說。關於美國文學，如何在一個富裕、問題尚未浮顯的社會裡創作所面臨的難題，他談起來頭頭是道。不過他對歐洲文學一無所知，對大西洋彼岸曾經發生及正在發生的事毫無概念，並不是說他沒興趣：他目瞪口呆地聽著每件大事紀。他不知道西班牙打過內戰（一定讀過海明威，但就跟我們讀南海婆羅洲首長之爭一樣）。另一位我未曾謀面，但與梅傑德有過幾面之緣，在哈里斯同一所大學任教的哲學教授，只知道一位哲學家——維根斯坦。認為黑格爾不過是一位玄學家，不值得研究，海德格及沙特則是散文家而非哲學家。

巴比特[1]

馬里歐．斯帕格納（Spagna發音為Spagh-na，大家叫他斯帕格）祖籍義大利伊伏雷亞附近（不過他不懂義大利文，只會幾句皮埃蒙特方言），開車載我四處遊覽，是他鄰居馬克．哈里斯介紹我們認識的。典型的美國中產階級，五十歲便從標準石油公司退休。修身養性之餘，他也搖筆桿：主要是寫信給參議員和眾議員。看報，剪下跟地方眾議員有關的消息，然後對他們表示支持和提意見。他還有一篇文章被登出來過：〈照照鏡子〉，呼籲年輕人不應出自虛榮照鏡子，應審視自己的良心。他花了好幾年時間研究一個和平與美之殿堂的設計案，計畫要蓋在提摩派斯山坡上，有一天將成為聯合國全球政府所在地。

DIY

我的筆記中至今未提及美國生活，他們活躍的社交生活，都是在沒有人服務的情況下進行的；還有美國的房子，絕大多數品味出眾的房子，無論牆壁粉刷、樓梯、諸多木工都是屋主自己動手從容完成的。因為這類工作要不根本找不到工人，就是索價過高。柏克萊的一位教授湯尼．歐的房子，漂亮典雅，從砌牆到木工，從地基到屋頂，全是他一手做起來的，而他並不是唯一一個。對大部分中產階級知識分子來說，白手起家正如同字面上的意思，是用自己的雙手蓋房子。

歐洲

女作家N．M[2]是無人不曉的英國三姐妹中的老大，那個時代她是公認的美女。三姐妹其中之一是希特勒的情人，另外一個是納粹首領奧斯華．莫斯利（Oswald Mosley）的妻子。她則信奉共產主義，是張伯倫死在對抗西班牙共和黨人戰場上的兒子之妻，後來到了美國，活躍於民主黨及反種族歧視各團體間。

公關

公關C先生給我的那本關於他們企業的簡介，直到我人在開往月亮谷（紀念傑克．倫敦）的公車上才開始看。他邀我到他在那裡的葡萄園度周末，你們猜另一位應邀的賓客是誰，活見鬼了：與我合照的那一位是紅衣主教史培門，C先生的好友，再三恭喜他受國務院之託拯救巴西免於淪入共產黨手中的任務完成（在C先生的公關運作下僅一年時間巴西局勢改觀，變成反共國家）。此外，簡介上對公關的詮釋是（C的工作小組接受不同團體的委託，偶爾也接受國務院的案子）：「公共關係可以製造子虛烏有的消息並公諸於世，也可以反過來預防及減低不利消息所帶來的影響。」於此我們看到的是美國人習性中最浮誇的一面，在其大剌剌的宣言中是跟蘇聯口號式文宣同等的天真。我原以為那個下午將在無聊的政治討論中度過，結果不然。私底下C先生人很敏銳，通情達理且周到，他的房子是他親手蓋的，令人嘆為觀止的墨西哥擺設，葡萄園沒有請人照顧（那一區的葡萄種植者少之又少，美國已經沒有農夫這一行是眾所皆知的事，南方除外。很奢侈的經營一家規模不小的釀酒廠的鄰居的修樹工人是從法國請來的）。霏霏細雨中鹿群一口一口飲啜著葡萄。他給我看的一本關於墨西哥的書中，除了慣常美國媒體的反共語調外，還有對墨西哥教會所做的嚴謹分析評論，見解精闢。至於歐洲及美國政治方面的話題始終維持著適可而止的天馬行空。C也為天主教的跋扈擔憂（「那麼你的朋友紅衣主教史培門呢？」「他呀，是個好人，不過其他神父……」）。關於共產主義（所有美國中產階級少不了要問的義大利共產主義問題）卻一筆掠過；做公關的特點就是見風轉舵和圓滑。他和他太太（建築師）直接在火上烹調出的菜餚是我旅程中所吃到最美味的一餐。

「垮掉的一代」的派對

我應邀去參加一個「垮掉的一代」的派對。由於這幾天警方出動大批人馬圍剿大麻交易，所以門口始終有人站崗看有沒有警察來搜查。（廣場上還曾有「垮掉的一代」聚集抗議此類「法西斯制度」，並要求開放麻醉品使用。）這裡，不知道是誰家，只有酒喝，而且難喝死了，沒有椅子，沒得跳舞，有黑人鼓師但沒有空地，漂亮女孩有一些，不過最漂亮的那幾個照例是同性戀，沒有共通話題，無法交談，不可或缺的吸毒者在紐約派對裡通常打扮得體、乾乾淨淨，這裡的卻髒兮兮、面容憔悴地兜售一管管的海洛英或安非他命。結論是，寧可參加「資產階級」的派對，起碼酒比較好（忘記跟你們說當天的派對還有格林〔Graham Greene〕，他現在也住舊金山，不過我們根本沒見著對方）。

肯尼斯・雷克斯雷斯（Kenneth Rexroth）

他肯定是我在美國所見過的人當中最重要的；我知道他並不是因為他的文名（他出了二十多本詩集，為數可觀的評論文集及不少日本古典文學、詩的翻譯），留下深刻印象的是他這個人。老一輩的無政府主義——工會分子，擔任過許多年工會的組織工作。沒有一個人他看得順眼，不時爆出嘲諷的哄笑，他的頭號敵人是前共產黨員、前游擊隊評論雜誌的托洛茨基分子、驚悚小說等等，是個魁梧帥氣的老男人，唇上兩撇白鬍，年輕時還當過拳擊手，跟我見面時身穿一件牛仔襯衫和軍用背心。對未來充滿信心，即便沒有政治、意識形態活動，沒有科技發展等等，終會到達新境界。就算希特勒稱霸，所有反法西斯分子喪命，所有書本被焚，歷史也會從頭開始，一切都會重建，只是時間問題。哪些團體、哪些力量、哪些新潮流可以讓我們預見明日美國？這是我逢人就問的一個問題，始終沒有得到令人滿意的答案，對他，我也不例外。年輕人，他說，在他去朗讀詩的大學裡他看到了新的一代，還未定型，但滿懷熱忱和改革衝動。「垮掉的一代」對麥迪生街而言算是叛逆，其實很膚淺。真正的青年在大學，還有南方的黑人運動，馬丁·路德·金恩這位偉大的黑人領袖目前人在迦納（此地黑人運動和非洲國家之間現階段的關係很微妙）。其實這樣的說法我在紐約已經聽過，而直至今日我仍未見到這名聞遐邇的大學新青年有任何振奮人心之舉。雷克斯雷斯還跟我提到一些（肅然起敬）無政府主義天主教團體，像我在紐約就聽過桃樂絲·黛發起的運動，她還發行一份類似基督徒見證的刊物。參與這個團體的還有我們的作家J·F·鮑威爾斯以及我覺得差不多是杜羅朵神父[1]那一類的Brother Antoninus。雷克斯雷斯正在寫他的長河式自傳，他說可以翻譯到歐洲去，因為他做遍了所有歐洲人認為一個美國人會做的事。現在他為舊金山電台擔任文學評論（舊金山有一家很好的獨立電台，尺度自由，提供絕佳的國際資訊服務，是唯一的資訊來源，因為舊金山報業水準奇低，《紐約時報》要晚三天才到。法國危機被所有新聞媒體撇過不談是我親身經驗，除了地方報有精簡摘要外，全都集中報導Finch案）。

中國新年

引頸期盼有舞龍表演的盛大節慶——中國新年（二月五日，昨天晚上），結果令人大失所望。海軍閱兵，當地政治人物乘豪華大轎車遊街，跟義大利黑社會及所有弱勢民族一樣，中國領袖擺出一副幫派老大和法西斯的嘴臉，動作整齊劃一的青少年跟墨索里尼的義大利法西斯青年隊和其他團體如出一轍，還有中國反共協會，黑鴉鴉一片全是十分西化的中國小姐。最後舞龍登場，長而炫目，可是完全感受不到大眾自動自發的參與感，相反地，瀰漫一股「帝國主義」氣氛，或者我們可以稱之為美式法西斯，這倒是旅行中頭一次遇到。（又有其他聲音告訴我中國城的另一面：通常只放台灣和香港出品的電影的戲院，將在美國人還沒來得及察覺以前，連放兩個月來自共產主義中國的電影。）

舊金山結語

我對舊金山寄望很高，大家告訴我關於舊金山的也不少，如今我在這裡待了十五天（包括跟同伴研究怎樣跟他們其中幾個開車一起走的時間），好，現在我要離開了，憑良心講我沒辦法說我知道的比以前多，也不能說我真的比較了解它，或許我興致不高。這幾天的生活毫無新意，沒認識什麼超凡人物（除了雷克斯雷斯），沒人理睬我（倒不是城市本身吝於與我分享它的快樂，只是，結果如此，也許我的行情正在走下坡）。從我離開紐約就老聽到紐約的壞話，多少跟我們批評羅馬的心態相仿

（當然是不一樣的），其實他們說的沒錯，不過紐約大概是美國僅有的讓人覺得身在世界中心而非荒郊野外、邊緣的地方，所以我寧擇其陋、擇其特有的、優於一切的、本位主義但互不衝突的對自由的忠貞，而不屈就那超俗之美。

1 巴比特（Babbitt），美國小說家劉易士同名小說中主人翁，指自滿、守舊的中產階級分子。（譯者註）

2 南希．米特福德（Nancy Mitford，1904-1973），英國小說家、傳記作者、記者。（譯者註）

加州日記

洛杉磯　二．二十

駕駛人回憶錄

我跟奧利埃、品哲、克勞斯和他太太於二月七日離開舊金山，我們租了一輛福特，在洛杉磯還車，大家輪流開。開車並不難，但是辛苦，因為車子性能有點問題。平行車道系統比我們採左側超車要好也較不危險。當然遇到像我們那裡的狹窄路段，每個行車方向只有雙線道時，基本上也得跟義大利一樣從左側超車。重要的是保持固定車道，要換「線」也就是換車道時，得注意後方有沒有來車。車速限制嚴格必須隨時留意，沿途都有警車或摩托車以雷達測速。在人口稠密的住宅區的時速規定是三十五或二十五英里，加州一般速限是六十五英里。我們的車不是自排（自排車較貴），開在高速公路上順利無比，到了洛杉磯車流不息加上接二連三的紅綠燈，才知道對無須換檔的駕駛人而言是何等悠閑。在洛杉磯停車是大問題。我們一到才把車留在禁止停車的地方幾分鐘，回頭已經不見了，警察轉眼就用一輛有拖吊設備的小卡車把它拖走了，我們只好花上半天時間到一個專停違規車的車庫去領回來。所有紓解交通的服務效率之高令人咋舌：有一晚在舊金山跟一個朋友參加完派對回家，兩個人微醺把車開出馬路，下著雨，車輪陷入泥漿，我們跑去打公用電話討救兵，還沒回到出事現場已經有吊車在那裡一截一截地把車提上來了。

其實不然

大家老說開車橫越美國是遊覽美國的唯一方式，其實不然。首先是在於它無邊無際的大，再者無聊得要命。只須走一小段高速公路就可以大致勾勒出平均說來是由小型及超小型城鎮構成的美國輪廓，路旁郊區綿延千里，令人氣餒的淒涼。全是低矮建築、加油站和其他類似的店舖，還有招牌、霓虹燈的七彩顏色，於是你知道美國百分之九十五是一個醜陋、教人喘不過氣來、各人自掃門前雪的國家，總之，無可救藥的平淡。你還得花上好幾個小時越過荒無人煙之地，正如我們在加州森林及海岸邊的漫遊，自然你也會見到世間奇景，不過少了某種味道，或許因為那不屬於人的尺度。開車旅行最無趣的要屬在不知名的小鎮上過夜，沒有任何活動可打發時間，只應證了美國小鎮的單調乏味果真名不虛傳，且較耳聞有過之而無不及。美國數十年如一日：咖啡館四壁飾以狩獵戰利品，麋鹿、馴鹿；頂著牛仔帽的農人在店舖的裡間玩撲克牌，碩胖妓女勾引推銷員，醉鬼故意找碴挑釁。這樣的淒涼景象不為小鄉鎮所專有，包括較有生氣的度假中心如蒙特利、卡梅爾也不例外。像現在是淡季，連找一家餐廳吃個晚飯都難。

這些人間樂園

那些美國作家生活的地方，我是寧死也不住。除了與酒為伴外無事可做。一個年輕作家叫丹尼斯．墨菲什麼的，寫了一本暢銷書《陸軍中士》，在義大利蒙達多利出版社[1]中的梅杜莎叢書翻譯出版——樣書剛到他就拿來給我看，我還以為蒙達多利是個名不見經傳的小出版社——那天早上他來找我時雙手傷痕累累，因為前一天晚上爛醉如泥的他揮拳擊碎了住屋的落地窗玻璃。亨利．米勒住在Big Sur這裡，我們已聽說他不見客，正埋首寫作。剛與一位十九歲妙齡女子走上紅毯另一端的這位七十歲老作家投注所有餘力在寫作上，以期在有生之年能完成所有的作品。

老人旅館

朋友們老以為汽車旅館貴（大錯特錯），結果選擇投宿在陰森、跳蚤聚生的小旅館裡。這些旅館的常客是住在那裡守著電視螢幕消磨一天又一天的老人。加州是美國獨身老人的避難所，他們來到這個四季如春之地挑一間小旅館，將積蓄一點點掏空度餘年。不過紐約旅館也是老人居多，尤其以老太太為主。

太平洋

非岩岸的土質峭壁，高聳木柵欄圍成港口，太平洋展現其與眾不同的風貌，包括海洋植物也截然不同：被浪花拋上沙灘的海藻質密柔韌，加上小而硬的尖頭，可當三、四尺長鞭來使。這樣長且結實的海藻簡直可以上演皮鞭大對決。海底及海濱既不是沙土亦非岩層，而是群生、多孔、會呼吸的海中生物。海底其實是活的：一層軟體動物像眼睛那樣時張時闔。還有，即使陽光普照的日子，海面上始終籠罩一層薄霧、蒸煙嫋嫋。

洛杉磯

自我抵美以來，所有人都跟我說洛杉磯很可怕，舊金山我會很喜歡但洛杉磯肯定教我倒胃口，於是我知道洛杉磯跟我一定氣味相投。果然，我一到洛杉磯即被深深吸引：這才是美國城市，這樣一個超乎想像看不到盡頭的城市，正是在大都市才覺得自在的我所需要的。其長大約是從米蘭到都靈，其寬則上自科莫下至維切利。神奇的是一個社區和另一個社區（也稱市，往往是一望無際的華宅及小別墅）之間，有荒漠的高山峻嶺橫亙，想去城市彼端還得翻山越嶺，其間不乏鹿群及山貓出沒，想去海邊，則得越過世界上最美的半島及沙灘。此外洛杉磯是一個庸俗、單調、不矯揉做作興建紀念性建築或觀光景點的城市——不像舊金山，是美國唯一一個有歐洲所謂「個性」的城市，愛上舊金山理所當然，一切完美——洛杉磯則是貨真價實的美國風情畫，這裡不論是超高水準或一般的生活方式都不會擺出超然世外的姿態，是屬於大型工業城組織化的生活。不過幾天下來我察覺洛杉磯之居大不易，比美國任何一處都麻煩，對短期訪客來說（本來他們通常較當地居民更能樂在其中）簡直教人氣餒。社交生活在遼遠的距離阻隔下成為空談，比佛利山莊只做內部交流，聖摩尼卡、帕斯登那等亦然。等於過的是鄉間生活，大紅燙金的鄉間生活。要不然你得開上四十分鐘、一個小時或一個半小時的車，像我就只好依賴有人開車來接我，我若開朋友的車也覺得疲倦且無聊；公共運輸工具除屈指可數的幾班公車外別無選擇；計程車少而且索價驚人。城市缺乏輪廓如同缺乏魂魄，甚至我原先期待見到的像芝加哥那樣莽撞的活力也沒有。說實在的那不是一個城市，而是一窩淘金者，身手矯捷但六親不認。皮歐維內[2]對洛杉磯做過深入觀察，我不在此贅言，請參閱他的傳神描述。

郊區

看到這些教授在此人間天堂是怎麼過日子的，且不論他們資質傑出或平庸，看到大學對研究工作提供的優渥資源，忍不住要說這一切是用靈魂換來的，在這個地方就連最大無畏的靈魂也注定要萎謝。分隔為上千個郊區，洛杉磯是世界邊緣，從各個角度來看皆如此，即便是在這裡「被拍出來」而不是「拍出來」的電影裡亦然。不管去到何處都有住在市中心怪癖的我，在這裡也找了一個位居鬧區的旅館，然而此鬧區是辦公室集中地，不住人，於是加深義大利語系的朋友們勸我搬到 Westwood 的一家汽車旅館，這樣離他們比較近。我跟汽車旅館一拍即合，即使在此度一生也不倦。這還是一家摩門教旅館，對面是一間荒謬巨大，只開放給教會老先生、老太太的摩門教堂，距離井然有序的日本人（以為鄰近社區小洋房修剪屋前草坪為生）及墨西哥社區不遠。可是我就此與洛杉磯其他地區失去了聯絡，我也提不起什麼勁去找那些我有地址的人或拿著介紹信去看誰（打電話也非易事，每一社區都有自己的電話簿，其他社區的電話簿找不到；大部分的電話跟打長途電話一樣得透過接線生），所以這是我到美國以來第一次沒有汲汲營營與當地人士聯絡，卻在那些活在自己小世界裡的義大利教授的晨昏作息中隨遇而安。

如此這般的電影圈我無可奉告

我離開紐約的時候亞瑟·米勒還在這裡，現在他離開了，是他的祕書寫信告訴我的，於是我錯過了與全美國最受矚目的名女人碰面的機會（我還是希望能在紐約遇到他們），至於跟電影圈的接觸除了安排參觀迪士尼片廠、福斯公司那一絲不苟重建的百年如一日的西部小鎮外景現場以外，就沒有了。這幾個月對好萊塢來說（我說的好萊塢是歐洲習稱的好萊塢；你們知道的，好萊塢如今餐廳、劇場、娛樂場所雲集，類似百老匯，可是跟電影製作一點關係也沒有了。製片廠都在別處，在外地）是淡季，因為加州四月中報所得稅，稅務局人員會來盤點拍好的膠卷上稅。所以製片公司這幾個月盡量少拍片，拍好的膠卷也送到亞利桑那州去，等查完稅再運回來。這個伎倆大家都知道，但就法律來說是合法的。此刻福斯公司只有一部片在拍，是科幻片。唯一有趣，引起我注意的是在技術人員中有一個傢伙，牛仔打扮，子彈帶匣中都是小石子，槍袋則插著一支彈弓。他的工作是射石頭驚嚇鴨群（背景自然是熱帶雨林的一條河岸邊），依導演需要讓鴨群朝特定方向飛去。

總而言之，我說這麼多是為了告訴你們沒有人邀請我參加任何知名女星、導演、製片人摩肩接踵的晚宴，我為你們感到遺憾。這裡跟紐約不同，因為平日大家各據一方，重要的聚會兩個月以前就開始準備了。再加上，卓別林夫婦離開後，景況今非昔比。

樹屋

到馬戲團舞星綺葵塔在馬利布的別墅去游泳。她先生在電影中專演打手。他們在樹上蓋了一個隨風搖曳的小屋。先聽建造原理，然後參觀並拍照。後來我發現這並非馬戲團成員獨有的巧思：隔天我去拜訪的一位心理醫生家中也有一個。樹屋在加州實屬平常。

我沒去墨西哥

計畫中要從這裡跟基金會贊助的其他作家一起出發去墨西哥，結果未能成行。我發現我的簽證是單次出入，也就是說我要是離開就再也回不來了。其他人的簽證則無限制出入，所以他們可以去。我只有等我離開美國回義大利時再去了，如果那時候我的興頭還沒有冷卻的話。

加州最美最大的農場

我終於參觀了紐霍農場。一望無際的柳橙及核桃園。標準的美國農業，不靠工人，全靠機器，包括核桃的採收。至於柳橙的採收工作則委託一個由墨西哥老手組成的工會負責。我在那裡還看到了牛仔，在無垠的一格格牛棚間忙碌穿梭，牛群百無聊賴地反芻那由輸送帶運來的精心研磨過的合成草料。不管牛或牛仔，終其一生都見不著一片大草原。

行人的悲哀

「在此地用腳走路者將立即被逮捕」，進入洛杉磯時的笑談，洛杉磯沒有行人。真的，有一天我嘗試在克佛市走上一小段，剛過幾個街口，一名騎摩托車的警察把我攔了下來。我過馬路時闖了紅燈——不見人跡的一條小路。為了躲罰單—— the ticket ——我跟他解釋說我是外國人，在大學教書、有點心不在焉等等，但那個沒有幽默感的傢伙跟我囉嗦了半天，因為我沒帶護照（就我的經驗——到目前為止——美國無須帶證件），再三盤問。他沒開罰單，不過纏了我一刻鐘之久。行人總是可疑的，但仍受法律保障，一個人在任何地方穿越馬路，所有車都會停下來，不像我們只發生在有斑馬線的地方。既然行人跟紅番一樣稀有，大家都試著將他們保存下來。

夠了吧

你們總不至於要我跟你們描述日落大道上名女星的別墅、中國戲院前水泥地上的手印、少不了得去的迪士尼樂園及海洋公園吧（不過後者的確壯觀，參與馬戲團表演的不止海豹及海豚，還有巨型鯨魚）。這篇日記我寫得有點意興闌珊，此刻我已告別觀光客身分，還有，脫隊剛到這裡的時候（我不喜歡集體行動；唯獨當我隻身一人及同伴不停換人的情況下我才覺得在旅行），我始終拿不定主意是隔天就離開或者繼續停留，只放任自己在這座城市毫無保留的風流韻事中遐想，然而這一切在接下來幾天已無法帶給我張力，我是不持續處在緊張狀態中就感受不到旅遊樂趣的人。還有就是，我一直在該繼續看完該看的和儘早回到讓我如沐春風的紐約這兩者之間搖擺。

總之，我會分乘飛機、灰狗巴士及火車穿越內華達、亞利桑那、新墨西哥和德州。月底到三月初之間我會在：

C/O IIE
1300 MAIN Street
Houston 2, Texas

不然，紐約的通訊地址始終有效：

C/O F. J. Horch Ass.
325 East 57 St.
New York 22, NY.

---

1 蒙達多利出版社（Mondadori），一九〇七年創辦，一九二三年擇米蘭為據點，是今日義大利最大的出版社。（譯者註）

2 皮歐維內（Guido Piovene，1907-1974），義大利作家、記者。小說背景多設在威尼托省，尤善於描寫女性在傳統宗教束縛下的內心掙扎。遊記作品有：《美國》（一九五三）、《義大利之旅》（一九五七）、《貴婦法國》（一九六七）。（譯者註）

西南日記

拉斯維加斯

我是坐飛機在星期五晚間抵達拉斯維加斯。全城的飯店和汽車旅館都客滿。由於有連續三天的假期（二月二十二日星期一是華盛頓誕辰），早在一個月以前所有房間就都被預訂一空，遊客來自全國各地，因為到這座賭場大本營一遊就跟去麥加朝聖一樣，沒有一個美國人能例外。大家都知道拉斯維加斯是怎麼回事，坐落於內華達州最荒蕪的沙漠中，原是淘金者聚居處，今日其範圍並未向外擴張多少，其實就是兩條路，原有的主要道路兩邊全是最有名的賭場，還有一條狹長的新路，在荒漠中閃著比百老匯還要耀眼的霓虹燈，盡是令人嘆為觀止的汽車旅館、賭場，推出全世界最有名的全裸女郎歌舞秀的劇院，富麗夜、麗都等等，還有所有百老匯最紅的歌星及演員，只是在百老匯絕不會有超過五、六齣的精彩表演同時上演，而這裡有二十多家劇院，想要的話可以一個晚上趕三場，因為表演一直到凌晨四點才結束。至於賭場則是二十四小時不歇業，應該說全城皆然，因為凡是公共場所都設有賭場而全城不外乎公共場所。這些地方擺出的不是輪盤或撲克牌桌，而是一列列聞名全球、拓荒者首創的手搖吃角子老虎。放眼望去只見憂心忡忡的人們呼吸急促地排排站在吃角子老虎前面，與工廠內工人上工神情如出一轍（皮歐維內的描寫實在傳神）。你們知道的，內華達州是唯一一個賭博、賣淫皆合法的地方，在這裡居留滿六周後即可申請離婚，只要宣誓未婚，隨時可以結婚。我到的時候，跟一位來自華盛頓的先生共乘一輛計程車，他服役海軍，也是秀迷。計程車司機一絲不苟地帶我們找遍了所有汽車旅館，但每一間都打出客滿燈號，結果他只好把他家的一個房間租給我們，一間樸素的小洋房，我跟那位華盛頓海軍分租，很高興有這般難得的機會能就近觀察美國中產階級的生活。海軍十分嚴肅、自制，下注時出手節制且謹慎，處理異性的事也小心翼翼，再說這裡簡直是天價。他最大的期望是盡可能多看秀場表演，是他坐飛機來此的目的，他根本整整三天沒睡覺一晚連趕三場，明知像富麗夜這類表演十分無趣，還從每一家夜總會寄節目表（此地的習慣是由夜總會付錢，你可以像寄明信片一樣將節目表寄出）給朋友及同事，以炫耀他所度過的美好時光。計程車司機也是個好人，正派家庭，妻子在主日學上課，他在計程車上第一件事就跟我們解釋娼妓合法化的好處（「我支持娼妓合法化」）。這個拉斯維加斯並未教人失望：一切都跟讀到的文字描述一樣，夾在賭場和夜總會之間的結婚禮堂打出快速結婚的廣告招牌（比我想像的還要草率：這些小教堂根本就是貌似餅乾盒的棚子，前面擺尊丘比特像罷了；取的名字大多接近明星婚姻禮堂這一類的，廣告招牌則是好萊塢式的新郎新娘親吻近景）。真實的是那一股偉大真誠的生命力，川流不息的人群荷包滿滿地來來去去。說實在的，我喜歡拉斯維加斯，我真的喜歡。歐洲的賭城截然不同，應該說與拉斯維加斯的平民化、西部風格完全相反，跟皮卡雷這種地方更是風馬牛不相及。這裡看到的是生理上的健康，是一個專事生產、該下地獄的、庸俗的社會，卻正因為如此，教人樂不思蜀。在熙來攘往的飛機班次中，你真能體會到先民、淘金者賦予了這片荒謬的沙漠賭城一個存在的意義。我知道我說的話俗氣得可怕，但我正在一個俗氣的國家旅行，找不到比這更好的方法來體驗它、思索它。（至於所有的西部酒吧、拓荒者、淘金者還有再過去一點的印第安人和墨西哥人，是怎樣被徹底應用到觀光、被掛在嘴邊、被分解為讓人想到就反胃的紀念品專賣店中的商品，我就不在此多費口舌了。）

有問題

我之前說的，在美國旅行開車是唯一辦法其實大有問題。試試像我這樣搭灰狗巴士穿越內華達、亞利桑那和新墨西哥州，保證錯過所有的觀光景點，除非你每站都停然後費心安排有導遊解說的遊覽參觀或諸如此類的活動，而這些會浪費你好幾天的時間，因為所有「不可錯過」的風景區絕不會在公路沿線。其實這些「名勝古蹟」（幾乎都是大自然景觀：大峽谷、石林等等）並沒有什麼懾人之處，我發現美國的大自然不能帶給我衝擊：不過是去驗證電影裡看過的東西，所以我毫不眷戀地放棄了死亡谷（至多是比我這幾天所看到的荒漠更死寂的另一個荒漠）和大峽谷（不過就是相較其他峽谷略勝一籌的一個），只一趟我就看遍了亞利桑那漸層起伏的沙漠和浪漫的西部荒蕪小鎮，正式進入新墨西哥州。

蕭瑟城市

巴士進入新墨西哥州時，天色已暗，停車的第一個小鎮上供應快餐的尋常小吃店已風貌迥異：無形的貧窮氣氛（在加州我已忘得一乾二淨）籠罩一切，放眼看去大多是印第安打扮的印第安人，帶著小孩等車的貧困婦人，醉鬼，乞丐，一幅似曾相識、難以界定的落後國家景象。新墨西哥州，美國知識分子和藝術家享受異國情調、逃避現實、緬懷勞倫斯的重鎮（但更多人喜歡更有勁、純樸、實實在在的墨西哥，已然是藝文圈度假的半強迫選擇，也是尋找室內裝潢擺設品的寶庫，紐約藝文人士的家幾乎都足以跟一間小型墨西哥文物博物館媲美；墨西哥之於美國就如同希臘之於歐洲），嚴格來說——就文明的角度——很貧乏（古西班牙遺跡量少質劣，新西班牙文物的真品不知所終，贗品充斥。好萊塢的片廠我根本沒去！阿布奎克〔Albuquerque〕不值一提，聖大菲〔Santa Fe〕很漂亮，不過抽絲剝繭後會發現主要是包裝），但讓人對落後地區有所了解——很難想像比這還要落後的——而這個落後地區居然在世界上最先進的國家中。

二・二十五

今天我去了道奇城，我非常喜歡，山景賞心悅目，作為知識分子的避難所來說也有它的價值，印第安部落很逼真，藝文人士很和善，不是只有商人，文學記憶——D・H・勞倫斯——縈繞不去，因為他所有的朋友都還活著，精彩的印第安和新西班牙（自我鞭笞的苦行教派在這裡至今尚有遺民）文物收藏，還有不遠處有兩個滑雪站：總而言之我倒挺願意待下來的。今天晚上我應一位出生在佛羅倫斯的法裔美國建築兼室內設計師之邀到他家去，他家擺滿了墨西哥民俗藝術品，簡直妙不可言，出人意表，前所未見。今晚是聖大菲的重大節日，因為在劇院有一年一度的表演活動：蒙地卡羅蘇俄芭蕾舞團！我不去，有人要轉賣絕無僅有的一張票時我放棄了——難得理智想省錢——不過我照樣受到這自我放逐的小族群歡愉氣氛的感染，我喜歡在不尋常的日子裡去鄉間，看大家都興致勃勃、心滿意足。我之前談到落後：此地處處荒園，所謂農莊僅生產供當地需要的一些蔬果，工廠寥寥可數，然而印第安人卻在新政頒布的優惠待遇及美國人的作賊心虛中自得其樂，他們有失業救濟金領，無須繳稅，擁有被列入漁獵保護區的一片山林（他們活在一種原始的共產主義秩序中，無視當局宣導企業自由經營好處的苦口婆心），醫療費用全免，登記就業排第一順位（當然也是國家藉以招來觀光客的首要剝削對象）。要說明的是，窮歸窮，但比較一下這裡和地理條件好太多的義大利巴希利卡達省，我們那裡的居民連做夢也想不到可以過這樣的生活。大智若愚的印第安人或許是這片荒土上唯一不以傳宗接代為先的民族，而他們一度減縮的人口，最近幾年有增加的趨勢。

村落

我一踏進阿布奎克附近的聖多明尼哥就覺得景象並不陌生，根本是羅馬郊區的翻版，分毫不差。印第安人低矮的房子就跟皮耶特拉拉塔或者提布廷諾那裡的一樣，只是這裡蓋房子用的是夯磚（印第安人從西班牙人學來的一種曬乾的泥磚，也是整個新墨西哥州的主要建材），然後在外面敷上一層石灰，所以看起來一樣。不變的還有裹著棉被禦寒的人們的神情，在泥巴裡玩耍的小孩（不過他們比較乾淨）過來（教人訝異！）伸手乞討（或者應該說：叫賣老掉牙的彩石）。（在這個村落有一間保存著讓人目瞪口呆的印第安繪畫的教堂。曾受西班牙統治的這一區的印第安人同時遵奉天主教及異教儀式。除非星期天來才看得到這些聲名遠播的聚會，反正我又不是來美國研究原始民俗學的。）在道奇城有比較大的村落，有些地方，低矮的房子就這麼堆疊在另外一些房子上，使整個村落讓人有置身阿爾及利亞的錯覺（但這裡房子的顏色是土色而非白色），再加上這幾天寒冷飄雪的氣候，印第安人像包粽子似地裹著五彩毛氈更助長了這種伊斯蘭氣氛。其他方面則跟阿貝羅貝洛（Alberobello）大同小異：就連室內也跟普亞省（Puglia）的圓椎頂建築一模一樣。印第安人也有汽車，但在老一輩的要求下村落裡沒有電，也沒有其他取暖及照明設備，家中只有壁爐，路旁則設了灶。自然他們沒有收音機也沒有電視嘍。（不用說印第安人不看未來，所有話題都圍繞著他們的命運打轉，有人堅持無論如何得保存傳統，有人則提倡同化，其實印第安人少有離開他們荒土的，尤其堅拒同化；可是年輕一輩在中學念書，已經開始美國化了。總之，這裡是美國唯一關於被殖民者還有辯證性——不知到什麼程度？——的地方。我朋友歐利爾——前摩洛哥殖民官——的看法很公允，美國是不再有被殖民者、特色、矛盾、活力，殖民地對它也不再有任何意義的一個貨真價實的殖民國家。）

地方傳統

令人欽佩地，前盎格魯撒克遜移民，今天的美國人拯救了地方傳統（已有三十多年的時間，不過據我所知，只限這一區）。這些博物館，舉個例子像印第安納瓦荷族民俗畫，仍保有美國對文化慣有的關心及經費支持，對待所有的古西班牙文化及習俗亦然，像古西班牙——墨西哥建築就由今日的建築師繼續其傳承工作。真正原籍西班牙的當地人反而對保存自己的文化遺產毫不在意。新教建築師蓋起一座座美輪美奐以夯磚砌成的西班牙——墨西哥形式的教堂，在裡面陳列一尊尊民間宗教碩果僅存的偉大木雕，然後天主教神父再硬將廉價的現代宗教聖像一股腦兒也塞進去。

勞倫斯

當然，道奇城那一帶我去拜訪了安傑里諾・拉瓦伊（Angelino Ravagli），三年前過世的佛蕾達・勞倫斯的丈夫，一般認為《查泰萊夫人的情人》書中狩獵管理員一角的靈感即來自於他。我們之間用里古利亞方言交談，他是斯坡托諾（Spotorno）人（原籍羅馬涅省），因將斯坡托諾的別墅租給勞倫斯夫婦得以結識，之後就跟著他們浪跡天涯，最後在道奇城落腳（這座山莊是一位今日尚在人世的女性仰慕者當年送給D・H・勞倫斯的禮物，佛蕾達一度想贈以《兒子與情人》手稿酬謝。如今佛蕾達將山莊捐給墨西哥大學，供青年作家每年夏天來此寫作），D・H死後，安傑里諾就娶了佛蕾達。他是佛蕾達的遺囑執行人，也是D・H作品版權的共同擁有人（少數幾本版權仍歸私人所有的作品），其他人是佛蕾達與第一任德國丈夫生的孩子。他耿耿於懷的是，若在今天的美國，《查泰萊夫人的情人》不知道可以賺多少錢，如今一毛錢也沒有，但或許還有補救辦法，如果經紀人採取行動的話。這個問題不需要在這裡向你們解釋。（至於勞倫斯的海外版權問題他一點都不懂。）他把勞倫斯死後他搬去跟佛蕾達住的那個房子賣掉了，一個人在道奇城無所事事打算回義大利，他在家鄉還有一位義大利法律認定有婚姻關係的妻子和好幾個學有專精的兒子，其中一個是農學博士，而且在都靈工作，他還把地址給了我。安傑里諾天性純良，並非勞倫斯夫婦以為的庸俗之輩，是小資產階級（官至狙擊部隊上尉；對馬拉葛蒂[1]的政策很關心；臥房掛著一幅艾森豪像，是他自己畫的，他現在也畫畫），但其實，套句俗話，他是個宅心仁厚的好人，不尋常的一生波折不斷。安傑里諾在道奇城很受歡迎，很多人來此定居只為了離勞倫斯近一些。一位特立獨行的詩人斯帕德・強生還辦了一份道奇地方報，名字引人遐想：《黃昏報》。聖誕節小赫胥黎（Aldous Huxley）和妻子及哥哥朱利安是在這裡跟安傑里諾一起過的；赫胥黎透過他嫂嫂在都靈的娘家於斯坡托諾附近的海塔買了一間房子。

原子彈

被詛咒的土地。在這片荒漠中，偷偷摸摸地發明原子彈然後孜孜不倦地製造它是再適合不過了。於是一股強大力量將從這裡被釋放出來摧毀地球這一區特有的印第安傳說得以應驗。偏巧又是在這塊土地上找到了鈾礦，早先還不那麼重要，但如今鈾礦正逐漸成為該區致富的唯一希望。想當然爾那些實驗室（還有實驗室專門研究太空飛行中人類的耐力和輻射線對動、植物的影響）我只得以遠觀。這幾天我未能認識任何科學家有點遺憾，或許這樣也好，因為走馬看花下來我的感覺是科學家是美國唯一能引進某些新事物的人，他們之中不少人正致力於使先進的人及思想與最先進的科技相結合，更重要的是科學家是僅有的握有權力、受到重視的知識分子。這個想法，我很擔心由於進一步的接觸宣告破滅。藝文圈與科學界的往來並不多，我四處探問，大家說大概吧，像我說的那種人說不定是存在的。不過此地談起原子彈，跟印第安傳說中一樣，始終罩著一層神祕面紗。當地一位先生正經八百地指著一處矮樹叢給我看，說以前情報人員都在那裡會合並交換原子彈的祕密，但後來被聯邦調查局發現了。

這一帶的人

沒有開車的好處是不論我到什麼地方都迫使當地人為配合我而全體動員，當然幾個月下來也沒什麼新鮮的了。上一站的老太太把我委託給在這裡經營一家印第安骨董店還是書店之類文化生意的另一位老太太。但是說真的，如今我認識到美國平淡得可怕的生活後，對搬來這裡住的人有了比較深的了解，也較能理解他們教我惱火的、對義大利的崇拜。

德州

要怎樣才能認識德州呢？這幾個月我反覆自問，深信若如計畫中蜻蜓點水的稍作停留，其實對這樣一個精神和經濟活動皆與眾不同的地方只是霧裡看花，選擇去大城市，看到的將是諸多大城市中的一個而非「德州」，反之去鄉間又掛一漏萬。總之，當我決定在全美（前）最大州最大的城市休士頓停留時，並未期待任何刻骨銘心的繽紛印象。豈料我到達時正逢牲畜大展，與此同時舉辦全美國年度最盛大的騎術技藝賽。所以我到的時候休士頓擠滿了來自全德州的牛仔和來自全國的牛、馬，即便不是牛仔的老人、婦人、小孩也都做牛仔打扮，完全的德州精神如此大張旗鼓將這片土地明目張膽，幾近炫耀地凸顯於其他各州之外。無須明察暗訪，德州的自治主張無人不曉，許多汽車上都有標語：建設德州全靠德州人，飄揚全城的旗海中，德州州旗明顯地壓過了星條旗。乍看之下全城穿起了制服，這些同仇敵愾、昂首闊步的資產階級闔家大小頭戴寬邊帽身穿流蘇皮衣，他們對於自己講求實際和反智性的標榜已經到了將之神化、盲目狂熱、令人擔心的挑釁程度了。好在這個神話離不開工作、生產及生意：這次規模超乎群常的牲畜展，我是夾在從巴基斯坦到此學習農業的上百名學生中參觀的。所以說即便有人表示德州已準備就緒，隨時可向蘇俄宣戰，事情還是有轉圜餘地，畢竟農業經濟思維中閉關自守仍是佔了上風的（你們知道，德州早在珍珠港事件一年前就已向德國宣戰了，用加拿大軍機運了一隊志願軍過去）。

騎術競賽

在大到像 Vel d'Hiv 的室內體育場內舉行的騎術技藝大賽也是務實與神話的結合。大部分考驗牛仔身手的競賽項目其實是他們平日的工作內容：有鞍或無鞍騎馬；在短短幾分鐘內綑綁一隻小牛犢或公牛。比賽中間休息時間穿插的是西部神話中最惺惺作態的表演活動：電視牛仔歌星，在群眾的歡騰喝采中登場。不過一名身手矯健的牛仔的技巧確實精彩：騎馬追捕小牛，套以繩套，撲身上去將小牛翻一個四腳朝天，坐騎緊緊拽著繩套的同時把小牛五花大綁。

我們當真進入南部了

有違德州精神，陪我在市區觀光的先生（市區乏善可陳：又是小洋房和草地，大而無當別無新意的城市；黑人區可見南方貧窮景象）開車時繫著安全帶，因為統計數字顯示絕大多數的交通事故……。這位優秀的股市營業員是民主黨人，這在此地已是特例，更有甚者，他還是為黑人爭取投票權四處奔走的少數自由派人士之一。關於這一點等我到了路易斯安那州或南部那幾州時再跟你們說。

今晚我出發去紐奧爾良，正值嘉年華最高潮。

1 馬拉葛蒂（Giovanni Malagodi，1904-1991），義大利政治家，自由黨人士，曾任國家祕書長，總統。（譯者註）

南方日記

阿拉巴馬州　蒙哥馬利　三．六

紐奧爾良

不顧大家勸阻，我沒有預訂旅館就到紐奧爾良來了，二十九日星期一，正好碰上嘉年華的瘋狂星期二（Mardi gras在美國——應該說在紐奧爾良，美國唯一慶祝嘉年華會的地方——是Carnevale的引伸詞；carnival通常指的是遊樂場的雜耍表演台）。我清晨抵達，旅館想當然爾全部客滿，我開始在老城閒逛，跟照片上看到的一模一樣，所有建築物都有一個小陽台和鑄鐵圍成的拱廊。已經習慣美國少得可憐，又因宣傳及懷舊情結被渲染及造假的「古老」，紐奧爾良倒是保持了原樣，頹圮、腐爛、發臭，但生氣勃勃。至於紐奧爾良是受到法國還是西班牙風格影響較多見仁見智；目前的老城風貌是統治當地六十年的西班牙人留下來的，於一八〇三年還給法國人，幾個月之後又由塔萊朗[1]賣給了傑佛遜。今天佛朗哥送給紐奧爾良市一批繪有西班牙統治時期街道名稱的彩瓷路標，如此一來，原本在市區內招搖的法國精神（拿破崙在不少家庭中的地位仍高居不墜，由室內裝潢可得證）一個接著一個屋角被換掉。最後我在皇家大道上一間塵土飛揚的公寓式旅館裡找到了一個很恐怖的房間，貴得離譜。於是我從住習慣了的汽車旅館那個消過毒、完美的世界，一頭栽進田納西．威廉斯的世界，一切因年久、污穢顯得破爛不堪；夾在我房間和拱廊之間的貯藏室裡鎮日關著一位九十歲的老太太。戈頓區則風貌迥異，這是十九世紀法國人的住宅區（而老城則變成了黑人區，直到十多年前發現老城是南方觀光重點才又成為骨董店、旅館和夜總會集中地），全是豪華別墅，其中不少堪為殖民建築代表作，有列柱式的，應有盡有。紐奧爾良自矜其法國貴族派頭，結果變成全美最窮最落後的城市，內戰後遺症更加快了其摧枯拉朽之速。如今因為產石油兼南美礦石及水果的進口港，前景看好。港務全在義大利人手中，是義大利人在美國所打下的最古老的地盤之一，他們來自西西里島和利帕里島，老一輩的從沒說過一句方言之外的義大利文，對自己的原籍也不感興趣。我是衝著嘉年華會而來，其實在十八世紀裝飾風格烘托下，城市本身就是嘉年華之城，威尼斯亦然。就連這裡的靜物也戴著一張面具：一望無際的公園中，槐樹和榕樹枝椏上覆著一層西班牙青苔，那是一種像垂柳般的軟長寄生植物。嘉年華會持續一個星期，整個城市因之癱瘓，花車隊伍比起義大利維亞雷久和法國尼斯毫無新意，因為其花車和面具正是從義大利買來的，維亞雷久前年嘉年華的花車，那裡有人專做這種轉賣出口的生意。連黑人花車，我原以為會是最精彩的，也毫無可觀之處。擁擠的人群中是有一些黑人，花車上有黑人樂師，路旁有人即興起舞，但是比例不高。高舉巨型火把的黑人隊伍是夜間遊行黑人表演節目中難得的重頭戲，他們的動作不時強調該儀式的原始象徵意義。其實黑人有自己的嘉年華會，在他們自己的地盤上慶祝，沒有人願意帶我去，都擔心黑人醉漢太多危險性高。可是我聽說常有白人旅客組織深入黑人區的探險團，以就近觀察黑人嘉年華會（不用說是不下車的），走的路線都是沒人去過的。加上我沒找到伴，總之，第一天晚上挺無趣的，最後我一家換一家，在烏煙瘴氣的酒吧喝那難以下嚥的威士忌，試著跟歌舞女郎討論她們工會的情況，她們則一心慫恿我請她們喝酒……。不過第二天，名副其實的狂歡節，全城加上來自外地共五十萬人將瘋狂二十四小時，相較於歐洲模式，這裡的嘉年華更為重要，且別具一格。因為主角是在創作面具、在生命中展現無限想像力的大眾。一場不俗的大眾表演：有夢幻、歡樂、肉欲、平庸及理所當然的烏合大眾精神，用一波波平民精神引燃周遭頹廢氣氛的一切。十八世紀的威尼斯應該相去不遠，如我接受這裡地方電台訪問時所說。天氣嚴寒，但幾近一絲不掛的人卻不少；遺憾的是漂亮女孩都是同性戀喬裝改扮的：紐奧爾良是人妖夜總會大本營，全美的同性戀者都在此聚集，嘉年華正好是一展他們喬裝巧思的絕佳時機。這裡大家都喝一種飲料叫 hurricanes，高高的玻璃杯裡是蘭姆酒加果汁，丟棄在路邊的啤酒罐於遊行中拋擲出來，掛著捷克製標籤的一串串小珍珠項鍊——很奇特的發洩方式——早宣布了聖灰日[2]的淒涼。這個紐奧爾良的確是我們所知道的那個腐朽之城，你得懂得讓各類腐朽，也就是所有骨董商、室內設計師等各司其職，才能在這裡存活下來。忘記告訴你們，導遊敘述關於紐奧爾良各歷史建築內發生的故事，大多是福克納虛構的，福克納年輕時在這裡做過幾年觀光解說員，所有他描述的故事都是他瞎編的，可是大受歡迎，於是其他導遊只好蕭規曹隨，如今這些故事已成為路易斯安那州史的一部分。我也應上流社會之邀到他們的別墅作客。全美國我到過的別墅中要論最豪華、最具貴族氣勢的非此地莫屬（幾年前新建完成的仿殖民地建築，所有裝飾皆為真品），屋主是一位女士，我帶著介紹信上門，她因為根本不知道我是誰所以邀了五、六位企業董事長作陪，因此我得以聽到這趟旅行中最保守、最教人沮喪的談話。美國的領導階級除了強權政治外什麼都不懂，這個世界有多少問題待解決，蘇俄提出了解答他們卻束手無策，這些人漠不關心。討論到尼克森這個熱門話題，支持和反對他的言論，翻來覆去不出那幾句話，一位投資保險業主支持尼克森的理由是在這個時刻，正需要一個冷面無情的傢伙。反正你可以想像這些南方佬光說不練。我離開時，同一班機場專車上有幾位先生看來是參加民主黨地方大會開幕典禮結束正打道回府。你們猜他們談些什麼？指責北部和東部人說他們讓黑人安家立業，是因為他們那裡黑人少，倒要看看他們若住在這裡，黑人是四十比一的時候……，一貫南方白人掛在嘴邊的話題。比較有教養有幽默感的人談的也不外這些，只是語帶嘲諷，傾向反種族隔離。那些反種族隔離人士要不過著潦倒、惶惶然、與世隔絕的美國進步黨人士生活（關於他們，他們的放逐生涯，應該要寫一篇專文），倘若屬於富裕或特權階層，就閉關自守誰也不見說話只說三分，像寫了二十二本美學專論的哲學家詹姆斯・菲博勒曼（James Fiebleman，義大利哲學家尼可拉・阿巴尼亞諾的朋友），他有一棟摩登華宅擺滿了雕像：四件愛潑斯坦（Jacob Epstein），一件馬利尼（Marino Marini），一件芒祖（Giacomo Manzù）。至於唯一的消遣，像在此地大學義大利語系任教的契科提，年紀很輕，其文學地位我不知道，不過聽他講話是個保守分子（「我不會送我的小孩跟黑人小孩上同一所學校，這不是種族問題，您要知道，而是社會問題。黑人都屬於下層階級」），他從事的是住在美國僅有的智性活動：玩股票。早上到當地的梅里爾——林奇證券公司好跟蹤紐約證券中心的走勢及電子板上的變化，研究買賣的最佳時機，參考大廳內提供最新資料的電子顯示帶決定下一步行動，注意美國所有大型企業的生態，閱讀剛送到的《華爾街日報》，在資本主義大國這是不消極度日的唯一方法，這才是美國的民主訴求，因為儘管它對投機市場之外的走向不具任何影響力，然而讓你浸浴在那最先進、活躍的機制中，要求你投注極大的注意力——置身於這樣一個駭人聽聞，只顧己利的國家——在整個體制上。在美國這個凡關心、操控政黨及國會政策的人大多是本位主義利益的發言人，而且不例外是保守分子，凡聽從工會動員的勞工對他那個階層小範圍經濟成長以外的事物絕不費心這樣的一個國家，我可以斷言，這一群——而且為數眾多——擁有小額股份的股東，牽一髮而動全身的股市中的小投機者，是典型的現代國民。

我至死也不會忘記這一天。我看到了種族主義，集體種族主義，如同基本法則為社會所接受。我親眼目睹了南方黑人群起抗爭的最初幾次衝突事件，無功而返。我不知道你們曉不曉得經過十多年的全面高壓封鎖，卻正是在這裡，種族隔離分子勢力最囂張的一州，黑人開始走上街頭，有幾次甚至凱旋歸來。領導人是馬丁・路德・金恩，浸信教會牧師，提倡非暴力。我是為此而來，前天到的，沒想到正好遇到這場抗爭運動的關鍵時刻。

今天事件現場是阿拉巴馬州大會堂（美國南北分裂頭幾個月，尚未遷都到利奇蒙前的第一個南部邦聯國會所在），一棟像華盛頓國會那類的白色建築物，坐落在寬敞的上坡路，德克斯路上。黑人學生（黑人大學的學生）聲稱將在大會堂階梯上舉行一次和平示威，抗議上周有九名黑人學生因試圖進入州立法院法庭內的白人專屬咖啡廳而遭退學一事。一點半學生在大會堂邊的浸信教會集合（金恩原是此教堂的牧師，如今他人在亞特蘭大指揮整個運動的組織工作——不過這幾天金恩也在這裡——所以現在該教堂由另一位地方領袖負責）。大會堂四周已站滿了握著短棍的警察，是公路警察，牛仔帽，深藍夾克黃褐長靴。人行道上則擠滿了白人，大多是窮人，也是種族主義分子中的凶神惡煞，隨時準備開打。有集體行動的小混混（三K黨的半地下組織），也有一般老百姓，全家帶著小孩，都在那裡觀望或對著被堵在教堂裡的黑人高聲謾罵，瘋言瘋語，當然還有十多位攝影愛好者在記錄那個不尋常的周末。群眾的態度不一，有的嘲弄，彷彿眼前在爭取民權的是一群猴子（是萬萬沒想到黑人居然會思考這類問題的人發自內心的嘲弄），有的敵對、挑釁，還有小混混啞聲怪叫，人行道上也零星有小撮黑人，有男有女，穿著假日盛裝，站在一邊不為所動，不發一言地看著，神情莊重。等待中氣氛愈趨緊張，黑人應該已經做完彌撒就要出來了。警察擋在大會堂階梯前面，人行道為憤怒高喊著「黑鬼滾出來」的白人所佔據。黑人出現在他們教堂的台階上開始詠唱一首宗教歌曲，於是白人一陣噓聲叫罵惡言相向。消防隊員也帶著消防龍頭加入，嚴陣以待；警察下達疏散命令，也就是說通知白人如果再不離開，倒楣的將是他們，結果硬被驅逐出場的是那幾撮黑人。一陣馬蹄聲，隨即現場湧入一批臂帶上寫著CD（Civil Defense）的民防字樣的牛仔，是當地維持公共秩序的志願民兵組織，佩帶長棍和左輪手槍。警察和民兵的任務是避免意外事件發生並驅散黑人，但白人佔著人行道不走，黑人則留在教堂裡唱聖歌，警察趕得走的只有比較和平的白人，其他仗勢欺人的白人則愈來愈面目猙獰，至於想留下來看事情怎麼收尾的我（自然是隻身一人，支持黑人的那少數幾個白人不能在這種場合露面，因為大家都認識他們）環顧四周，只見凶煞嘴臉，但也有帶著看戲心理來湊熱鬧的青少年。（後來才知道——不過我沒有看見——有一位美以美教會的牧師，是全蒙哥馬利唯一敢挺身支持黑人的白人，所以他家及他執事的教堂已被三K黨搗毀過好幾次。總之，這位牧師在教堂前面組織他的白人信徒用車將黑人從教堂門口載到安全的地方。不過我再說一次，我並沒有看見，在我眼前是兩個種族的全面宣戰，沒有轉圜餘地。）然後我看到了最教人痛心的一幕：黑人三三兩兩從教堂出來，有些走的是側面一條我看不到的路，好像是警察清出來的，但也有幾批朝德克斯路走，人行道上白人惡霸集結，而黑人在一片譏笑辱罵，恐嚇猥褻的手勢中昂首靜靜走過。每一次有人咒罵或喊出一句渾話，其他白人，男男女女就一陣哄笑，有時幾近歇斯底里的長笑不止，有時卻一團和氣，後者尤其讓我毛骨悚然，一團和氣中問心無愧的種族歧視。最教人敬佩的是黑人少女，三兩結伴走來，那些無賴朝她們腳邊吐口水，擋在人行道中央迫使她們繞道而行，尖聲怪叫並伸腳絆她們，而黑人少女談笑自若，閃避時不露痕跡，不因看見有人擋路而改道，彷彿她們自襁褓就已習於這種場面。

不習慣這種場面的是白人，因為黑人從來不敢有類似舉動，可想而知只能歸咎於共產黨滲入。導火線是公車事件，發生在去年。意外事件（一名黑人女孩執意要坐白人保留座而遭逮捕）後的抵制公車是第一次黑人群眾運動且大獲全勝。之後他們循法律途徑爭取開放白人公園，於是市政府下令關閉所有公園，全市過了一個沒有公園的夏季直到今天，接下來輪到游泳池等。這些抗爭活動是由一位年輕的黑人政治領袖領導（跟所有其他成員一樣，他的正職是浸信會牧師），路德・金恩，他並沒有明確的政治或社會理念，只要求黑人擁有同等權利。雖然一旦黑人爭取到平權將比其他人都更保守是無庸置疑的，正如之前同樣可憐的其他少數民族，愛爾蘭人及義大利人，然而這種奮戰精神是今日美國所僅見，而且連平日自認已功成名就只希望麻煩不要上身的黑人大學生也採取行動。這一次法院餐廳事件，上個星期全市陷入內戰警戒狀態，三K黨在幾戶人家安裝了炸彈（我拜訪了其中幾位），幾天前還用棒球棍擊中一名黑人婦女頭部，而法官無視證人、照片等仍宣判被告的三K黨人無罪。對一個歐洲人而言匪夷所思的是這種事情怎麼會發生在一個四分之三人口都不是種族隔離主義者的國家，而且其他地方對此漠不關心。不過這裡的州自治正意味著華盛頓當局或紐約輿論的鞭長莫及，好像這裡是中東。不管是金恩，或比他更左、主張（很合理）關鍵點在於爭取投票權的其他領導人都不可能（或無能為力？）為此地的黑人運動找到援軍。金恩目前的盟友都是殖民國家，只能給予他精神上的支持；不久前他去了迦納、埃及、印度，也接到蘇俄的邀請但是他拒絕了，因為……。總之，我是在情勢最劍拔弩張的時候到的，星期五晚上得知金恩也在這裡，我馬上求人帶我去找他。金恩頭腦清楚且靈活，長得有點像 Bourghiba，留小鬍子，其牧師身分與相貌並不搭調（金恩的接班人兼副手，阿爾加拉迪，高高壯壯的小夥子留著一撇小鬍子，簡直像爵士樂手），他們這批政治人物僅有的武器是佈道台，非暴力主張不具任何神祕色彩：是這場一觸即發的爭戰唯一可循的模式，而他們施展出在最無情的環境中學到的內斂的政治手腕並予以善用。這些黑人領袖——這些天我接觸到好幾個，派系不同——都很清醒且果決，沒有黑人自憐自艾心理，不友善，不怎麼有禮貌（不過我只是在他們悲痛情勢中東探西問的一個外國陌生客人）。種族糾紛實在要命：整個南方一百年來，不論保守或進步人士，談的想的不外是這一個問題。有人帶我到阿爾加拉迪教堂的聖器室去，那裡有路德・金恩及另一位黑人牧師領袖，所以我參與了決定之前跟你們描述的周日行動的戰事會議，然後到另一間教堂去，向在那裡集合的學生宣布這項指令，而我便成為參加這場悲愴感人集會的三千名黑人當中絕無僅有的白人，或許也是南方有史以來第一個。無可避免，我來到此地少不了要持介紹信去拜訪幾位超級保守、極端種族主義者的上流社會女士，所以我得使出瞞天過海的功夫分配我那幾天時間，以免有人懷疑我是臥底（再說法律規定禁止白人出入黑人住家或與之共乘汽車）。從浸信會出來，我彎到市立劇院去，那裡因為芝加哥芭蕾舞團首演名流雲集，我是應地方報一位出入上層社會的專欄女作家之邀前去，她是多明尼加獨裁者杜魯依洛的好朋友。今天，離開大會堂後默思了十分鐘讓自己從震驚中平靜下來，然後一位女士來接我去參觀他們的醋醃小黃瓜工廠，她只不經意地提了一下那個唯恐天下不亂的馬丁・路德・金恩當天製造的混亂。南方人名不虛傳的自恃權貴，實在愚不可及。企圖重振邦聯政府的榮光，即便在一世紀之後仍堅守對邦聯的一片痴心，彷彿談的是他們少年的夢，認為你跟他們同樣熱血沸騰的自信語調，不止荒謬，更教人無法忍受。

六〇．三．八

三月七日星期一，我乘巴士橫越了阿拉巴馬州及喬治亞州，經過貧苦鄉間，黑人住的簡陋木屋，荒涼小鎮。這些景象不幸地證實了美國經濟對解決落後地區問題的無能為力，所有建設都是新政時期留下來的，之後一切停擺。南方經濟蕭條於此一覽無遺，百年來沒有任何補救措施以重建毀於南北戰爭的南方，而他們談起內戰宛若昨日之事，令我不齒。

南方給我的印象原該是一片慘淡，好在我發現了薩凡納（Savannah）。

薩凡納

我在喬治亞州的薩凡納停了一天，一方面為了休息，一方面為其典雅地名及幾段歷史、文學、音樂軼事所吸引。單純只想看一看，沒有人，全美國沒有半個人教我到這裡來。然而這是全美最令人驚豔的城市。美中翹楚，無可比擬。不知道南卡羅萊納州的查爾斯頓怎麼樣，那裡比較有名，我明天會去。此地根本沒人來（儘管它擁有一流的觀光設備，而且懂得以別處欠缺的雅致，介紹令人神往的歷史、城市之美。或許其魅力所在，正是因為美國華而不實的觀光業未嘗染指之故）。這個小城基本上還維持著十九世紀初南方繁華一時的風貌，棉花田時期；是美國少數按都市計畫建設而成的城鎮之一，更是唯一謹守絕對理性規律同時千變萬化互不牴觸的地方：每隔兩個交叉路口就有一個植有綠樹的小廣場，在自殖民到內戰時期各建築物的韻味襯托下，同中有異，異中有同。我在此停留了一天踏過一條條小路，欣然忘記去感受城市，一個述說文明的城市，唯有如此觀看薩凡納，才能了解南方文明。自然城市無趣之至，死氣沉沉，然而是自有其格調的無趣，屬於理性、新教徒、英國的無趣。平淡無味，吹毛求疵的城市，旅館房間的告示牌上鉅細靡遺地列出聽到空襲警報時應遵循的步驟；在此地出生的首要名人是女童軍創辦人；我去拜訪的一戶人家（我自然而然興起了想要認識當地居民的念頭）招待我喝茶，沒有威士忌，沒有酒，只有茶，是我到美國來第一遭。整個南方如此，這裡的老太太也不例外，話題不離陳年往事，但在這裡你可以體會到何謂南方優雅，不像蒙哥馬利富裕——相對於整個南方來說——其粗鄙教人目瞪口呆，薩凡納貧窮但有尊嚴（小城其實靠海港維生，是我所見第一個帶有早年美國色彩的港口），對黑人的態度是溫情的大家長作風。明天再告訴你們查爾斯頓是什麼樣子。

六〇・三・九

查爾斯頓

四處可見Ante Bellum（南北戰爭前）時期建築，也有十八世紀的，只是髒兮兮，搖搖欲墜。就城市而言也比不上薩凡納。

現在呢？
　我可以去北卡羅萊納州，那裡有
　Chapel Hill大學邀我前往。
還是回頭往西走，在
科羅拉多，有不同邀約在等我
　從那裡飛去懷俄明，有人
　邀我去一處農場。
再由那裡飛往東北，華盛頓州的
西雅圖。跳過美國東北

是不可饒恕的錯誤。
回程在芝加哥停留，我在那裡
待過幾天，那個城市顯然
還有話要說。
不過我也很樂意回到
加州兩大城
繼續東奔西跑
環遊全美，像
最近這兩個月也不錯。
結果，
決定回紐約去度過剩下的兩個月
然後返歐的時間就到了，因為
紐約，無根的城市，是唯一讓我
覺得有根的地方，兩個月的旅行
說起來也夠了，紐約是僅有的

我可以偽裝存在的地方。
兩個月其實轉眼即逝
因為我有一堆邀約
每一個要三到四天
我已經答應並訂下
日期：
　一所女子貴族學校
　在本寧頓，佛蒙特州
　耶魯大學
　再訪哈佛
　重回華盛頓。
所以我現在滿心焦慮
彈指之間紐約生活將盡
唯一的遺憾是
未能在這個城市久待

兩個月來我聽盡它的壞話
所有聽到關於它的壞我卻
樂在其中。

1 塔萊朗（Charles-Maurice Talleyrand-Perigord，1754-1838），法國政治家，曾於拿破崙王朝大展外交長才。（譯者註）

2 聖灰日（Ashes Wednesday），封齋期前一日。（譯者註）

分成兩半的共產黨員*

在聖雷莫與卡爾維諾見面。是一種夏宴，極短：從不超過十分鐘，而這十分鐘正好是我們沉默不語的時間的總和。不過，這一次，沿襲多年的規矩失效，而且理由充足。首先是埃伊瑙迪出版社出版了《我們的祖先》合集，依序是《分成兩半的子爵》、《樹上的男爵》和《不存在的騎士》，還有他的美國之旅。不知道要從哪裡開始：反正明確的想法是要讓卡爾維諾跟我們的讀者聊一聊。然而，當我在心中想以簡單幾筆勾勒出這位里古利亞作家的輪廓時，出現在我面前的是帕維瑟。就某個觀點來說在這裡停下來是必需的，是尋根探究卡爾維諾的一個辦法，或者應該說，是將那些自然（所有可以聯想到他的里古利亞省的）及智性因素，說不定還有其他東西，融會調和的一個辦法。我得提出一個日期，讓我們找到藉口為我們歷史上一個漫長時期劃上句號。距離帕維瑟的死十年了，這個月二十七號正好滿十年。回憶那段日子的傷痛與驚愕，我想就之後發生的事做個總整理，我們的改變，個人及家庭方面。所以我找到要問卡爾維諾的第一個問題了。接下來再談他的工作、美國之旅及政治理念。這一刻我們談對帕維瑟的懷念，其實說明的是他與我們密不可分的關係。

帕維瑟過世十年了，你對他的作品的看法是什麼？隨著時間得以浮顯和遺忘的，又是什麼？還有，你可有承襲自他的東西，如果有的話是哪方面？

幾個星期前有羅馬的朋友來都靈拍攝一部關於帕維瑟故鄉的紀錄片。我帶他們四處去看以前我們一起去的地方：波河、小吃店、丘陵。當然，十年間世事變化之大，超乎我的想像。早已有所謂「帕維瑟時期」，是三〇年到五〇年間那二十年，自有其明確輪廓，但直到今天才在我們眼前以統一的面貌出現，包括戰事、街景、對客體的描寫、女人的神情、風俗民情、心理氛圍及理想。這些在過去已使帕維瑟遙不可及，但同時說明了之前我們並未深入理解的那個境界的價值所在：做別人所未做，他將那個時代鮮活地記錄了下來，完成九本中篇小說，彷彿一齣緊湊完整的「人間喜劇」。有多少他所獨有，當年教人不得親近幾近謎語的東西，如今在我們看來滿載詩意魅力！何處再見那晝夜漫長，不知道做什麼，去哪裡，因為純真，因為外在世界的空洞所以苦悶的慘綠少年。不像今天飽食終日，內心虛空。閱讀帕維瑟，是那麼真實、切身，個中傷痛是那麼折磨人！這份孤獨，是怎麼回事？一切是這樣清晰、沉痛、遙遠，一如萊奧帕爾迪的清晰、沉痛、遙遠。

帕維瑟的九本小說風格統一，主題一致，卻又千姿百態，我認為《丘陵小屋》和《女子悄悄話》最美，各有千秋。不過最近我重讀了《丘陵上的惡魔》，我記得帕維瑟給我看的是手稿，是他作品中我最覺晦澀的一本。如今我發現那是一本有多種閱讀層面的書，也許是他最豐富的一本著作，有繁複生動的哲學對話（不過爭論太多了一些），至於理論家帕維瑟（寫日記及評論的帕維瑟）的精華，在這本緊湊、濃郁的文學佳作中俯拾皆是。

帕維瑟那條路在義大利文學中沒有得到延續。不論其語言，在寫實客觀描述中萃取抒情張力的獨特手法，甚或那份絕望，原以為最具感染力的絕望。（就連內心煎熬也有其淡季旺季，今天有誰喜歡受苦？）帕維瑟再度成為「義大利詩壇最孤獨的聲音」，正如他的詩集《辛勤工作》早期一個版本封面上所寫，我想是他自己說的。

像我，被認為是他的弟子，我夠資格嗎？我與帕維瑟的共同點是我們對創作風格及道德觀的品味，還有，大家是這麼說的，我們對許多受歡迎的作家的輕蔑：這是近五年朝夕相處從他那裡承襲而來的，不算少。但在創作方面，這十年間，帕維瑟是我寫的任何東西的第一個讀者兼評審的日子已經遠離。天曉得他今天會說什麼！某些評論硬要移花接木說我的奇幻小說源自帕維瑟「虛構」的觀念，怎麼會呢？帕維瑟自己在他最後幾篇文章中強調說不應將創作觀（他用的字是「虛構觀」）強加在不同時代、不同文化的意象上，他所指控的正是在他死後不到一年我無意中走上的那條文學道路。其實我們的工作態度截然不同；我不考慮創作方法論，不顧一切踏上危機四伏之路，總指望「自然」的力量能助我過關。帕維瑟則否，對他來說創作沒有「自然」可言，全都是有意志且嚴謹的自我建設，在文學上，他不做沒有把握的事，若對生命也抱持同樣態度該有多好！

然話題引到這裡，跟我們解釋一下為什麼作為一位作家，這一陣子你傾向表現事實的映照面及孕育事實的理念，拋棄了直接、即時的語調。

我在《我們的祖先》一書序中也試著回答這個問題，這本書收錄了我三篇抒情——史詩——滑稽故事：《分成兩半的子爵》、《樹上的男爵》、《不存在的騎士》。如今這套組曲已經譜成，結束，它在那裡，看誰想要研究或消遣，都與我無關。對我而言重要的是接下來要做什麼，而我還不知道，如我之前所說，我從不以創作方法論為起點，我不會說：「現在我要寫一篇客觀寫實小說，或心理描寫的，或寓言。」重要的是我們之為我們，深化我們與世界、與他人的關係，這個關係可以是關係之所以存在的愛加上轉換的意志力之總合。然後才拿起筆開始寫作，找一個角度使浮顯出來之符號有其意義，再看寫出什麼。（但也常常丟進垃圾筒。）

我聽說你準備寫一本關於美國之旅的書，你認為旅行在今天對文字創作者有幫助嗎？對你而言，美國之旅所帶來的正面及負面影響是什麼？

出發去美國前，包括旅行當中，我一直做違心之論說我不會去寫一本以美國為題材的書（已經太多了！）。可是現在我改變主意了。遊記是一種有益，不起眼但完整的文學。這類書很實用，雖然世界日新月異，但正因為如此，將所見所聞記錄下來保留的是其多變本質，而且傳達出的不止是對眼見實景的描述，而是你與事實之間的關係，一種認識的過程。

這是我不久前才釐清的，直到昨天我還認為就我的工作性質而言，旅行只有間接影響力。這是因為我的授業導師帕維瑟，是旅行的頭號反對者，一首詩可以在心裡醞釀幾年，說不定一輩子，他說，大概意思是這樣，蜻蜓點水這裡那裡，停幾天或幾個星期，對這如此緩慢隱密的成熟過程有何價值可言？當然，旅行是生活體驗，如同所有其他體驗，是可以使我們的某些東西改變、成熟的，我本來就是這麼想，旅行對寫作有益，因為讓你對人生有所了解。去印度旅行後回到家重新提筆，寫……，回想第一天上學，會寫得更順吧。總而言之，我素來喜歡旅行，與創作無關。以同樣態度我完成了最近這趟美國之旅：因為我對美國好奇，想知道它到底怎麼回事，並不是，怎麼說呢，「文學朝聖」或為了「找靈感」。

沒想到到了美國，我生出一股強烈的要去認識，完全掌握多樣複雜事實及「另一半的我」的欲望，這是全新的經驗，有點像談戀愛。戀人，大家都知道，花很多時間吵嘴，即使今天我已經回來了，偶爾還意外發現我內心深處仍在跟美國抬槓。我昏了頭繼續滿腦子美國，每當聽到或讀到任何與那個國家有關，而我自認唯有我才能了解的東西時便滿懷妒意撲上去。既然我已經「走火入魔」，乾脆像你說的，快一點把它訴諸筆墨。

旅行的負面影響？大家知道，心思不再能集中於組成個人創作世界的特定客體上，從事文學創作需要全心全意帶點著魔的專注這個條件（條件之一）也受到動搖。但話說回來，就算這些銷匿無蹤那又何妨？以人的角度看，出門旅行要比留在家裡好。生活第一，然後才談哲學和寫作。趨近世界，也就是說朝發掘更多真相努力，是寫作者的基本生活態度，那顯現於紙上的不管是什麼，無須懷疑，就是我們這個時代的文學。

歸鄉又代表什麼，你對里古利亞的記憶價值何在？

里古利亞人分兩種：那些像帽貝黏附在礁石上拔也拔不下來、對自己那塊土地戀戀不捨的人，和那些天地是我家的人。即便是後者，像我或者也包括你，仍定期回家，對那塊土地並不比其他人少一份眷念。我的里古利亞西部沿海十五年來變化之大，已教人認不出來了，說不定正因為如此，在水泥陣中辨出記憶裡里古利亞的一鱗半爪，是較戀愛中的焦慮更令人回味的故鄉「禮讚」。彷彿由佔支配地位的商業化思維模式中，不經意挖掘出我們家庭昔日的中心精神，對你來說，親愛的波，應該是不乏楊森主義影子的天主教，對我而言則是一致主張「行動」的世俗、馬志尼、共濟會傳統。將我與我的故鄉，主要是聖雷莫北邊那個鄉鎮連接在一起的，是我對我父親敬重之心與日俱增的懷念。他的個性及一生，既是最異乎尋常、同時也是最能代表復興運動後那一代，今天已經不存在的那塊土地上的最後一個道地的里古利亞人（當然他三分之一的時間都在海洋彼岸也是原因之一）。

不過這些都是情感因素，而理性來說，我看事情的角度總是盡量從最先進的生產世界，人類歷史團體生活中的關鍵部分出發，不管是工業化歐洲、美國或蘇俄。我年輕時這個矛盾困擾我至深：既然明知我剛才說的那些才重要，為什麼創作上還要緊緊抓著那依賴觀光事業的富裕假象和大多是未開發土地的農業這類附屬經濟維生的里古利亞呢？然而以里古利亞沿海為背景的故事影像於我筆下成形時格外清晰、明確，當我改以工業文明為主題時一切卻失焦、黯淡。因為說得漂亮的故事是我們拋諸腦後、蓋棺論定的故事（然後發現其實仍懸而未決）。

必須從事實出發。採社會學角度的批評家，與其繼續籠統打轉，不如做點比較實際的工作：以其觀點闡釋每一位作家的真實本質，揭開他們或許與外表相衝突的真正社會背景。說不定抽絲剝繭後會發現，我骨子裡是個農村小地主，個人主義，對工作吹毛求疵，吝嗇，跟國家、稅制唱反調，為因應無利可圖的農業經濟、平撫將土地留給了佃農的懊悔，提出全球通用，可助其脫離困境的辦法，如共產主義或工業文化，或視天下為一家的知識分子離鄉背井的生活，或聊勝於無的寄情紙筆以期重拾迷失在現實中的本性與和諧。

如果要就你的政治經驗說一個小故事，你會把重點放在什麼地方？哪些人在你的成長過程中有過提攜之情？對你影響較深的是理念，還是人？

幾個月前，我剛從美國回來，都靈正好在辦一系列關於法西斯及反法西斯的演講。每一次阿弗烈劇院都人山人海，人群中我與反法西斯那個偉大小世界裡的臉孔重逢，參加抗戰的人，不管今天從事什麼行業，重又齊聚一堂，而且有許許多多的年輕人加入，那，是一種美。我們不曾離開，我們舉足輕重，由這裡，多少看出些端倪。

人永遠先於理念。對我來說理念始終有眼、有鼻、有嘴、有手、有腿。我的政治生涯無寧是一則人的故事。在義大利，當你放棄希望時，反而會發現其實好人並不少。

我那一代是氣宇軒昂的一代，即便未竟全功。沒錯，對我們，多少年來政治扮演了極為重要甚至誇張的角色，而生命是多面的。這種世俗的投入為我們的文化養成提供了一個骨架，如果說我們諸事關心，這是原因。還有，環顧四周，且不管歐洲或美國，我們這一代跟年輕一輩比起來，我得說我們是比較傑出。在義大利，最近幾年繼我們之後形成氣候的年輕人之中優秀的，比我們知道得多，可是都偏向理論，他們擁護的意識形態全由書本而來；我們則熱衷實踐，這並不表示比較膚淺，正好相反。

你應該看出我企圖勾畫的圖樣是整體的，強調當我還是某個政治團體中一分子及今天是「游擊隊」之間的延續性。因為能夠傳承下去，懂得在每一個事實中找到積極面，才有意義。我今天的政治理念？我沒有什麼時事觀念，不過我自詡為建立在以美蘇達成協議為基礎上的那個世界的理想公民。自然，這表示說期盼美蘇在各方面能有所改進，也就是說對雙方正在成熟的新一代有信心。那麼中國呢？如果美蘇能攜手解決落後國家的種種問題，應可避免殺傷力過大的手段。傷口已經太多了。至於義大利？歐洲呢？如果我們能用放眼世界而非以國界自限的字彙來思考（在這個星際時代，是起碼的要求），我們或可擺脫被動的卒子之姿成為如假包換的未來「創造者」。

＊卡爾洛·波（Carlo Bo）訪問卡爾維諾，《歐洲》（*L'Europeo*）雜誌，XVI，35，一九六〇年八月二十八日。

青年政治家回憶錄*

一、法西斯治下的童年

1. 一九三九年我十六歲，所以要回答關於戰前的「理念背景」問題，我得由那些懵懵懂懂、似是而非的東西來審視自己，試著重織一張由影像和激動而不是理念鉤成的網。

以政治為軸書寫自傳體回憶錄的危險在於誇大政治在童年及青少年時期真正的分量。我可以用這一生記得的第一件事，是法西斯行動隊棒打一名社會黨員開始。相信在一九二三年出生的鮮有人能記得，因為這個回憶可能得上溯到一九二六年，有人行刺墨索里尼未遂後，行動隊最後一次使用短棍。挨打的是卡斯巴勒．阿摩雷提教授，教拉丁文（他兒子是「新秩序」在執行第三國際某次任務時於日本殉職的一名共產黨員），那時他是我們聖雷莫別墅一間附屬「翼屋」的房客。我記得很清楚我們當時正在吃晚飯，老教授扭曲著一張血流不止的臉，領結也被扯掉了，進來求救。

不過自這第一個童年印象後，生活中一切感受、見聞，就都是文學誘因了。童年，與青少年對未來的展望大相逕庭，風馬牛不相及的感覺及想法毫無邏輯地一個接一個蹦出來。就算成長環境中表達自由、資訊發達，但一個人判斷能力的形成仍需要時間。

從小聽家中大人們的議論，我一直有義大利已走上窮途末路的強烈感覺。青少年階段，我跟學校同學幾乎一致憎恨法西斯，不過這並不表示說我注定將走上反法西斯之路。那時候距離我使用政治術語觀望局勢還過早，更不用說爭取某樣東西以對抗另一樣，或是為自己在尋求未來的解決方案中找到定位。眼見政治是眾人唾罵、為菁英分子所不屑的對象，一個年輕人本能的反應是認定政治無可救藥地是死路一條，應該要尋找別種生命價值。當年在判定法西斯是惡，與投入政治對抗法西斯之間的鴻溝，今天看來簡直難以置信。

接下來我原該從書寫自傳體回憶錄會犯的另一個錯誤或毛病來看我自己：試著就個人經驗披上某一代、某一個環境的整體經驗「中間值」的外表，凸顯共通點，將比較特別及個人的那一面隱藏起來。不過跟前幾次不同，這一回我想公諸於世的將稍稍偏離這個義大利「中間值」，因為我深信由例外著手，會比經由正規挖掘出更多事實。

我是在一個早年比起義大利任何一處地方都頗為不同的城市長大的：聖雷莫。我小時候，那裡全都是老一輩英國人，蘇俄皇族，人們來自全世界，無奇不有。我們家當時不僅在聖雷莫引人注目，就是在整個義大利也屬異常：我父母並不年輕，科學家，愛好大自然，自由思想家，兩個人個性有所出入，但對國家走向皆不以為然這一點上又很一致。我父親是聖雷莫人，出身於一個信奉馬志尼、共和制、反教權的共濟會家庭，年輕時是追隨克魯波特金的無政府主義者，後來是改革派社會主義者，長年住在南美，沒有經歷過大戰；我母親是撒丁島人，無宗教信仰，生長環境教導她奉俗世義務及科學為圭臬，一九一五年加入主戰社會主義行列，但和平信念不曾動搖，旅居國外多年返義時，正值法西斯在鞏固其勢力，在我的雙親眼前的是一個改頭換面、難以辨認的義大利。我父親希望能以己力及清廉為他的國家服務，四處碰壁；以他經驗過的墨西哥革命為度量衡及里古利亞傳統改革主義隨機應變的務實精神來看待法西斯，成效不彰。我母親，有一位聯名簽署克羅齊宣言[1]的大學教授哥哥，她自己則是反法西斯強硬分子。兩個人既因愛好也因閱歷，視世界為一家，都在戰前社會主義呼籲革新的泛泛口號中長大，他們不止追求自由民主，更對所有不尋常的改革運動都有好感，包括：土耳其國父凱末爾、甘地、布爾什維克黨人。法西斯也加入此一行列，彷彿眾多改革聲音之一，但是為無知、腐敗小人所領導，是一個錯誤的路線。我們家對法西斯的不滿除了暴力、無能、貪婪、壓抑評論自由、對外侵略政策外，主要是針對它的兩大罪過：與保皇黨同一陣線及與梵蒂岡的和解。

青少年性喜隨群，所以發現自己來自一個看起來不一樣的家庭，會產生一種與環境之間心理上的緊張關係。我父母最惹眼的招議之舉是對宗教課的不妥協態度。他們要求讓我免上宗教課，不參加彌撒或其他宗教禮拜活動。這在我就讀瓦爾多教派辦的小學或寄讀英國學校時並沒有造成什麼困擾，在那裡信奉新教、天主教、猶太教或俄國東正教的學生以不同方式混合編班。聖雷莫當時有各個教派的教堂及神父，包括風行一時魯道夫・史德耐輪迴淨化論這種祕密團體，我一直以為我的家庭是周圍各種聲音的代表之一。可是等我進入公立高中後，不上宗教課，在那普遍隨波逐流的氣氛中（法西斯當政已邁入第二十個年頭）讓我陷入孤立狀態，有時我被迫在同學和老師面前自閉於一種被動、沉默的反抗。有時宗教課夾在兩堂課之間，我就站在走廊上等，引起經過的老師和工友的誤會，以為我被罰站。因為我的姓氏，新同學每每以為我是新教徒，我否認，可是不知道該如何回答這個問題：「那你信什麼？」「自由思想家」由一個少年口中說出徒惹人發笑，「無神論者」在當時太衝了。我只好不回答。

我母親盡可能拖延我加入法西斯少年先鋒隊的時間，第一，她不希望我學會使用武器，還有，星期天早上舉行的集會（後來又有周六法西斯教育日）主要活動根本就是讓少年前鋒隊到教堂望彌撒。當我應學校規定加入後，我母親又要求准許我免做彌撒，以紀律為由被否決，但她還是想辦法知會了神父及指揮官，說我不是天主教徒，在教室內請勿要求我有任何宗教行為。

一言以蔽之，我老是跟別人不一樣，稀有動物般被人瞪著看。我不認為這對我有負面影響：面對他人對你個人習慣的敵意，為正當理由而被孤立，忍受隨之而來的不便，為維護未獲共識的立場摸索出一個合理準則，慢慢地你對這一切就習以為常了。反而長大後，我對他人意見總抱持寬容態度，尤其是宗教方面，因為忘不掉沒有隨俗信教被人捉弄是多麼不愉快的一件事。同樣地，我也完全沒有在神父堆中長大的人常有的反教權傾向。

我之所以不厭其煩地提起這些往事，是因為我看到我許多非教徒朋友「為了避免小孩有心理障礙」、「為了不讓小孩覺得與眾不同」而讓他們的孩子接受宗教教育。我認為此舉缺乏勇氣，就教育角度來說絕對有害無益。難道一名青少年不應該開始學習面對小小不便以忠於某個信念？還有，誰說年輕人不應該有心理障礙？心理障礙來自於與周遭環境的正常摩擦，一個人有了心理障礙會試著去克服它。生命就是克服個人心理障礙的勝利，沒有它就無法養成其人格、個性。

自然，我不需要誇大事實。我的童年經驗一點也不賺人熱淚，我的生長環境富裕、平靜。五彩繽紛，是我對世界的印象，大大小小的矛盾不斷，但並未意識到什麼激烈衝突。我沒有貧窮觀念，我唯一聽說的社會問題是存在於里古利亞小自耕農的問題，我父親為了維護他們的利益，當時亦挺身而出：他們擁有的土地不過在方丈之間，卻飽受稅務、化肥價錢、道路不敷使用之苦。貧民不是沒有，由義大利其他省分開始往里古利亞遷移，來自阿布魯佐省（Abruzzo）和威尼托省（Veneto）的雇農在我家農場工作，到了星期六就排隊到我父親的研究室領取按天計酬的工資。可是他們來自那麼遠的地方，我根本想像不出貧窮是怎麼回事。那個時候我跟普羅大眾的關係並不融洽，我父母對窮人表現出的熟稔和親切常讓我覺得不自在。

我對世間進行中的抗爭運動毫無所知，只有一些傳自外地的影像，像馬賽克那樣齊齊排列。聖雷莫當時主要看的報紙既非來自熱內亞亦非米蘭，而是尼斯。《偵察報》西班牙內戰期間支持佛朗哥；《小尼斯報》偏共和黨，後來他們就不讓進了。我們家看的是熱內亞的《勞動報》，直到停刊為止，這是法西斯如日中天時，碩果僅存的一份由一名改革派老社會黨員朱塞培・卡內帕（Giuseppe Canepa）辦的報紙，他是我父親老友，記得他來我們家吃過幾次飯。這應該是一九三三年左右，因為我父母親對一系列抨擊希特勒的短評讚譽有加，短評人署名「黑星」，那是喬凡尼・安薩多（Giovanni Ansaldo）。有一次飛過一艘滿載納粹褐衫軍的飛艇，我同桌波蘭籍猶太裔的同學艾毛努埃・羅斯皮契茲說：「最好掉下來統統摔死。」我那時就讀一所瓦爾多教會小學四年級。應該是一九三三年。在我家進進出出的年輕人什麼國籍都有——土耳其、荷蘭、印度——是靠獎學金在我父親主持的研究所念書的學生，曾有兩個德國學生爭執不下，一個納粹黨員一個猶太人。我母親最好的朋友是瑞士人，她常去法國，並參加在培雷耶廳舉行的和平兼反法西斯國際示威活動：這一點她並沒有跟我們明說（我們後來才知道），可是她會告訴我們一些「口號」。當法國反法西斯人民陣線政府主政時，我母親在點心時間便教我們立正站好面向東方，說：「為麵包，為和平，為自由。」

當然，同一時間，我也參加集訓和少年先鋒射擊隊，以及之後的青年先鋒隊的遊行閱兵：沒有任何樂趣可言，只把它當成學校生活眾多枯燥乏味的規定之一接受它。在逃課、不參加集訓或徵召日未穿制服被勒令退學中獲得快感，是中學的事了，不過那至多是年少輕狂的叛逆舉動。至於如何在法西斯遊行中偷安度日，我已經在三篇以一九四〇年夏天為背景的短篇小說中嘗試描述過，無須在此贅言。

總之，直到二次大戰爆發前，世界在我看來是由不同層級的道德觀及習俗搭起的一座拱門，平排並列互不牴觸。一端是反法西斯或法西斯前素樸的嚴峻，以我母親一絲不苟的道德、非宗教、科學、人性、反戰、保護動物態度為代表（我父親是特例：落單的行者，待在樹林裡與狗為伍的時間多過跟人相處的時間：狩獵季節到了就打獵，其他幾個月則埋頭找草菇或蝸牛），然後經過漸進的寬容、放縱，往人性弱點、得過且過、貪污腐化移動，接下來是教人眼花撩亂、愈趨萎靡、放任的宗教、好戰分子、迎合屈膝——資產階級的種種狂妄虛浮，再到另一個端點，那絕對的魯莽、無知、自吹自擂、高唱勝利的法西斯，肆無忌憚，自以為是。

今天看來，你不得不在其中做明確抉擇，其實不然：那時候一個年輕人看到的是開放的可能性，甚至可以把父母那個世界視為與現實無關的十九世紀石棺予以拒絕，選擇那看來更堅固、生氣勃勃的法西斯。像我弟弟在十三到十六歲間就說自己是法西斯黨員，其實是為了跟家裡作對（德軍入侵後，這場造反隨即平息，全家又一起投入游擊戰）。我跟他同一年紀時——正值西班牙內戰，似乎我父母堅信不移的價值觀在這場戰爭中落居下風——但是我卻全盤接受父母們的價值觀，不僅視其為理所當然，更是抵禦法西斯蠻橫的屏障。只是我察覺自己變成了悲觀論者，嬉笑怒罵、孤芳自賞的批評家，袖手旁觀，因為進步是痴心妄想，世上惡人當道。

2.我開始享受青春、團體、異性、書本，是一九三八年夏天：以張伯倫、希特勒及墨索里尼在慕尼黑會談告終。里古利亞西部沿海的「美好歲月」結束了。接下來是教人心焦的一年，馬奇諾之役，法國淪陷，義大利參戰，哀傷混亂的陰鬱年代。我想我這裡的回憶與出身小康、非法西斯家庭的同年齡少年的普遍印象相去不遠：既非對戰事的惴惴不安，亦非那個年紀的課外讀物或爭執。

我要談的是我周遭環境的改變及其後果。因為戰爭，聖雷莫棄守了長達一世紀作為各國人種聚居地的地位（永遠棄守。戰後的聖雷莫變成了米蘭——都靈的郊區），重振雄風的是里古利亞省一個古老城鎮的原始風貌。不知不覺中，眼界亦隨之改變。我一點也不吃力便融入這種鄉土精神，對父親那一輩幾乎全部出身古老中產市民階級、學有專精、若非反法西斯也至少是非法西斯的我及我同年的朋友來說，這如同一道抵禦外在世界，已然為墮落、瘋狂所掌控的世界的屏障。在我們家，除了早先的海外經驗外，如今對我別具意義的是父系古老方言，於所在土地上、特性上扎根。那是一種地方倫理，我們依此為準做選擇、交友，對凡是在我們鄙俗、挖苦的語言及唐突的正義感以外的一切抱持懷疑、輕蔑的優越態度。

一九四一年我註冊大學，選讀農學系，對文學的痴想即便跟摯友也瞞住不說，差點還瞞過了我自己。耐著性子聽課，待在都靈短短幾個月，讓我誤以為城裡人除了為兩個足球隊或兩個電台樂團加油助陣外無事可做，更堅定了我將自己封閉在鄉村天地中的決心。

於是事情發展成我們小心翼翼地維護我們對個性的崇拜，以為那是我們所獨有，蔑視大都會裡被我們視為缺乏生氣的盲從之流的年輕人。我們是來自外地的「硬漢」，獵人，撞球好手，大言不慚，自傲於我們屬於知識分子的粗魯，對愛國或軍事空話嗤之以鼻，講起話來神情凝重，進出聲色場所，鄙夷任何兒女之情，又因身邊沒有女伴頹喪絕望。如今我知道我當時是在搭築一個小屋，試圖藉此隔絕世上所有的敗德，好在我悲觀認定將永遠受法西斯及納粹掌控的世界中苟生。心理上的桀驁不馴與簡化是為了找一條生路，甘冒可能得付出極高代價的危險：放棄參與歷史進程，錯過幾個大觀念的辯論，拱手將以為已經無可挽回的領土送到敵人手上。所以我們接受法西斯套在我們身上的外在形式，不是因為缺乏勇氣而是經驗不足，只為了少惹麻煩。同樣要歸咎那令人惱火的不合群，明知省府附近就有「大學法西斯小組」在辦一些政治討論活動，但我從未趨近過。（我錯了，因為藉由那個環境，我原可以提早接觸到當時已加入法西斯組織的年輕人，就不至於面對抗戰時毫無準備。）

不過這種封閉心態（我們今天可稱之為「政治冷感」），與戰後發生在對方陣線的情況雷同）並未持續太久，因為很快我就跟醞釀中的氣氛有所衝突。其實那劃地自限的與外隔絕本來就不是絕對的。舉例來說，我中學最好的朋友是南方人，羅馬的艾烏哲尼歐・斯卡法利（Eugenio Scalfari）[2]。那時候艾烏哲尼歐在羅馬念大學，假日回聖雷莫：可以說跟他的討論是我們「政治」生涯的起點。他原是「大學法西斯小組」反對派成員，後被「大學法西斯小組」除名又搖身一變為幾個意識形態模糊的團體幕後策劃人。有一次他還寫信給我，要我參加一個仍在籌備階段的黨，暫名為「貴族社會黨」。就這樣，日積月累，藉著與艾烏哲尼歐通信及夏日長談，我無法不注意到反法西斯的祕密崛起，並對看些什麼書有了一個方向：胡伊京戛、蒙塔萊、維多里尼、皮斯卡內（Carlo Piscane）；那些年出版的新書標示著我們沒有章法的倫理——文學教育的不同階段。

當時也熱衷討論科學、宇宙學及認知基本原理：愛丁頓（Arthur Stanley Eddington）、普朗克（Max Planck）、海森堡（Werner Heisenberg）及愛因斯坦（Albert Einstein）。在鄉間出現了一些奇特且單一的文化案例：一個醉心英、美文化的聖雷莫青年，在戰事最激烈時以認識論、心理分析及爵士樂成為當時的文化傳奇人物，我們聽得如此專注彷彿聆聽神諭。夏日某一天，艾烏哲尼歐和我憑空建立了一整套的哲學系統：生命衝動哲學。第二天我們發現這套思想柏格森（Henri Bergson）早就提出了。

我那時候也寫一些略帶政治、無政府主義及悲觀色彩的極短篇或寓言故事，寄去給艾烏哲尼歐，他讓其中一篇在「大學法西斯小組」報上發表，好像給他惹了一點麻煩。沒有人知道我是誰。那時我的政治理念和創作都傾向於一個沒有任何意識形態為前導支持的無政府主義。跟斯卡法利和其他朋友，一九四三年七月二十五日[3]的夏天，我們一致通過的黨綱是稱自己為「自由人士」（依據主要是得・魯傑洛〔De Ruggiero〕的《自由主義史》），跟我的無政府主義一樣不著邊際。圍坐在離我家農場不遠的溪流中一塊平坦大石上，我們成立了Mul（大學生自由運動）。政治還是遊戲，不過只是早晚問題。那幾天是日後被稱為「四十五天」的激昂時刻，被強制遷往別區的共產黨人回來了，我們一擁而上圍著他們問個沒完，討論，提出異議。

九月八日，艾烏哲尼歐返回羅馬。幾個月後我加入了地下共黨組織。

3. 七月二十五日，我既失望又懊惱，像法西斯這樣一個歷史慘案竟然以政務委員會一紙平常的行政命令宣告落幕。我一心期待的是革命，在戰鬥中義大利獲得重生。而九月八日之後，當這飄渺的夢想成真：我這才懂得，當夢幻成為事實，要能勝任不是一件容易的事。

我選擇共產主義並沒有任何意識形態支持。我覺得有需要從一張「白紙」出發，所以我始終自稱為無政府主義者。對蘇聯我有一肚子的疑問及意見，這在當時很普遍，但又丟不開我父母一直堅守蘇聯路線的影響。更主要的原因是我認為在那個時候最重要的是行動，而共產黨正是最活躍、最有組織的力量。當我得知我們這一區的游擊隊隊長費里契・卡休內，年輕醫生，共產黨人，一九四四年二月在阿投山區與德軍交戰時陣亡，我跟一個共產黨朋友說我要入黨。

立刻就有工人同志跟我接觸，我的任務是組織青年學生陣線，而且油印了一篇我的作品私下流傳。（那是我寫的許多詼諧寓言故事之一，我其實可以寫下去。是由無政府主義角度出發——這對我接受共產主義不無制約作用——寫就的異議文章：未來世界中軍隊、警察、官僚制度的苟延殘喘。很遺憾我沒有保存下來，總希望有一天能遇到一位將那油印稿留起來的昔日老戰友。）

義大利抗戰戰區中我們最為偏遠，缺乏天然資源、盟軍支持和權威的政治領導，卻也是那二十個月內起義各地中戰況最激烈、慘痛，陣亡人數比例最高的地區之一。我一直不知道如何以第一人稱敘述游擊戰往事。我可以循不同，又不與事實相違背的敘事風格來做這件事：回憶面對失去所愛、危險、不安、決心、死亡的激動，或相反地鎖定那描寫一個毫無政治準備，完全沒有生活歷練，一直活在家庭呵護中的小資產階級青年不確定、老出錯、慌亂、捲入不幸的喜劇英雄方向。

在這裡我不能省略不提（也是因為該角色已呼之欲出）我母親在她視為與自然法則和家庭倫理同等地位的那一場抗戰中面臨的處境，她激勵她的兩個兒子加入武裝抗爭，在納粹保安隊及德軍面前沉著莊重，不慌不亂，在作為人質遭長期監禁期間，我父親在她眼前三次被黑衫軍假槍決，而她表現出無比的剛毅與勇氣。有母親們參與的歷史事件，有大自然現象的偉大及所向無敵。

現在我得專心來看一下抗戰時期我的政治理念。我想將屬於我的，及我身邊現實環境的兩種心態分開來：其一認為抗戰是絕對合法的，是為了對抗法西斯的顛覆與暴力所採取的行動；另一則視抗戰為革命，為推翻，熱血沸騰地認同終年被壓迫及法外偷生者的起義。我則在這兩種心態中搖擺，視我身處的環境及戰況，還有在我身邊的人而定：我熟稔的資產階級反法西斯人士或者另一個全新的階級，無產階級勞工，後者是我對人類的新發現，在那之前我一直以為反法西斯是文化菁英取向，不屬於窮人。

看共產主義也是如此，依我當時的心理狀況而定。無意中讀到油印傳單上陶里亞蒂的講話，他提出的義共合法、統一路線，有時我覺得那是在全面極端主義中唯一清醒冷靜的談話，有時又覺得不解和遙遠，與我們滿腔熱血及憤慨的事實不符。

光復之後，我讀的第一篇馬克思思想論文是列寧的〈國家與革命〉，既然「國家惡質化」之不可避免，所以在共產意識形態中加入我原先的無政府主義、反國營、反中共集權思想乃理所當然之事。到這裡我的政治理念史前史告一段落，進入了有意識時期，投入對我來說主要活動範圍是都靈勞工運動的戰後政治活動，另外同時平行發展的則是我的文學生涯。至於我尚未談及的後續經歷（主要是一些發表的文章及黨的公開活動）我是想再深談，但時間、空間都不允許。繼續這個話題或從頭開始的機會不怕沒有。隨著時間，回顧過去會看得更清楚。

4.為了釐清我年輕時的想法，我用了無政府主義及共產主義這兩個名詞。前者希望生活的真實面能徹底發揮其極限，不受制於體制。後者的目的則是世界資源不為濫用，且按現在及未來人類之利益所需，經過組織使其開花結果。

第一個名詞同時意味著隨時準備打破長久以來僵化和帶著不公平戳印的價值觀，從零開始。第二個名詞則意味甘冒動用武力與權力的風險，也要在最短時間內到達一個理性階段。

這兩個名詞，或者說這兩種需求及風險，以不同比重同時出現在我對政治理念與行動的考量中，當我是共產黨成員時如此，入黨前退黨後亦如此。把重心放在這兩者其中之一，或兩個名詞的兩個定義其中之一，是我這些年記取歷史教訓的方法。

今天我更關心的是，這兩個名詞的正面意義，即我在第一段提到的，如何在只需付出第二個詮釋中的最小代價就付諸實現。我認為這是今天困擾全世界的問題癥結所在。

二、艱苦歲月中的一代

1. 2. 對一個大戰爆發時十六歲，一九四三年九月八日二十歲的人來說，回答第一及第二個問題並不是清晰理念的展現，只是在篩選對政治意識形成有潛在影響力的青少年點滴回憶。我發表在《悖論》第二十三、二十四期的答覆正是如此。然而我愈想，愈對這篇我的「史前史」抒情——說教形式的報告不滿意。真正的政治意識形成是當你有意志，懂得取捨，理性思考、行動時才開始的，根本是成人世界才會有的進程。所以，趁這個專題收集成冊，我認為就我在雜誌上對第三和第四個問題僅起了頭的回答做進一步的論述更有意義；至於第一及第二個問題，我則將先前的答覆做一番整理。

戰前，與其說是理念背景，不如說是一種制約——家庭的、地理的、社會的，還有心理的——使我毫不猶豫便站在反法西斯、反納粹、反佛朗哥、反戰和反種族歧視的論點那一邊。但光是這些制約或論點尚不足以使我投入政治抗爭。在給予法西斯負面評價與積極加入反法西斯行動之間曾經有過的鴻溝或許今天我們已無法評斷。看到政治為菁英分子所唾棄且不屑，一個年輕人的本能反應是認定政治是無可救藥的死路一條，應該保持距離，尋求別種生命價值。

此時，有另一個制約介入：歷史制約。不多久，戰爭成為我們那個年代的背景，我們思考唯一的主題。我們發現自己在政治中，不，在歷史中載沉載浮，沒有任何個人意志的選擇。那場血洗歐洲的全面衝突的結束，對未來世界及我們每一個人的將來意味著什麼？我們每個人在那比起個人意願要驚天動地許多的事件中該如何自處？個人在歷史中的定位是什麼？歷史，有意義嗎？「進化」這個觀念還重要嗎？

這些是我們必須對自己提出的質疑：自此，我們看事情的態度根深柢固，視每一個問題為歷史問題，要不就總想找出所有問題的歷史因素。如果說「世代」這個名詞有意義的話，那麼我們這一代的特性應該是，看歷史猶如個人經驗，高度敏感。這尤以義大利最為普遍，當然，曾因戰事或對德抗戰而分裂的國家或多或少都有這個現象。我們的歷史經驗與上一代不同，且與他們或心照不宣或堂而皇之處在論戰狀態。而此論戰其來有自：如果說曾有某一代青年可以將父執輩送上被告席，那是我們何等幸運。那其實並非全面絕裂：我們必須在我們上一代的理念中找到某些能夠再次堅持、重新出發的，某些他們無能為力或來不及實現的。所以我們這一代並不是虛無、反傳統或憤怒的青年的一代，相反地，歷史延續觀念早已深植我們腦中，使得一個真正的革命分子成為唯一可能的「保守者」，在聽由生理反應擺佈的人間災難中懂得選擇那應被拯救、保護、傳衍和開花結果的種種。

在思考我們參與歷史這個問題的同時，另一個我想提出的是我們經歷中極其重要的問題：評估歷史——亦即我們自身——的方法。

我們之中有許多人，自小便排斥法西斯思想，也就是自摒於武器及暴力之外，所以，加入武裝游擊戰首先意味著超越我們底層的重重心結。我的成長環境更有助於讓我變為反心靈論者而非游擊隊員，我卻赫然發現自己置身於最殘酷的戰役中。不過——正如第一個為我們對當時政治社會問題傾向下定義，也率先為此付出生命的那個人所說——「這一代年輕人沒有時間建構內心悲劇：他們找到了一齣建構完全的外在悲劇。」義大利的慘況與敵人的兇殘愈增，算總帳的那天就愈近。抗戰與我們的生命衝動同出一源。

也可能，因為反作用，走向極端主義，因為看來眾多折磨、苦難將永遠無法得到報償；或者，為了控制住這情緒化的鼓動，落入政治化、冷漠的法治主義。

不過在所有這些融化為單一生命熱量的成分中，游擊隊精神最為亮眼。游擊隊精神是一舉克服困難突破障礙，一種屬於戰士的自傲及對此自傲的自我解嘲，企圖建立起實質合法的威望又對所在處境極盡揶揄，有時帶點自吹自擂、唬人的調調，不過永遠不失慷慨，急於對每件事表現出豁然大度。這麼多年過去了，我還是要說，若想在充滿矛盾的現實環境中行動自如，這個精神，讓游擊隊做出那些不凡之舉的精神，在今天仍是獨一無二的人生態度。

3.在抗戰的推波助瀾下，義大利光復後，我發現自己不知不覺地埋首於政治中。「曾為游擊隊一分子」對我及許多其他年輕人來說是我們生命中的一個轉捩點，而非暫時的制約像「服兵役」。自那一刻起，我們的平民生活是游擊隊的延續，武器不同；法西斯的軍事挫敗不過是個假設；我們誓死捍衛的義大利尚在蟄伏期，得將其潛力轉化為事實應用在各個層面。任何我們在日常生活及生產世界中意欲從事的活動，只因參與政治才見完整，才有其意義，這在我們看來理所當然。

抗戰期間，我加入義共的主要動機是能以較積極、較有組織的力量參戰，對抗德軍及法西斯，加上它的政治路線較具說服力，所以光復後我確認了我的共產黨員身分。

當年共產主義代表的是我始終居中搖擺（說起來這一點倒是沒變）的兩極政治引力。一端是對那個促成法西斯的社會的排拒，法西斯曾讓我們對革命滿懷憧憬，一場始於零，不假外力便搭起政府所需基礎架構，超越每一次革命都免不了犯錯和走上極端的痛楚，最後建設起與資產階級社會相對立的另一個社會的革命（我們腦海裡的革命屬於十月革命，是起點而非終點）。另一端我們夢想的是從政治、社會、經濟、文化等角度來看都是最現代、先進、完備的文明，有一個高度勝任的領導階級，也就是說文化在政治領導及生產領導各個層面均佔一席之地。（抑或這個意象到一九四五年之後才成形，此刻我的回溯是自說自話？不，這些在當時確已存在，可感受到的除了某種西方進步氣氛外——羅斯福的新政，英國的「費邊主義社會」——亦不乏來自蘇維埃世界的新氣象。）

不過我們入黨時，共產主義不單集政治抱負之大成，我們的文化及文學抱負亦與之氣味相投。我還記得，四月二十五日之後我們鎮上收到最初幾份《統一報》[4]。打開米蘭發行的《統一報》，副主編是維多里尼，打開都靈發行的《統一報》，文化版上是帕維瑟的文章。這麼湊巧，兩位我最喜歡的義大利作家，直到當時為止我只讀了幾本他們的書及他們所翻譯的作品，而我發現他們也在我選擇的同一陣營內：我以為那是天經地義的事。就這樣我發現畫家古圖索（Renato Guttuso）是共產黨！畢卡索也是！文化與政治鬥爭攜手並進的理想在那個時候彷彿是既成事實。（其實不然：為了釐清政治與文化之間的關係，我們絞盡腦汁長達十五年，至今尚無定論。）

我搬去都靈，對我來說它是——當時也的確是——一個在勞工運動及思想風潮助陣下，優良傳統及美好未來兼容的城市。都靈既是「新秩序」的資深勞工參謀總部，也是在義大利文化中堅守精神、文明路線的反法西斯知識分子，在這兩者周圍活動的都是剛經歷過抗戰的年輕人，興致勃勃、精力充沛。我則是兩頭並進：一方面我與埃伊瑙迪出版社往來密切，圈子裡都是意識形態、性情迥異，但面對歷史問題全心投入的人，無所不談，時時注意全世界的思想及創作動態；同時我亦參與黨的生活——曾為《統一報》撰稿，還當過一段時間的編輯——所以認識不少「前輩」，那些曾經在葛蘭西身邊的人（我永遠記得卡蜜拉・拉維拉〔Camilla Ravera〕，從容爽朗，嚴肅中不失親切，是我們在矛盾的艱難現實中亟欲提倡、見其重生的政治文化知性與人性的典範；還有勞工領袖代表巴蒂斯塔・桑提亞〔Battista Santhià〕，馴於紀律及善等待的叛逆人物）。

我無意粉飾我政治意識養成期的最初幾年，假裝史達林主義釀成的悲劇我們當時並未察覺。我正是在史達林——托洛斯基分道揚鑣一事引起眾說紛紜，史達林除黨內異己，名噪一時的莫斯科大審

「自白」疑雲，德蘇條約簽訂的那段時間成為共產黨員的。所有這些事件都發生在我的政治生涯開始之前，但仍是我們和左派非共黨的朋友——敵人之間的熱門話題。我以「不可避免」為由說服自己接受其中一部分，有些我先「擱置」，期待能給自己較合理的解釋，有些我則相信只是暫時現象，非意識形態所能辯解，所以注定在不遠的將來被提出再討論（這個看法後來——起碼基本上——被證實無誤）。

我對所發生的事並非一無所知，不過，這些事件的意涵倒未必完全知曉。一九四五到四六年我之所以「入伍」左派青年主要是一股行動的欲望；那些步上我們後塵的——算五到十年之後吧——則是因為知的欲望：他們熟讀所有的經典之作及報紙文選，但在積極投入政治生涯上不如我們鍾情。

那個時候，種種矛盾嚇不倒我們，正好相反：義共那個龐雜組織的不同面向、語言對我們每一個人而言都是不同的誘因；「新的黨派」、「勞工階級專政」的口號銷聲匿跡，繼續聽到的是過時的義大利人民黨的激進聲音，一般策略上的勇於妥協為針對國際策略所喊出的冰冷口號所壓過。那時候我們還沒有找出一個各派系間清楚的辯證關係，但這並不代表我們意志鬆懈、人云亦云，我們有討論不完的特定問題，往往欲罷不能，牽涉層面愈廣，只是我們有時候傾向「工運」，是嚴謹意識形態的鼓吹者，有時候傾向當策士，為自由主義助陣，視情況而定。

同樣地，義共領袖中兩位重要人物在我心目中的地位也互有高低：馬里歐·蒙塔尼亞那（Mario

Montagnana）及契勒斯特·內卡維勒（Celeste Negarville），今天都已辭世。二人皆出身勞工，有坎坷但可引以為榮的二十年逃亡、牢獄、流放經歷。蒙塔尼亞那及內卡維勒在思維、處事上的差異之大代表的幾乎是共產主義兩個相對立的精神。我與黨的關係正是在他們兩個人輪流的蔭庇下日漸密切起來的，我對他們的感情亦有所不同，曾經不無遺憾地，我也跟他們一一起過衝突：懷念他們之餘我發現自己尚與他們如此貼近，我想在這裡紀念他們兩個人。

馬里歐·蒙塔尼亞那代表的是聖保羅鎮傳統勞工社區的革命精神，始終信守——常與黨的官方態度起衝突——以接近清教徒無可置喙的道德主義為基柱的強硬「工運」路線。是我為都靈《統一報》工作時的主編。年輕時即由工廠進入新聞界，加入葛蘭西的編輯陣容，成天腦中想的都是由工人、為工人而辦的報紙，可反映出勞工對諸事意見來自各單位、工廠的新聞。那個時候，工廠及大眾生活中許多東西跟他初入黨那幾年已相去甚遠，他咬緊牙根接受，但不與階級敵人妥協，不懈地將每一個狀況、每一種問題重新導向當時是為核心的無產文明理想境界，無論大小抗爭皆堅持到底，不畏犧牲，視黨的紀律為鐵的紀律，克己以求尊嚴與榮耀，需求尚在其次。

我們之間的關係如同父子關係般緊張，或許正因為我們對彼此懷有父與子的敬與愛，而這一點卻變為不滿，他的惱恨在於看到我與他所期待的不同，我的懊惱在於讓他大失所望。他不是新派人物，但在對我們施以費盡心血保留下來的革命教育時，注入一股道德熱情，對人生價值的真實情感，使他的嚴峻作風避開了墨守成規的冷漠。

契勒斯特．內卡維勒跟他差十多歲（光復時他四十歲），已經代表了另一個時代。這位革命無產階級人士對那偉大的政治遊戲有他的貢獻，而且其從容不迫完全是最專業、熟練的領導階級架式。據說羅馬光復那天，這位勞工出身、造過反、坐過牢、晉身為部長的英雄，以出人意表的紳士之姿出現，睿智、優雅、熱愛生命，還有他與群眾的關係，是他力量的來源。當我開始跟在他身邊，也就是說當他回到都靈時，他的輝煌時光已告落幕，隨之落幕的還有結合反法西斯力量發展國家民主的希望。冷戰期間，在這樣一個採強硬、對外隔絕政策的勞工都市中，他那公正不阿、開放的馬基維利原則，高高在上地使役群眾於股掌間，從不擔心平等、普羅大眾問題，常遭我們年輕一輩的指責，說他犬儒、耍手段，沒有照顧到特定問題，缺少對真理及基礎司法的渴望。慢慢地我們才認識到他的政治觀點其實更廣，有遠見且現代，我們也開始比較了解他這個人，在苦悶外表，逐年加劇的疑神疑鬼，扮演放肆俗氣的反派角色，不願意接受年華老去的哀怨之外的那份敏銳。我們並未意識到黨內的派系鬥爭，只憑道德和精神準則來評斷人，一般黨員皆然：我們對箇中奧妙所知有限，但我們轉而試圖了解現實中的人及常規之外的狀況，對培養觀察力和鑑賞力所做的這項努力並非徒然。

史達林死後，內卡維勒重新出擊，拿出深埋心底的那份率真，那份面對多年來國際上共產黨起伏更迭始終保持著清醒、批判的良知以示大眾。在那幾年的紛擾爭論中，他是第二十屆全國代表大會以降最堅持持續開放改革路線的人之一，那時候我們才看清原先他讓我們頗為不滿的犬儒態度其實是為了維護道德情感及個人價值觀客觀性的存在，同時不違背黨內政治遊戲規則，也就是說當派系間關係不利於所屬路線時，保持靜默耐心等待。

蒙塔尼亞那則相反，當我們意識到黨內的改革聲音漸漸成熟時，他卻一直是新理念最死硬的反對者，無論政治或工會方面。我那時只有在會議上或公開場合才見得到他，他愈來愈讓我覺得是一個開倒車、一意孤行的人。一九五六年的論戰中，他為史達林主義方法論及擁史達林派的嚴辭辯解看起來幾近憤世嫉俗，但同時我認出了他深層那被激怒的道德觀，導致他與所有悲劇性、教人痛心的強硬態度相認同。那個道德觀不僅為他那一代的國際共產積極分子所接受，且不計代價，包括自己的生命或良知，欲付諸實現。

我發現內卡維勒早先的「玩世不恭」——無論道德良知或歷史自覺——較蒙塔尼亞那幾近「信仰」的態度更具生命力。自然，內卡維勒也為他無法接受、沒辦法合理化的事物備受煎熬，但他緊抓變成支持制度中非人性的那個理念，全心全意，毫無保留。

今天這兩位已故的共產黨員形象以其功過在我的回憶和評斷中重新調和：在那每一個真理都得以許多謊言作為代價的時代，他們兩個人都盡其所能地忠於他們正如那幾年的歷史一般矛盾、飽受摧殘的真理。

我發現，我雖以光復時的年輕故事起頭，卻用老一輩的故事收尾。不過要想界定我們這一代——或許不止我們這一代——不能不先對上一代的經歷有深刻認識。

4.我退出共產黨好幾年了，也未再加入其他黨派。我現在看政治比較從整體的角度出發，比較不覺得有所牽絆，也無須分擔責任。是好是壞？許多先前不懂的東西如今都懂了，不再那麼依賴直覺，不過從另一方面來說，我知道唯有親身經歷過，孜孜不倦日復一日操作過，才能有深層的認識。蘇聯和美國是我關心也同時擔心的焦點，因為我由這兩處影像編織我的未來。在蘇聯事情進行得不如預期的好我倒不那麼懊惱，也是因為那裡發生的事較少；美國做錯事我就氣憤難消，因為它一犯再犯。至於歐洲，我期待的不是政治解答而是意識形態的整合，但遲遲不見動靜。總而言之，整體政治情況改變不少，而我相信的「價值觀順位」深究起來並無大變動。

一步步走來，我曾經相信，且今天仍深信不移的至少有兩件事，在此記錄下來。一是嚮往整體文化。打破各專業間的隔閡，保持整體文化的生氣，包括不同的認知及實踐，而其中各個專業研究的多樣論述還有生產加起來，是我們要學會掌握並依人性發展的人類歷史。（文學正應該介入不同語言中負起居中溝通的工作。）

我的另一個嚮往是政治鬥爭及文化（還有文學）相結合形成一個新的領導階級。（或單就只是一個階級，如果階級純指有階級意識，如馬克思所說。）我的一切努力及今後努力的方向是為了：看到新的領導階級成形，為它得以留下標記、足跡盡一份心力。

*本文的第一部分刊載於《悖論》（*Il Paradosso*），V，23-24，九月—十二月，一九六〇年。第二部分則收在《艱苦歲月中的一代》合集，拉特爾扎（Laterza）出版社，巴里（Bari）印行，一九六二年。

一九六〇年，米蘭發行的青少年文化刊物《悖論》對那些在法西斯治下度過青少年期的政界及文學人士進行專訪，讓年輕一輩分享上一代的經驗。專訪題目〈艱苦歲月中的一代〉共分四個主題，本文即依此分為四段。

1. 您成長階段直至戰時的理念背景。
2. 戰爭對您人格養成的影響；這個影響導致理念的崩塌、修正，抑或肯定。
3. 什麼時候，或為什麼，決定積極投入政治；哪些偶發因素促使您下此決定。
4. 如果可能，請列出當時您價值觀的順位，及時至今日，此順位的演變。

這個專訪後來由拉特爾扎出版社於一九六二年以同標題收為合集，由發起者（艾托雷・亞伯統尼、艾茲歐・安東尼尼及雷納多・帕密爾黎）主編。為此書出版我全文重寫，或者應該說我由雜誌專訪中斷的那一點延續我未完的自傳。現在我依序發表這兩篇文章。關於我在第二篇所表達的信念，如同這本合集的任何一篇，只是我對事物當時——僅止當時——看法的見證。（作者按）

大標題（〈青年政治家回憶錄〉）及第一篇的標題（〈法西斯治下的童年〉）為卡爾維諾所訂。

---

1 原親法西斯的克羅齊（Benedetto Croce，1866-1952）於一九二五年發表〈反法西斯知識分子宣言〉，與法西斯關係斷裂。（譯者註）

2 艾烏哲尼歐・斯卡法利（Eugenio Scalfari，1924-2022），記者。創辦《快訊》（*L'Espresso*）時事周刊及《共和報》（*La Repubblica*）。（譯者註）

3 由於軍方倒戈及法西斯政權聲望日衰，原支持法西斯的企業、保皇黨、保守勢力策動政務委員會以行政命令於一九四三年七月二十五日宣告法西斯政府倒台。同年九月八日，義大利宣布休戰。反法西斯團體與復員軍人聯合迎戰不斷在義境內擴張佔領土地的德軍。（譯者註）

4 《統一報》（*L'Unità*），義共黨報。（譯者註）

一封信兩個版本

1*

親愛的李奇，這是我的簡歷。我是一九二三年正值光芒四射的太陽及陰鬱的土星進入性好和諧的天秤星座上作為嘉賓時出生的。我人生最初二十五年，在當時綠草如茵，集四海為家者、特立獨行者所帶來的種種以及當地質樸、實事求是、性情乖張的封閉為一處的聖雷莫那塊土地上度過，此二者在我生命中皆留下痕跡。之後我搬到活躍、理性的都靈去，那裡失控發狂的機率（像尼采）並不比別的地方低。我到都靈的時候因為鮮有車輛，荒涼的道路綿亙無盡，為縮短腳程我由一個街角斜斜長切過一條又一條筆直馬路到另一個街角——這在今天，不僅不可能，簡直難以想像——就這樣在灰撲撲的直角間前行，牽曳出看不見的斜邊。太平洋及大西洋上我認識的其他大都會屈指可數，但全都一見鍾情，有些我還自認為深得其味，瞭如指掌，有些則始終難以親近，陌生疏離。曾有好幾年的時間我得了地理精神官能症：無法在任何城市或地方連續停留三天以上。最後我選定了新娘並遷居巴黎。巴黎為森林、鵝耳櫪木及白樺所包圍，是我和我女兒阿畢蓋爾散步的地方；被圍起來的還有國立圖書館，我去那裡借閱珍本書，利用那張編號二五一六的閱覽證。已經做了最壞的打算，對於最好愈來愈難滿足，我在提前品嚐年華老去的無比喜悅，就此停筆。

你最誠摯的

卡爾維諾

＊選自《塔羅紙牌》（*Tarocchi*），F．M．李奇（F．M．Ricci）出版社，帕爾馬（Parma）印行，一九六九年。編入「人跡」系列的該書結尾出現這樣一篇以書信體方式寫給出版社李奇社長的作者略傳。

2 *

親愛的李奇，這是我的簡歷。我是一九二三年正值光芒四射的太陽及陰鬱的土星進入性好和諧的天秤星座上作為嘉賓時出生的。我人生最初二十五年是在當時綠草如茵的聖雷莫度過的，那裡有兩個平行的世界，一個是四海為家和特立獨行的人的世界，另一個則是直來直往、質樸的世界，兩者在我生命中皆留下痕跡。之後我搬到都靈，活躍而理性的都市，那裡失控發狂的機率並不比別的地方低。我到都靈的時候汽車還是稀有珍品，筆直的馬路在我這個行人眼前光禿禿、無止盡地延伸開來。為了縮短腳程我由一個直角出發，在一條又一條灰撲撲的道路間斜行，牽曳出看不見的斜邊。這種走法今天不再可能，簡直難以想像。沒有特定目標，我也走過其他著名的大都會，瀕海、沿河、面向大洋、位控航道、湖邊、峽灣旁，我全都一見鍾情，自信對有些深得其味，瞭如指掌，有些則始終難以親近，陌生疏離。曾有好幾年的時間我得了地理精神官能症：無法在任何地方停留超過三天以上。才說完，我就跟一位外國女士結了婚，包括住的地方也選在外國，而且當然選的是那唯一一個會讓所有人覺得陌生的地方。正因為如此，親愛的李奇，你會常在奧利飛機場碰到某人。

至於我的書，遺憾的是不能每出一本書就換一個筆名：若能每一次重新開始，我會覺得更自由。正如我試著在做的。

摯友

伊塔羅・卡爾維諾

＊選自《塔羅紙牌》（*Tarots*），F・M・李奇出版社，帕爾馬印行，一九七四年。法文寫成，無義大利文版。法朗克・馬利亞・李奇囑我親用法文寫一篇書信體傳略，我決定全部重寫。（作者按）

旁觀代傳*

卡爾維諾的父親是出生在聖雷莫的農學家，曾長年待在墨西哥及其他熱帶國家，與帕維亞大學一位植物學系助教結婚，她是撒丁島人，婚後隨夫婿四處旅行：第一個小孩是一九二三年十月十五日於父母整裝回義前夕在哈瓦那郊區出生的。

伊塔羅．卡爾維諾一生前二十五年可以說不曾離開過聖雷莫的梅莉狄亞娜山莊，當時他父親主持的園藝實驗中心亦設於此，至於聖喬凡尼．巴蒂斯塔那片祖傳農地則種有柚子及鱷梨。身為自由思想家的父母沒讓小孩上宗教課。卡爾維諾在聖雷莫接受了正規教育：聖喬治幼稚園，小學上的是瓦爾多教會小學，初、高中上「G．D．卡西尼」中學。拿到文科中學文憑後註冊都靈大學農學系（他父親在該系教授熱帶農業），不過考過頭幾科考試後，學業便告暫停。

在德軍佔領的那二十個月中，卡爾維諾經歷過同年齡青年相同的波折遭遇後成為義大利社會共和國的逃兵，加入叛軍和游擊隊行列，曾入「加里波底」軍在戰事最慘烈的阿爾卑斯山沿海地區作戰數月。父母為德軍虜為人質數月。

光復後，卡爾維諾隨即積極投入共產黨在因佩里亞及都靈學生間組織的政治活動（他是在抗戰期間入黨的）。同時開始以戰時生活為背景嘗試文字創作，與米蘭（維多里尼的《綜合科技》雜誌）及都靈（埃伊瑙迪出版社）文化圈有了初步接觸。

他寫的第一個短篇經契撒雷．帕維瑟過目後交給穆謝塔在羅馬主持的雜誌發表（《阿瑞杜莎》，一九四五年十二月）。接下來維多里尼在《綜合科技》上刊登了他另外一篇作品（卡爾維諾還曾為該雜誌撰文討論里古利亞省的社會問題）。強西洛．費拉塔（Giansiro Ferrata）也為米蘭的《統一報》向他邀稿。那個時候報紙只有一版，不過開始一周有兩次印行四版：卡爾維諾除了替熱內亞《統一報》第三版[1]撰稿（還贏了一個獎，與馬契洛．文圖理同獲首獎）外，還有都靈的《統一報》（編輯陣容中曾經有阿馮索．卡托〔Alfonso Gatto〕）。

此外，學生卡爾維諾轉系了，轉到都靈大學文學系，因為特別照顧戰後餘生者——直接註冊三年級。在都靈他住在一間沒有暖氣的閣樓裡：埋首搖筆，每寫完一個短篇就拿去給在埃伊瑙迪出版社整理編輯室的娜塔莉亞．金茲柏格及帕維瑟看。為了擺脫糾纏，帕維瑟建議他寫個長篇，給他同樣建議的還有米蘭的強西洛．費拉塔，是蒙達多利出版社為戰後新作家未發表新作所舉辦的小說獎評審之一。卡爾維諾剛好趕在截止日期一九四六年十二月三十一日完成的小說《蛛巢小徑》未獲費拉塔及維多里尼青睞，也未進入得獎名單（米雷娜．米拉尼、歐雷斯特．德．布翁諾、路易吉．桑圖奇）。卡爾維諾把小說拿給帕維瑟，不置可否，帕維瑟將該小說推薦給朱利歐．埃伊瑙迪，這位都靈出版社社長興致勃勃，甚至還教人張貼海報以配合該書上市。賣出了六千本：在那個年頭，算小有成就。

他的第一本書問世的同一時間，一九四七年十一月，獲文學士學位，論文研究的是英國文學（康拉德）。不過可以說他的養成教育是在大學課堂外，在義大利光復後到一九五〇年之間百廢待興中，經由討論、發掘新的朋友與老師，一邊擔任接受臨時、短時工所完成的。開始在埃伊瑙迪出版社的廣告和新聞部門工作，這個工作接下來幾年成為他的固定職業。

埃伊瑙迪在文人、作家中囊括了最優秀的史學家、哲學家，支持不同政治、意識派系的爭論未曾稍歇。這對青年卡爾維諾的塑形有著深遠的影響：他一點一點地吸取比他略長的那一代的經驗，這些人在文化及政治論戰圈子裡活動已有十或十五年時間，參加過行動黨或天主教左派陣營或共產黨的反法西斯行列。舉足輕重的還有一段友誼（雖然與卡爾維諾的無宗教信仰有所牴觸），深受共產黨人天主教哲學家菲利契．巴博（Felice Balbo）的生動口才及精神影響。

為都靈《統一報》擔任文化版編輯一年後（一九四八—四九），卡爾維諾認清自己不適合做記者，也無法專職政治。繼續不定期為《統一報》寫稿數年，文學作品之外主要是工會報導文學，關於工、農罷工和佔領工廠的故事。寄情於政治及工會的實際組織問題（還有與他同輩的同志們間的情誼）而非意識形態及文化論戰，幫助他度過了曾經知心，視為朋友的黨及文藝團體（一九四七年的維多里尼與《綜合科技》雜誌；一九五〇年的菲利契．巴博與《文化與現實》雜誌）對他交相指責並疏遠的危機。

最讓他不確定的是文學這條路：第一本小說出版後，卡爾維諾幾年來試著延續之前寫實──社會──頑童歷險路線寫出其他小說，但不是被他的老師及顧問毫不留情地大加撻伐，就是丟到垃圾桶裡。厭倦於耕耘後的挫敗感，純憑一股說故事的衝動，揮筆寫出《分成兩半的子爵》。既然只是一篇「娛樂文章」無須小題大作，本想在雜誌上發表不打算出書，但維多里尼堅持要收入他的「籌碼」叢書中出版，並出乎意料獲得一致好評，艾密利歐．契科亦撰文讚許，這意味著卡爾維諾登堂入殿（登榜新科）進入義大利「官方」文壇。義共則爆發了一場對這類「寫實主義」的小小論戰，亦不乏權威人士的正面評價居中持平。

由那次的肯定，卡爾維諾「寓言家」（這個頭銜在他的第一本小說書評中已經出現）以斯當達爾嘲諷筆法重現當代經驗的系列作品大放異彩。維多里尼為解釋這次的交替，率先喊出「寓言色彩的寫實主義」和「風格寫實的寓言」是為幸運程式。卡爾維諾也試著就理論角度結合他的知識與創作元素：一九五五年佛羅倫斯一次會議中提出的正是他研究中組織最嚴謹的部分（〈獅心〉，《比擬》雜誌，VI，66）。

卡爾維諾於一九五〇年代奠定了他在義大利文壇的地位，當時的氣氛與他在理念上始終難以割捨的一九四〇年代末相去甚遠。一九五〇年代的文學中心在羅馬，即便公開宣稱自己是「都靈人」的卡爾維諾，大多時間也都待在羅馬，享受那座無憂城市，以及平易近人的卡爾洛·雷維為首，數不清的朋友與食友。

那幾年，朱利歐·埃伊瑙迪委託他的寓言作家由民間傳說整理出一套《義大利童話》，卡爾維諾負責從收集到的已發表及未發表的十九世紀民間故事中篩選，並自方言翻譯為義大利文。同時也是一份學術工作（請參閱其研究、前言及註釋），一度喚醒了卡爾維諾已然淡去的研究興趣。

另一方面，政治大論戰的時機成熟，使共產世界堅實一體的表象受到打擊。一九五四年到五五年，義共知識分子派系鬥爭似乎暫告一段落，卡爾維諾與沙林納利、特隆巴朵利在羅馬合辦的《當代》周刊開始密切合作。同一時間與米蘭黑格爾——馬克思流派的契撒雷·卡瑟斯，尤其是與雷納多·索密（Renato Solmi）的對話別具意義，而在這兩人背後是法朗克·佛提尼（Franco Fortini），不論之前或未來都是卡爾維諾最難應付的對手。一九五六年卡爾維諾投入黨內鬥爭（並為羅馬《不設防城市》雜誌寫稿），一九五七年退黨。曾經（一九五八—五九）加入新左派社會黨的論戰，為安東尼奧·吉歐利提（Antonio Giolitti）的《過去與現在》雜誌及《明日義大利》寫稿。

一九五九年維多里尼創辦一份以當時文學主流相關論文及文評為主的專刊《樣書》（*Il Menabò*），邀卡爾維諾與他同列主編。在《樣書》上卡爾維諾發表了幾篇關於世界文學概況的雜文：

〈客觀性之無限〉（《樣書》，2，一九五九年）、〈挑戰迷宮〉（《樣書》，5，一九六二年），還有一篇試圖勾勒意識形態整體輪廓的文章〈勞工反證〉（《樣書》，7，一九六四年）。朋友們對最後那一篇的意見促使他決定徹底放棄理論研究。

一九五九年到一九六〇年間，卡爾維諾在美國待了六個月。接下來十年他待在國外的次數日增。一九六四年結婚，妻子是阿根廷人，原籍蘇俄，從事英文翻譯，住在巴黎。一九六五年得一女。

最近幾年可以為卡爾維諾作傳的資料愈來愈少：他對公共事務的介入漸少，較少露面，不為報紙寫稿，不因贊成或反對惹人討厭。關於他所做的旅行所知不多，因為他是少數幾位既不寫遊記也不寫傳真報導的義大利作家之一。他遠離文壇的態度，從一九六八年拒領三百萬里拉獎金得到印證。

《樹上的男爵》一書作者似乎下定決心要與外界保持距離。他已達到事不關己、漠不關心的境界？認識他的，知道他其實是因為深刻認識到世界的複雜，以至於在滾滾湧至的期盼及焦慮中張口無言。

＊一九七〇年依埃伊瑙迪出版社「鴕鳥」叢書設定標準為《困難的愛》一書寫成的簡傳。（作者按）

1 早年報紙文化版皆排在第三版，故今天仍沿用「第三版」之名稱文化版。（譯者註）

巴黎隱士*

這幾年我在巴黎有一個家，每年會來住一陣子，不過直到今天這個城市從未出現在我筆下。或許要寫巴黎我得離開遠遠的：如果說寫作是因為想念、需要的話。或許得更投入，那麼我應該從年輕時就住在這裡：如果說賦予我們想像世界形體的是我們人生最初那幾年，而非成熟期。我來解釋清楚一點：一個場所必須變成內在場景，讓想像開始在此定居，是為劇場。今天，巴黎在世界文學的許多篇幅中，和我們大家都讀過，在我們生命中曾佔一席之地的許多書本中都當過內在場景。與其說它是真實世界中的一個城市，巴黎，對我和上百萬全世界各地的人一樣，是透過書本得知的虛幻城市，一個經由閱讀而熟識的城市。從小讀《三劍客》，然後是《悲慘世界》，同時，或隨即，巴黎變成了歷史之城，法國革命之城；稍晚，在青少年讀物中，巴黎又變成波特萊爾，流傳上百年的偉大詩篇、繪畫、不朽的小說之城，巴爾札克、左拉、普魯斯特……。

以前我以過客身分來此，巴黎是我參觀的那個城市，是已為人所熟知我亦認得的意象，無須贅述的意象。如今人生際遇帶我到巴黎來，有自己的房子，一個家；其實可以說我仍是一個過客，因為我的事業，我的工作範圍始終不離義大利，但畢竟居住型態不同了，受制於家庭生活上百成千繁瑣的實際問題。說不定，將它融入我的個人經歷、日常生活，拋開文學、文化在它意象上所加諸的那圈光暈，巴黎可以重新變成一個內在城市，那麼我就可以寫它了。不再是故事說盡的城市，而是我棲居的一個平凡無奇、沒有名字的城市。

有幾次我出自本能地將虛構故事背景安排在紐約，而我一生中在這個城市只住過短短幾個月，誰知道為什麼，大概因為紐約最單純，至少對我來說，最簡明扼要，一種城市原型：就其地形、眼睛所見及社會而言。巴黎卻十分濃濁，很多東西、很多涵意深藏不露。或許它讓我有一種歸屬感：我說的是巴黎的意象，不是城市本身。然而又是城市讓你一落腳立即感到親切。

仔細想想，我從來沒將任何一個作品的背景安排在羅馬過，明明我在羅馬住的時間長過在紐約，或許也多過在巴黎。另一個我說不出口的城市，羅馬，另一個被寫盡了的城市。不過，所寫關於羅馬的相較於關於巴黎的實在相形見絀：唯一的共同點是，無論羅馬或巴黎都很難找到新鮮不至於重複的話題；至於新事物呢，任何一點改變都立時會有一群評註者蜂擁而至。

也許是我不具備與場所建立個人關係的能力，我總是有點半調子，欲走還留。我的書桌彷彿一個島：可以在這裡也可以在那裡。再說今天城市與城市正合而為一，原來用以分示彼此的歧異消失不見，成為綿亙一片的城市。之所以有《看不見的城市》這個靈感，是鑑於我們之中甚為普遍的生活方式：有人不斷由一個機場換到另一個機場，過的是他在任何城市所過雷同的生活。我常說，重複太多次都有點不想說了，我在巴黎的家是一棟鄉間小屋，我的意思是從事寫作，我的部分工作可以在孤獨中進行，地點不重要，可以是一棟與世隔絕的鄉間小屋，也可以在島上，而我的這棟鄉間小屋在巴黎市區。所以，在義大利主要是與工作相關的生活，當我能夠或需要獨處的時候，來巴黎比較有此可能。

義大利，至少都靈和米蘭，距巴黎只一個小時的航程。我住的地方上高速公路很近，所以去奧利機場很方便。當城內因堵車而寸步難行時，我去義大利，舉個例子，還比到Champs-Elysées快。我也可以「通勤」，可能喔，說起來住在歐洲如同住在一個城市的日子不遠了。

同樣地，一個城市不再被視為一個城市的日子也不遠了：短距離移動比長途旅行需要的時間還更多。當我人在巴黎時可以說從不離開這間書房，不變的習慣是每天早上去St. Germain-des-Près買義大利報紙，來回都乘地鐵，所以我不是閒蕩人，像波特萊爾筆下神化的那位在巴黎街頭晃的傳奇人物。你看，不論國際旅行或城市間往來都不再是走過各式場所的一次探險，純然只是從一點移動到另一點，之間的距離是一片空茫，不連續性。坐飛機旅行，是一段雲中插曲，市區內移動，是一則地下插曲。

從我年輕時第一次到巴黎發現了地鐵這個簡便、全城就在我腳下的交通工具後，我就一直很信賴它。猜想我跟地鐵之間的這種關係還與地下世界的魅力有關：儒勒・凡爾納（Jules Verne）的小說中我最喜歡的是《黑色印度群島》和《地心歷險記》。也可能吸引我的是那份匿名的快感：我可以夾在人群中觀察大家，保持絕對隱形。

昨天地鐵裡有一個光著腳的男人，既不是流浪漢亦非嬉皮，跟我及大多數人沒有兩樣，戴著一副眼鏡在看報紙，看起來像大學教授，典型的心不在焉忘了穿襪穿鞋的教授。那天下著雨，而他赤腳走路，沒有人注意他，沒有人好奇，隱形的夢想成真……。當我所在環境讓我自以為是隱形人時，我覺得無比自在。

上電視的感覺完全相反，攝影機對著我，把我釘死在看得見的我，我的臉上。我認為作者一旦曝光，損失不小。以前真正受歡迎的作家根本沒人知道他們是誰、長什麼樣子，他們只是書皮上的一個名字，而這一點使他們擁有非比尋常的魅力。加斯東・勒魯（Gaston Leroux）、莫里斯・盧布朗（Maurice Leblanc）（繼續這個使巴黎神話在上百萬人中流傳的作家話題）是當時極受歡迎的作家，而我們對他們一無所知；還有一些更知名的作家，我們甚至不知道他們的教名，只有開頭字母。我覺得對一個作家而言理想境界應該是，接近無名，如此，作家的至高威信才得以遠播。這個作家不露面、不現身，但他呈現的那個世界佔滿整個畫面。像莎士比亞，關於他，沒有留下任何畫像讓我們窺其相貌，也沒有任何史料能真正說明他的二三事蹟。今天，作家愈想越俎代庖，他所呈現的那個世界就愈空洞，作者亦被掏空，最後落得兩敗俱傷。

有一個匿名盲點，那才是寫作的出發點，正因為如此，要界定我提筆寫作的地方與環繞其外的世界的關係對我來說並不容易。我在旅館房間內可以寫得很順，那裡，在我眼前的是一張白紙，別無選擇，沒有退路。也許這個條件在年紀較輕時更理想，世界就在那裡，在門外，密密麻麻的訊息，寸步不離地跟著我，這般濃郁，我只需稍離一步就可以下筆。如今某些東西變了，只在屬於我的地方我才有辦法安心寫作，身邊還得有書，彷彿隨時得參考一些不知道什麼資料。或許不在於書本身，而是書所建構的一種內在空間，宛如將我自己視為一間我理想中的圖書館。

然而，我始終沒能擁有一間完整的圖書館，我的書總是散落各處，每次我人在巴黎想查一本書，那本書在義大利，而每次我在義大利想要查一本書，那本書又在巴黎。一邊寫邊查書的習慣差不多有十來年了，以前不是這樣的，我寫的東西，一切都來自記憶，一切都屬於活過的經驗。包括每一個文化方面的引述都應該原本就在我內心，屬於我，否則就有違遊戲規則，我就不能拿它當作素材訴諸紙上。現在完全相反：就連世界也成為我偶爾參考的對象，而在這個書架及外面的世界之間並沒有想像中的那道鴻溝。

所以我可以說，巴黎到底是什麼呢，巴黎是一本巨大的參考書，是一本查閱這座城市的百科全書：打開這本書，它給你一連串的資訊，包羅萬象為別的城市望塵莫及。我們來看商店，它提供一個城市所能有的最開放、最具號召力的話題：我們難道不一直是沿著商店在閱讀一個城市、一條街和一段人行道。有些商店是一篇論文的幾個章節，有些是百科全書上的詞條，有些則是幾頁報紙。在巴黎有乳酪店陳列著上百種不同的乳酪，各自標著名字，有外頭裹了一層灰的乳酪，有核桃乳酪：是一種博物館，乳酪羅浮宮。由這些乳酪看出一個文明的多樣性，讓為數可觀的相異形式存活下來，使產品就經濟角度來說得以營利，同時維持其不同風貌，只要前提是提供選擇，不違乳酪體系、乳酪語言。不過主要還是分類學、命名學的天下。如果哪一天我想寫乳酪，可以出門去參閱巴黎，當它是乳酪百科全書。或者去某幾間雜貨舖，那裡找得到屬於上個世紀的異國情調，殖民主義初期商業氣息濃厚的異國情調，我們可以說來自萬國博覽會。

在某一種商店內你會感受到這就是讓人面對文化，即博物館時心領神會的城市，博物館反之又賦予日常生活形形色色以意義，使得羅浮宮各廳與商店櫥窗連成一氣。我們大可說街頭種種隨時能收入博物館，或博物館隨時可將街頭種種收納進來。所以我最喜歡的博物館是題獻給巴黎生活及歷史的嘉年華博物館，這並非偶然。

視城市為百科全書、集體記憶其來有自：想想看哥德式教堂的每一個建築細部與裝飾，每一處空間與元素都牽涉到全方位學問的認識，表示在其他涵構可以找到相對應之處。同樣地，我們可以「閱讀」城市如同一本參考書，例如「閱讀」聖母院（透過維奧爾・勒・迪克的維修），一個柱頭看完再看一個，一束拱筋看完再看一束。同時，我們可以像閱讀集體無意識那樣閱讀城市：集體無意識是一本厚重目錄，一本厚重的動物寓言故事；我們可以將巴黎詮釋為一本夢之書，一本收藏我們無意識的相簿，一本妖魔大全。所以身為稚齡女兒玩伴的我這個父親的行進路線上，巴黎可供查閱的有植物園裡的寓言動物，鬣蜥和變色蜥蜴悠哉悠哉的蛇園和爬蟲區，史前動物，以及我們的文明擺脫不掉的龍窟。

我們身外有形的無意識妖魔與幽靈是這個曾為超現實主義首都的城市的固有特色。因為巴黎，早在布勒東（André Breton）之前就吸納了所有後來變成超現實文學作品的基本元素；全城無處不見超現實主義留下的足跡、曳痕，那正是強調影像魅力的一種方法，像在某些超現實風格的書店裡，或在某些規模不大，例如冥河，專放恐怖片的電影院裡。

巴黎的電影院也是博物館，或供查閱的百科全書，我指的不光是電影資料館浩瀚的影片，還有拉丁區裡密密麻麻的所有電影放映室。在這些窄小、臭哄哄的放映室裡，你可以看到巴西或波蘭新導演剛拍完的片子，也可以看到默片或二次大戰時期的老片。稍微留點神加上運氣，每個觀眾都能將電影史一片片拼湊起來。像我最迷三〇年代的電影，因為那個時候電影對我而言就是全部的世界。在這裡我可以獲得成就感，我是說尋找失去的時光，重看我少年時期的電影或補上當年失之交臂，我以為再也看不到的電影。在巴黎你永遠有希望找回你以為失去的，找回過去，重歸己有。另外一個看巴黎的方法是：一間偌大的失物招領室，有點像《瘋狂的奧蘭多》裡的月亮，收集世間所有遺失的東西。

我們現在談的是癖好收集者的遼闊無垠的巴黎，這個城市引誘你收集所有東西，囤積分類重新分配，像在考古現場一般在這裡尋尋覓覓。屬於收集者的城市，同時可以是一次存在的冒險，藉物研究自己，勘測世界並且自我實現。不過我不算具備收集者精神，或許應該說只有像老電影畫面、回憶、黑白幻影這類觸摸不著的東西我才有收集的欲望。

我得到的結論是，我的巴黎是成熟期的城市，我是說我不再以青少年冒險犯難發現新大陸的眼光來看它。我與世界之間的關係由探索改為諮詢，也就是說世界是所有資料的總合，獨立於我之外，這些資料，我可以比對、組合、傳送，也許，偶爾有節制地享受一下，但自始至終保持外人身分。我家下面有一條老舊的環城鐵路，巴黎環城線，幾近停擺，但一天兩次，還是有一列小火車會經過，讓我想起拉福格（Jules Laforgue）的詩：

我永遠不會有奇遇；
大自然中，多麼渺小，
巴黎環城鐵路！

＊本文是瓦雷里歐・利瓦（Valerio Riva）於一九七四年為瑞士義大利區電視台所做的一次訪問。同年限量由龐塔雷（Pantarei）出版社於盧卡諾（Lugano）限量出版，內附有四張朱瑟培・阿伊蒙內（Giuseppe Ajmone）的插畫。（作者按）

我的一九四五年四月二十五日*

那天有過一場森林大火：我記得長長一列游擊隊員從燒焦的松樹林中走下來，鞋底踩的是滾燙的灰燼，入夜後樹根仍舊赤熱。

那次行進與其他幾次我們在樹林中的夜間持續移防不一樣。我們終於接到命令下山進城，到聖雷莫；我們知道德軍正由海岸線撤離，但不知道哪些據點還在他們手上。那幾天一切都在變，我們每隔一個小時接一次命令。這裡我盡量只談一腳長膿一跛一跛跟著分隊走的我這個加里波底軍人的回憶（當嚴寒使我大皮靴的皮革硬化扭曲後，我的腳就再也沒好過）。德國氣勢已盡，這回大概八九不離十，然而這些年來我們做過太多次夢也失望過太多次，所以寧願靜觀其變。

離我們最近的戰場——法國邊界——沒有動靜，八個月來，也就是法國收復以後，西方前線隆隆砲聲不斷；八個月來，自由距我們僅數公里之遙，而沿海阿爾卑斯山上的游擊隊境況卻每下愈況，因為位居前線正後方，我們這一區對德軍而言有如命脈，無論如何也要維持道路的暢通無阻，所以始終沒給過我們喘息的機會，我們對他們亦不假顏色。正因為如此，我們這一區士兵陣亡的比例偏高。

縱然那幾個星期已可嗅出春天的氣息（不過那個四月極冷）和勝利在望的氣氛，多少個月來盤踞生活中的那份不確定感縈繞不去。就在最後那幾天德軍還發動突襲造成我們的人員傷亡。幾天前我巡邏的時候便差一點中了他們的埋伏。

我們分隊最後一個駐紮營地，如果沒記錯，是在蒙塔爾托和八達路口之間。整個冬天待在意味飢餓的栗樹區，而今下到橄欖區標示著新氣象的來臨，除了對游擊隊的生存是好是壞之外，我們已不懂用其他標準來思考了，好像這個日子不知道還要持續多久。綠葉和灌木林重新覆蓋山谷，表示說在敵人砲火下有了較多的掩護，像那叢榛木就救了我跟我弟弟一命，那是二十多天前的事，結束奇利安納路上的交鋒後。同樣地，只要我們的生命仍繫於一髮，去想不再有掃射、搜索、害怕被俘而遭嚴刑拷打的日子何時會來全無意義。即便後來，和平來臨，讓頭腦重新習慣用另一種方式思考也需要時間。

記得那晚我們只睡了幾個小時，最後一次睡在地上。我還在想明天將有一場血拚以奪回奧烏雷利亞的路權，我腦子裡轉的是戰事前夕會有的念頭，不是光復在望。只有當第二天早上看到我們一口氣往下走，才知道海岸線已經通行，我們直接往聖雷莫前進（後衛部隊與老百姓組成的愛國行動組織成員幾次交手後，德軍及法西斯往熱內亞方向撤退）。

不過那個早晨，聖雷莫湖面上盟軍軍艦照舊出現，展開他們例行的海對地砲轟行動。民間的國家光復委員會在砲擊下上台執政，以政府名義做的第一件事就是在女皇大道的牆壁上用白漆寫上大大的

「自由地區」，希望軍艦上看得到。由波久鎮那裡，開始有人潮在路邊觀望並歡迎經過的游擊隊。我記得最早看到的是兩位戴著帽子的老先生邊聊邊走過來，彷彿平常節日；不過有一個直到前一天都還不可能的特別現象：他們衣服釦洞上別著紅色的康乃馨。接下來幾天我們會看到不計其數的人胸前別著紅色康乃馨，不過是由他們發軔的。

我可以一點也不猶豫地說，對我而言那是平民生活第一個自由影像，不再有生命威脅的自由，這樣不聲不響地出現，似乎是全天下最自然的一件事。

我們愈趨近城市，人潮、徽章、鮮花、少女就愈多，但離家漸近，我腦中想的是被納粹保安隊捉去做人質的父母，不知他們是生是死，他們也對自己孩子的生死一無所知。

我發現回憶光復日的結果是光復「之前」多過「之後」。但留在腦海中的確是如此，因為我們都太專注於我們活過的，至於未來尚面目模糊，我們怎樣也想像不出一個會讓這些回憶慢慢褪色（如這三十年來所發生的）的未來。

---

*《晚郵報》（*Corriere della Sera*），一九七五年四月。紀念光復三十周年增刊，以〈那個一九四五年四月二十五日〉為題共二十八篇見證。（作者按）

方言*

1. 2. 3.只要限定在市鎮文化、絕對地方性的範圍內，方言文化有其完全的影響力，確保一個城市、地域、流域身分的認同，與附近其他城市、地域、流域區隔開來。當方言開始發展以省為範圍，即一種跨地——方言時，其功能則變為純粹防禦性，那就注定要沒落了。「皮埃蒙特」方言、「倫巴第」方言、「威尼托」方言，相對來說是變了質的新產物，與大批人口流動有關，是外來移民和當地居民還未超越各自的地域性融為一個新文化，又不復從前地方文化間必然對峙時因應而生的產物。

直到四分之一個世紀以前，義大利方言的情況仍跟今天不同，市鎮的身分認同極為鮮明且自足。當我還是學生的時候，亦即社交圈子使用的都是純正義大利語時，方言在同年齡小孩中是用來分辨——舉個例子——我們聖雷莫人，他們芬提米亞人或毛里茲歐港人的工具，提供我們閒來無事互相取笑的機會；更不用說山區各村落間方言的強烈差異，像拜伊亞多和特里歐拉，與其完全不同的社會學形態相吻合，很容易就變成我們沿海居民的笑料。在這個世界上（說實在並不大）方言是界定自己會說話，賦予地方習俗形式，總而言之，存在的方式。我並不想懷鄉式地將那個如此狹隘的文化視野神話化，只想證明當年方言在表達上有其生動之處，那是一種獨特性與精確性，在方言變得平淡、呆滯，像「帕索里尼」時期視方言為民間活力的渣滓時，消失不見。

詞彙（除了表達）的豐富是（曾經是）方言的主要力量之一。當方言具備義大利語缺乏的字詞時，方言是比義大利語要高一等。但這一點在當年專業術語（農業、手工業、烹飪、家務）創自方言、限於方言而義大利語力不從心時才成立。今天，就詞彙上來說是方言在向義大利語臣服進貢：將方言詞尾提供給由技術用語衍生的名詞使用。專業術語之外的罕見詞彙則慢慢被遺棄、消失。

我記得聖雷莫的老人家知道的方言詞彙有如一座無可取代的寶庫。例如：chintagna，是說蓋在梯田間的房子後面留下的大片空地，里古利亞省的特有景觀，也用來表示床與牆之間的空隙。相信義大利語沒有相應的字，不過這個字今天在方言中也已不存在了。誰還知道，誰還用它呢？詞彙的貧乏和單一化是一個語言死亡的第一個徵兆。

4. 我的方言是聖雷莫語（今天說 sanremese，其實古時候是說 sanremasco），是里古利亞省眾多方言之一，就其聲調和語音，跟熱內亞（包括薩伏納）區截然不同。我一生前二十五年幾乎不曾離開過聖雷莫，那時候的居民，本地人佔大多數。我生長的農業環境中方言是主要語言，我父親（跟我年紀相差幾乎半個世紀，一八七五年出生在聖雷莫一個古老家庭）說的方言比我同年齡者所說的方言要更為華麗、精確且生動。我是在方言中耳濡目染長大的，卻從沒學會說方言，因為關於我的教育問題，掌有主權的是我母親，她反對方言，是純正義大利語的虔誠支持者。（我得說明我始終沒能學會流利使用任何一種方言，也要歸因於我素來寡言：我很早就專注於書寫語言以解決表達及溝通需要。）

當我開始從事寫作，很留意義大利語背後方言的轉借。看清大部分寫作者使用語言的虛浮後，我唯一能做的，擔保語言真實性的，是趨向民間口語。在我頭幾本書中可以察覺到這樣的企圖，然後愈來愈淡。聖雷莫一位細心、熟知方言的讀者（是一位律師，索達提有一本小說曾以他為模特兒）在我後來的作品中也認出方言的影子，並給予正面評價，如今他已經過世，我想再也沒有人能做到這一點了。

一個人遠離地方，遠離日常對話後，方言對他的影響很快就會褪色。戰後我搬去都靈，那時的都靈社會各個階層都普遍使用方言，再怎麼努力堅持，但不同的語言環境，加上源出一致都屬於高盧——古義大利語系，原方言自然而然便退隱下來。

今天在家裡，我妻子跟我說普拉塔灣一帶的西班牙語，我女兒說的是巴黎一般學生的法語，我寫作使用的語言跟我用來溝通的任何語言都無關，唯有借助記憶。

＊回答華特・德拉・摩尼卡（Walter della Monica）的訪問，部分曾在一九七六年五月九日的「文學博覽會」（Fiera Letteraria）上發表。題目是1.認識及使用方言對當代文化而言價值何在？重新重視方言是否能構成一種新文化？2.方言還有值得義大利文借鏡的地方嗎？3.您有自己的方言嗎？對您作品的文字是否有影響？（作者按）

一九七八*

「偉大的祕密在於自我掩飾，逃避，混淆視聽。」這是在你稱之為美麗新時代的一九六〇年代對阿爾巴希諾（Alberto Arbasino）說的一句話。你成功了。以至於今天我們要問：卡爾維諾，你跟阿馬爾構一樣，在月亮上嗎？

月亮是在一定距離之外觀察地球的一個很好的觀測站。如何參與，但是保持超然的適當距離正是《樹上的男爵》的問題。二十年過去了，我愈來愈不知道要把自己擺在主流思想或行為網路上什麼地方，別處又都難令人滿意，找不到落腳處。不過無論如何，我拒絕人云亦云，寧願繼續自己的「論述」，等待重新回到崗位上，如同一切有立場的事物。

「論述」，是你自己提出來的。現在你得解釋一下。

或許只是一定數字的「是」、「否」及很多的「但是」。沒錯，我是相信某個以社會藍圖為依歸的文學藍圖的最後一代。這兩者皆失敗了。我一生都在追認先前我認為「否」的論點的正當性。基本價值愈遭否決愈發恆久。

那個社會藍圖，你那一代的共產主義藍圖已經付之一炬，同一雙手又繪了一幅新的。這個新藍圖你贊成嗎？

對我而言勞工運動是工作及生產的一種倫理學，最近這十年被蒙上陰影。今天第一順位是存在主義的動因：人生在世皆有權利享受。這個上帝創造人類靈魂說我並不同意，我愛人，不是因為他們活著這麼簡單。生存的權利需要爭取，要讓這個權利站得住腳還得看你為他人付出了什麼。正因如此，我對今天結合了天主教民主黨救濟態度與青年抗議活動的那個「背景」保持距離。

你之前說到別處的不足。你的別處是什麼？

對許多作者來說，他們的主觀性是自給自足的。唯有發生在那裡的一切才有意義。沒有一處是別處，單純的活過就是整個世界。想想亨利・米勒。我很討厭浪費，所以很羨慕那些絕不浪費，善用一切的作家，索爾・貝婁（Saul Bellow）、弗里斯（Max Frisch），周而復始的生活就是寫作不絕的靈感。我是覺得我的事別人不會有興趣。甚至面對我自己時，我都必須用非個人的東西賦予作品一個合理價值。或許因為我來自一個無宗教信仰且凡事講求科學的家庭，在那裡文明的體現是人——植物的共生。逃避那個道德約束，未盡小農資產階級本分，曾讓我有罪惡感。我的幻想世界還沒重要到可以自我合理化。一個整體藍圖是必要的。我年輕時曾有多年在讓文學和共產主義邏輯共存的這個無解裡想破腦袋，並非無病呻吟。那是一個人為的問題。但總比沒有問題好，因為唯有面對一個待解的問題時，寫作才有意義。

你是想要某個讓你可以重新說「是」及「否」的東西嗎？到頭來，你說的是計畫嗎？

每次我著手寫一本書，一定得用一個計畫、一個方案來為它正名。而我立即看到限制。於是我又在它旁邊加上另一個計畫，計畫加上計畫，最後我就卡住了。每一次我得為待寫的書捏造一個作家來寫它，一個跟我，也跟其他我一眼就看出其侷限性的作家不一樣的作家……。

倘若被時代淘汰掉的也包括這個計畫觀念呢？如果說由舊計畫到新計畫之間不是過渡，而是一個範疇的死亡呢？

你的假設很合理，很可能對預測的需求減少了，進入了不同文明的生活方式，在那裡計畫這個觀念是不存在的。不過寫作的好處是過程中的喜悅，完成的滿足。如果這個喜悅能取代計畫的唯意志論，我發誓，別無奢求。

你寫作生涯初期一鳴驚人，將梅達爾多子爵分成好與壞兩半。就當時的你來說（一九五一年），可能的分法有很多：主體／客體，理性／虛構，維多里尼對政治的呼籲「走上街頭」以及往內心發展，為都靈《統一報》撰稿的卡爾維諾以及那個已經走向中世紀想像世界的卡爾維諾。從一開始就失去的和諧，如今你找到了嗎？

沒錯，在《分成兩半的子爵》中，或許在我所有的作品中都有這樣的內心掙扎。而追求和諧的欲望來自對內心掙扎的認知。不過偶然事件帶來的和諧幻象是自欺欺人，所以要到其他層面尋找。就這樣我走向了宇宙。但這個宇宙是不存在的，就科學角度而言。那只是無關個人意識，超越所有人類本位主義排他性，期望達到非擬人觀點的一個境域。在這升空過程中，我既無驚惶失措的快感，也未曾冥思。反倒興起一股對宇宙萬物的使命感。我們是以亞原子或前銀河系為比例的星系中的一環：我深信不移的是，承先啟後是我們行動和思想的責任。我希望由那些片段的組合，亦即我的作品，所感受到的是這個。

為了尋找和諧，你鎖定了偉大的理性，幾何隱喻的數學（《我們的祖先》三部曲），結構的組合計算（像《命運交織的城堡》，和《看不見的城市》），始終無懈可擊，愈來愈上「一層樓」。但到了最高峯，不將是一片岑寂嗎？

是的，我在這個臨界點已有數年之久，而且不知道是否能找到出路。包括計算、幾何，都是因為需要某種非個人的東西。我說過單只存在，我的經歷，我腦中的靈光一現，並不能讓我提筆寫作。而奇幻對我來說恰好是武斷的反面：是通往那由虛構所重現的宇宙的一條路。我得憑空造出符合非人理性、自身存在的物體，就像水晶。為了成果的「渾然天成」我又求助於高度技巧，無奈技巧上力有未逮，完成的作品中總是有一些武斷、不精確的東西，未盡如人意。

對你而言，一九五〇年代，是激進年代，你稱之為：「現役軍人」（在政治上）；一九六〇年代，則是「美麗新時代」。你的第三個十年，已經快要告一段落了，你要給它起什麼名字？

可以說：無以名之。這些年風起雲湧，我不帶色彩靜觀其變，但始終有所保留。在《命運交織的城堡》結尾我拿隱士與屠龍騎士相比[1]。可以說一九六〇年代我扮演的主要角色是隱士。遠觀，又不至於太遠。聖吉羅拉摩和聖安東尼奧的畫像裡，城市往往就在他們身後。畫面中我認出自己。不過《命運交織的城堡》同一章裡平地風波，異軍突起：我搖身一變為塔羅紙牌中耍戲法的街頭賣藝人。這是我最後一招。這個大搖大擺以老千之姿現身的魔術師、江湖騙子，說起來還是比較誠實的。

街頭賣藝，變戲法的：是今日知識分子手上唯一一張牌嗎？

你知道我的作風，我絕對不會孤注一擲。所以我對這個世紀的文化英雄人物敬而遠之。《命運交織的城堡》中最後三張牌[2]是三個可行的變通辦法及組合。不過假使賣藝人佔上風，我會有揭穿他把戲的欲望。

巴黎，「我長年隱居的大都會」。卡爾維諾，你在逃避什麼？巴黎足以稱為逃亡嗎？

隱士身後有一座城市，對我來說那座城市永遠是義大利。要說巴黎是別處，不如說是別處的象徵。再說我真的住在巴黎嗎？關於在巴黎的我，我始終說不出所以然來。我常說與其住在鄉間小屋，我寧可在異域城市裡有一個家，在那裡沒有職責，無須扮演任何角色。

結果你選了一個很遠的地方。巴黎，遙望義大利。你在玩什麼障眼法？

《看不見的城市》中，有一個城市建築在樁架上，居民居高臨下看著自己的不在場。或許為了了解我自己，得觀察一個本該有我而我不在的地方。就像一名老攝影師在鏡頭前擺好姿勢以後跑去按快門，拍下少了他的先前那個地方。說不定這正是死者看待活人世界的方法，糅合好奇與不理解。不過這是我情緒低落時的看法。心情好的時候我則想，那個我留下的空白可以由另一個我填補，做我原本該做但不知如何著手的事。一個只可能來自那片空白的我自己。絕對的不在或絕對的存在，一位公眾人物要賭的是這兩者其中之一。像湯瑪索・郎多爾菲（Tommaso Landolfi），以神祕取勝。你是以隱逸取勝？

我自然不能跟郎多爾菲的表裡如一相提並論。這幾年我甚至還為《晚郵報》寫社論，就說明一部分的我，那個語調沉重，佛提尼稱之為「年高德劭」的發聲體，始終不想退隱。我並不以此為傲，倒寧願這位年高德劭的老者早日退休，用心經營其他形象。或者，還是佛提尼語，做一個他早期嘲諷短詩所說的「憤世嫉俗的小孩」。

說不定卡在內心掙扎與和諧一致中間的，正是這個憤世嫉俗的小孩。我寧願說玩世不恭。你的玩世不恭扮演了什麼角色：防衛、攻擊、使不可能成真？

玩世不恭提醒我看自己寫的東西要帶點懷疑，放輕鬆。有時我會用上其他語調，不過只有那些語帶嘲諷的才算數。

這是外在的玩世不恭。我們來看看內在吧。

對內心掙扎來說，玩世不恭預告可能的和諧一致；對和諧一致來說，玩世不恭是對真實內心掙扎的認知。玩世不恭彰顯的永遠是事情的反面。

是那丟不掉的。你最新的短篇〈受歡迎的垃圾桶〉想傳達的也包含這一點？在你的知性旅程中哪些被丟進垃圾桶，哪些被保留下來？

有時候我以為什麼都沒丟，有時候又覺得一直在丟。得在每一次經驗中找出有營養的東西，加以保存。「貴」在去蕪存菁。

隨著時間，手下功夫要不日漸僵硬，要不更見靈巧。你相較於十五年前有何不同？

我學會了在有人委託、要求我為某個特定、即使微不足道的目的寫作時享受箇中樂趣。至少我有把握自己的寫作對某些人有所助益。我覺得更自由，不再有把自己都不確定的主觀性強加予他人的感覺。我完全相信寫作絕對及必要的個人主義，但必須將它夾帶進入那否定它或與之對立的環境中，如此個人主義才能發揮作用。

卡爾維諾，我不問你在寫什麼，但要問你不會再寫的是什麼？

如果你說的不再寫是指我已經寫過的，深究起來我並未背棄我作品中的任何東西。當然，有些路徑封掉了，留下門戶大開的是生龍活虎、開創性高、集故事及評論於一身、最具省思力的虛構小說。

＊一九七八年一月七日，《國家晚報》（*Paese Sera*），接受丹尼耶雷・得爾・朱迪契[3]訪問。（作者按）

卡爾維諾在原稿上註明「未經修訂」。

1 「……兩則故事實為一則，同一個人的一生、青春、壯年、老去與死亡……」（譯者註）

2 即騎士、隱士、街頭賣藝人。（譯者註）

3 丹尼耶雷・得爾・朱迪契（Daniele Del Giudice，1949-2021），義大利中生代作家。藉筆下人物對當代文化中平常秩序不斷質疑，討論科學與文學的關係，試著賦予歐洲新面貌。以《影子離地飛翔》一書贏得維亞雷久文學獎。（譯者註）

我也曾是史達林主義者？*

我是一九五六年到一九五七年間因為義共與史達林劃清界線的腳步太慢而退黨的其中一人。至於當史達林還在世，或史達林路線被義共奉為圭臬時我說了什麼？當年我不也曾是史達林主義者嗎？我多希望能回答說：「我不是」或「我是，但我並不知道那是怎麼回事」，或者，「我以為我是，其實根本不是」。這些回答沒有一句與事實完全吻合，又各有其真實性。我若想搞懂也讓別人搞懂我當時的想法（不是件容易的事，因為這麼多年了，一個人會變，連帶他的回憶，對自己當年的回憶，也會跟著改變），最好先說：「是的，我曾經是史達林主義者」，然後再試著釐清這句話的涵意。

先撇開這個問題的主觀前提（在戰亂中一個既無政治經驗亦無政治概念的義大利年輕人是怎麼忽然發現自己是共產黨員的）和客觀前提（提到史達林就想到史達林格勒，扭轉希特勒節節推進的一面倒形勢，且打進柏林燒殺掠劫的蘇俄）不談，不是說不重要，我們就算它是不言而喻吧，直接切入重點：對我們來說，對我來說，史達林是誰？（我最好先用單數人稱，再看看接下來由我的個人記憶中是否能找出一些適用於集體的考量。）在西方世界眼中，於一九四五年到五三年之間因盟軍大勝且在冷戰中重整旗鼓的的史達林是誰？本人幾乎從不露面而官方肖像一成不變，不時飄然降下如神諭般的講話，然後萬籟俱寂中一片歌頌、讚美上帝之聲揚起，不絕於耳，要如何建構他的面目？

相隔千山萬水（幸好隔了千山萬水，這一點不是所有人都能了解）所能勾勒出的史達林不止一個：對許多「忠貞」，仍在等待革命號角吹響的共產黨員來說，史達林是這場革命勢在必行的保證人（事實正好相反，史達林其實傾向於防堵蘇聯勢力範圍之外的任何革命）。還有一個史達林，說無產階級應該拾起資產階級棄之不顧的民主自由旗幟，這也正是陶里亞蒂（Palmiro Togliatti）領導下的義共引為依恃的史達林策略，看起來倒是在跟對抗軸心國的三強（或五強）結盟中受到肯定，同時與肩負資產階級革命和無產階級革命歷史延續責任的形象相符……。這是我眼中的史達林嗎？但又如何解釋所有那些明擺著與之唱反調的形勢呢？我們來試述第一個推論：即便結構緊密，史達林主義對西方共黨人士而言在一定範圍內有標準相當分歧的政治、文化、行動可能。史達林主義者有很多種，遊戲規則是主張某一路線者不能視此路線為其他路線的替代方案。

對我來說，史達林成為我生命中的一部分，是自他與羅斯福、邱吉爾坐在雅爾達的籐椅上合照那一刻才開始的。之前種種，鬥爭托洛茨基，大規模肅反，都是「前朝事」，我不覺得與我有直接關聯。當然，在步步進逼的悲觀情勢中，莫斯科大審令人匪夷所思的自白無異又罩下一層陰霾（布達佩斯及布拉格審判期間同樣故事又重演，更是雪上加霜）。不過，在大戰的熾烈火焰照耀下，其他火光顯得如此渺小，為大熔爐所吞沒。連在我們之前投入政治鬥爭的人——一九三九年德蘇互不侵犯條約——所受重創，也在接下來那幾年的歷史中得以平撫（只要不深究細節，反正義大利對此所知不多）。那段歷史始於對稱霸歐洲的納粹——法西斯不滿的反對運動，是我亟欲融入的歷史，還有在過去提早透露此歷史之將至的種種，也是我認同的對象。史達林似乎代表了共產主義成為洪流的那一刻，與原先湍急、毫無章法的竄流大不相同，一條匯集歷史潮流的大河。所以我可以這樣界定我的立場：我的親史達林與反史達林皆源自同一價值中心。正因為如此，對我及其他許多人來說，反史達林意識之崛起並不是一個轉變，而是個人信念的實現。

並不是說對我而言另一個歷史不存在，不願接受那個形象。我寧願被視為馬基維利論最憤世嫉俗的鼓吹者，也不願被看作那些說：「史達林的罪行？誰不知道？我一點也不存疑」的人。沒錯，屠殺涉及層面之廣無人存疑（直至今日，每一次新的受害人統計數據出來，都會推翻前一次太過樂觀的調查結果），也沒有人知道政治審判中的荒誕自白是怎麼回事（或許是一種微妙的革命心理，基於此一心理，失寵、永無翻身之日的領導人甘為社會主義的發展自我污蔑，即便柯斯勒〔Arthur Koestler〕關於該論題曾寫過一本很精采的書，但依然犯了太樂觀的毛病），終究有助於了解某些事——多多少少有助於了解許多尚不明所以之處——的線索並不是沒有。列入考慮或置之不理都在你：這跟相信不相信不同。舉個例子，我是法朗克．文圖理（Franco Venturi）的朋友，他對發生在蘇俄那邊的事知道得不少，往往以哲學家的挖苦語氣描述給我聽。我不相信他嗎？我當然相信他。只是我這麼想，身為共產黨員，應該用不同於他的觀點來看這些事情，不該以好或壞來下評斷。還有，除了導致我脫離行動行列，脫離組織、群眾，失去參與當時我最關心的某件事的機會……之外，經驗的無法傳承，或者我們說經驗傳承的成效不彰，始終是歷史及社會體制中最教人灰心的事實之一，面對蒙蔽雙眼的一代我們無能為力，不完全受意志操控的力量、未釐清及有所偏頗的信念、未經篩選的抉擇及不必要的需求，都會阻礙歷史進程的推動。

現在我可以試著闡明我的評斷：史達林主義憑恃需求起家，一切早已天注定。歷史半點不留情。只有當我理解到即便是最無可置喙的需求也有選擇的空間，而史達林的選擇大多禍及無辜時，所有捍衛史達林主義的辯解都不攻自破。

史達林主義有一個領域的消極性是我無法坐視不管的，那是我直接面對的工作領域。蘇維埃文學及藝術——自革命告一段落後——貧乏陰鬱，由粗糙、專橫的指示可知其官方美學。由於我不清楚蘇維埃領導制度的運作，所以並不能直接歸咎史達林（由他「簽署」的講話中看來，史達林比他的信徒開放）。我當時的理解是這樣的：那幾年在蘇聯，共黨領導進駐文化與團體生活中，某些領域在具備共產主義創造力的領導人帶領下獲益，其他領域——像文學、藝術——在幾次喧騰一時的自殺、死亡事件後，為不學無術的鑽營小人所把持。總之，有些事我弄清楚了，但最重要的一點沒有：正是文化界中的史達林制度使得不學無術之徒佔盡優勢，那是一個君主專制制度而非集體領導。

我以為要將那些無恥之徒擋在文化權力之外，得在自己的領域內完成一件由政治角度來看無懈可擊，並可作為新社會價值模式的實務及理論工作。為此，必須從個人視界中刪去許多東西：共產主義是一個窄口漏斗，得穿過它到另一邊去，發現無垠宇宙。所以我可以為我之前提出的「需求假設」加上這個附注：史達林主義有過度簡化的武斷與限制。看待世界及思考的視點十分狹隘且粗略，為了彰顯自己的選擇，提出其他的可能及分歧，這麼一來許多原以為已被剔除的價值又起死回生。

在這背後我看到的是知識分子的務實天性與無產階級革命之間不尋常的一致性，蘇俄革命奇蹟正是因為這個模式而奏效。然而這個一致性（說不定是蘇俄革命及社會主義傳統天性，倒未必是列寧及布爾什維克黨人有意識推動的成果）只持續了短短幾年，然後史達林剝奪了所有勞工要求的權利，讓知識分子在驚懼中度日，這我後來才知道。我試著在這裡提出一個比較符合的假設：史達林主義以整個社會體制將由知識分子治理的先覺計畫實現者之姿出現。其實正是該計畫最無可挽回（或許不可避免）的敗筆。

關於這一點我個人要插一句話：我的烏托邦在於建構一個非意識形態的世界。那幾年文藝圈內的意識形態氣氛自然比今天和緩，但是在我的活動範圍內意識形態依然甚囂塵上。我老覺得每次史達林一說話，那些理論家就傻眼。這一點讓我得意萬分。我以為史達林一直是以常識在與意識形態對抗。

我這個態度無論是在當年及後來都不被朋友所諒解，卻有助於我在與極端意識形態化的固定辯友關係中找到自己的位置。我錯了，至少對史達林的看法是錯的。因為史達林並未超越意識形態，因為我的膚淺使我與最糟的思想體系為伍，因為理想中一國之君的公正不倚，他做不到，但他是王，除了他以外又有誰能做到。所以我的一系列結論還要加上這個：史達林主義表面上是想依意識形態準則肯定實務的優先地位，實則是在強化意識形態，使恃強權而治的一切都意識形態化。

今天我才開始理解怎麼回事，我是說我和史達林，我和共產主義之間怎麼回事。革命的壯烈，紅色十月，列寧，對我始終是遙遠的幽靈，曇花一現，喚不回也不會重演。我是在史達林時期才因為義大利的歷史背景進入共產主義這個論題的，又經過努力才將蘇聯納入我的世界。關於人民民主，我早就知道那是一個牽強、人工、由外及由上強制執行的一個過渡階段。原以為蘇聯會不同，以為共產主義通過最艱鉅的那幾年考驗後，會達到一種自然狀態，自發，平和，明智成熟。我將我對政治粗淺簡約的觀念投射到事實上，其最終目的是希望在承受所有的歪曲、不公、迫害之後，超越歷史，超越階級鬥爭，超越意識形態，超越社會主義和共產主義，以臻自然、平衡境界。

所以一九五二年我發表在《統一報》的〈蘇聯旅記〉中，幾乎只記載了對日常生活最細微的觀察，安心，踏實，無關時間，無關政治。不以崇高雄偉的角度來介紹蘇聯，我自以為是創新。而我所犯的史達林主義錯誤正是這個：為保護我自己免受不認識、或者隱隱約約意識到但不願為之正名的事實的傷害，我以非官方語言為表面上寧靜、笑容可掬，實際殘忍、緊繃、暴虐的官方虛偽做了幫兇。史達林主義是一張甜美、良善的面具，掩飾進行中的歷史悲劇。

一九五六年平地一聲雷，所有假面及掩護撤去。那一刻認清事實的許多人日後將與共產主義革命根源再度會合（幾乎大家都接受了一個新的神話形象，面目不同但欺瞞手法不讓人專美於前：毛澤東）。其他人則選擇比較實際的路線，認清現況試圖就現況進行改革，當中有人理性樂觀，有人劃地自限，做最壞的打算，對結果的得失有心理準備。我既不屬於前者亦非後者：要論革命分子，我資質、信仰皆不足；至於改革派（社會主義或資本主義）穩紮穩打的作風，我又覺得不足以讓我由差一點墜入深淵的暈眩中恢復。所以，我依然是這兩條不同道路上許多人的朋友，但我漸行漸遠，政治在我內心世界佔據的空間愈來愈小。（政治於外在世界所佔空間反而日益擴大。）

我的政治經驗或許始終就是那樣不上不下：覺得勢在必行，又在殘酷世界中對多樣性及相異性尋尋覓覓。所以我的結語是：如果我曾經是（就我自己的標準）史達林主義者，並非偶然。我身上是有一些那個時代的特質：我對任何唾手可得、快速、出自本能、即興、含混的事物沒有信心。我相信緩慢、平和、細水長流的力量，踏實，冷靜。我不相信缺乏自律精神，不自我建設，不努力，可以達到個人或集體的解放。如果有人覺得我這種思考模式是史達林式的思考模式，好吧，我也不避諱承認，就這方面來說，我仍是有點史達林主義的。

＊一九七九年十二月十六日，《共和報》（*La Repubblica*）。史達林出生百周年紀念專輯。（作者按）

一九五六年的夏天*

一九五六年的那個夏天高潮迭起，生機勃勃。在莫斯科舉行的二十大*結束，赫魯雪夫宛如國際共產新紀元的勇士，那是察覺冰霜消解的第一批跡象。我們這些頑強的共黨人士，本就對那次批判之大勢所趨，不日將至，有十足把握。二十四年過去了，閱歷不可謂不豐，今天回想起來，我清楚知道歷史不是一齣簡單、喜劇收場的輕歌劇，而是一段崎嶇難行、走不快的路，常常缺少明確方向或意義。

言歸正傳。那幾天我的感受自然不是這些。當我得知赫魯雪夫在報告中批判史達林的罪行時，一開始震驚過後隨之而起的是一種解脫感。這是當時所有同志的反應。你問我說我們中間，在黨內，是否有人感到挫折或屈辱，沒有，就我所知，沒有。我試著盡量精確描述我當時的感覺，跟其他人應該相去無幾：對我來說莫斯科批判史達林，為史實作見證，意味著社會主義的實現。多年來蘇聯這個社會主義國家，連看在我們眼裡都死氣沉沉，施行高壓政策，嚴苛不知變通，酷虐，不講人性，這些帳都算在「戒嚴」，革命鬥爭的頭上。所以當赫魯雪夫先在中央委員會，爾後在黨大會中揭發史達林時，我們想的是：和平將至，現在社會主義要開花結果了，我們原先心裡的一股悶氣，那深藏心底的焦慮，頓時無影無踪。

波蘭的史達林派系被取而代之，哥穆爾卡*重獲自由。在匈牙利，黨的革新更完全且徹底。坐在過去史達林老一輩擁護者位子上的是曾經嚐過牢獄之苦，被解除一切職務的共產黨員。我們看到的一切都肯定了我們的希望，是切實革新、是歷史成果的轉捩點。

我當時以為，在那次重生與重建之後，各地對社會主義的信仰都將更為堅定。至於義大利，我想曾經因為我們那個制度兇殘、悲烈天性而對共產黨敬而遠之的人將會走近，將與我們並肩作戰，分享我們對人類、對平等所懷有的理想。

我當時是都靈聯合委員會的一員，在埃伊瑙迪出版社工作，我在都靈、米蘭、羅馬來往的都是義共知識分子。那幾個月的激昂開創氣氛中，領導階層及知識分子與基層黨員的會面情況之熱烈可以說自抗戰、光復以來所未見。無止境的討論，通宵達旦開會、辯論。意氣風發的政治熱情。

那年夏天盧卡奇*來訪義大利。他在匈牙利不僅是國家之光，且重登旗手地位。我跟契撒雷·卡瑟斯去拜望他，這次義大利之旅由卡瑟斯作陪。盧卡奇肯定了我們對重生的共產主義的寄望。差不多就在那幾天，對我們義共黨員來說更重要的另一個肯定是：《新論題》雜誌上陶里亞蒂的訪談。我還清楚記得在《統一報》第一版讀到這篇訪問時的感受，以知識分子的求實，外交官的機敏，還有，總算露面的真誠，他說出了我期待已久的話。那天早上我人在羅馬。我跟保羅·斯皮里亞諾（Paolo Spriano）約在博格瑟山莊碰面。我們沿著公園裡的小路信步走去，一直走到馬紐利亞大道邊的池塘附近，遇到隆哥（Luigi Longo）。他把木頭小艇的繩索交給跟他一起的一個小孩，我們三個人熱血澎湃地談論發生的事。我記得隆哥跟我們敘述許多年前，當他以義共青年黨書記身分訪問莫斯科時的所見所聞。他說那裡死氣沉沉，不僅是一般老百姓，就連黨員也沒有任何自由。簡言之，他也覺得心裡的一塊巨石落了地。

你問我：既然大家，包括知識分子、領導階層及黨員，心口都壓著一塊石頭，為什麼之前沒有人想到過要將之除掉呢？為什麼要等莫斯科，等赫魯雪夫，等中央委員會的信號呢？又為什麼，在大好的情勢下，就在一九五六那一年，會有那樣的結局呢？好。如果我沒記錯的話，強卡爾洛·帕耶塔（Giancarlo Pajetta）在蘇共二十大結束後的一場記者招待會上恰好回答了你這個問題。你當時問他的問題與你現在問我的大同小異。他回答你說在革命與事實之間，一個革命分子會先選擇革命。我個人並不相信他的話，也不認為那個答案是合理的，不過那個時候，二十四年前，我們的觀點接近如此。當時的義共都是精神分裂病患。沒錯，就是這個字眼。我們一半已經是，或希望是事實的見證人，是為弱者及被欺壓者伸張正義的復仇者，對抗一切強暴，維護正義；另一半以信仰之名，振振有辭為所犯錯誤、橫行逆施、黨的暴政、史達林辯解。精神分裂。雙重人格。我清楚記得那幾次到社會主義國家旅行，我渾身不自在，格格不入，如芒刺在背；當火車載我回到義大利，越過邊境時我又自問：在這裡，在義大利，這個義大利，除了獻身共產黨外，我還能做什麼？這就是為什麼緊張情勢稍緩及史達林主義的終結，讓我們放下了心中一塊石頭：因為我們的道德形象，我們分裂的人格，終於可以重組，革命與事實終於協調一致。這在當時，是我們許多人的夢想與希望。

維多里尼那段時間也重回黨的懷抱。他早已退黨，轉而支持激進黨，自由——社會黨，而當時他重新向共產黨靠攏。他還計畫要去布達佩斯，想為修正、為革新貢獻己力。都靈的革新派人士契勒斯特・內卡維勒已被冷凍好一段時間，聯合委員會是由一名老史達林黨員安東尼奧・羅阿西歐主持。不過我們想，他讓位的時間也到了。新聞滿天飛。我們日復一日等待，等待百花齊放的那一天。

那幾個月中，我為《不設防城市》雙周刊寫了短篇〈安地列斯群島風雨後的寧靜〉。這幾天我又找出來重讀，我認為它仍饒富意義，至少記錄了當時的一種心境，以及一個失之交臂的良機。那些事件使我疏遠了政治，我的意思是說政治在我心中所盤踞的空間較之前要小得多。自那時起，我再也不認為政治是全面的，同時開始質疑。我認為今日的政治對於整個社會透過其他管道所透露的訊息反應太慢，而且政治常常會有違法及欺瞞之舉。

我們將革新的希望都寄託在喬爾喬・阿孟多拉（Giorgio Amendola）身上。他繼彼得・賽可亞（Pietro Secchia）接下黨組織的領導棒子。他說，賽可亞被解除職務的那天就是我們的二十大。我以為阿孟多拉是義共理想人選，結果令人失望。或許我對阿孟多拉這個人並不了解，不過他絕不是懂得詮釋我們當時想法的新義共。對於我們許多人來說的那份內心煎熬，對他而言是自然現象。阿孟多拉本人作風嚴謹，但同時又有政治人物的狡詐。那一刻，狡詐佔了上風。

那天晚上，當紅軍入侵匈牙利，紅軍坦克車開上布達佩斯街頭的消息傳來時，我人在都靈，跟阿孟多拉一起在負責都靈版《統一報》的盧奇亞諾．巴爾卡（Luciano Barca）家吃晚飯。阿孟多拉在他的一本書中也提到這件事。他到都靈來看我和其他埃伊瑙迪出版社的朋友，為了「安撫我們」，因為他察覺到反對聲音正在逼近，而我們表現出極度不耐。對我來說那是決定性的一晚。阿孟多拉正在講話，當時《統一報》的總編強尼．羅卡（Gianni Rocca）打電話給巴爾卡。他聲音哽咽，跟我們說：紅軍正向布達佩斯推進，城內已打起巷戰。我看著阿孟多拉，我們三個人呆若木雞。阿孟多拉喃喃道：「陶里亞蒂說過，歷史上某些時刻必須選擇，站在這邊，或那邊。共產主義跟宗教一樣，要等上幾個世紀才會有所改變。再說匈牙利正走向險境……」於是我知道，義共百花齊放的日子還早，早得很……。

一個月之後義共召開八大。安東尼奧．喬利提（Antonio Giolitti）發表演說，抨擊匈共的封閉作風。在冰冷靜默中，他的聲音喑啞。陶里亞蒂坐在主席台旁邊刻意擺出在處理信件的樣子。喬利提宣布退黨，跟他同進退的人不少。我不願意在那特別的艱難時刻離黨，不過心意已定。我是在一九五七年夏天悄悄離開的。許多同志跟我一樣，任憑黨證過期，有些人則被開除黨籍。湯瑪斯・克亞雷提（Tommaso Chiaretti）負責的《不設防城市》雙周刊工作小組遭集體除名。被除名的還有布魯諾・科爾比（Bruno Corbi）。退黨的包括富里歐・迪亞茲（Furio Diaz）、法畢利茲歐・歐諾佛利（Fabrizio Onofri）、納塔里諾・撒培紐（Natalino Sapegno）。

如果一九五六年義共處理方式有所不同，其「合法性」早在二十四年前就會被承認。義大利的歷史不知道會有多大的變化？自然，這個問題的答案只能是義大利歷史肯定大為不同。但當時沒有任何領導人有勇氣這麼做。這一點，陶里亞蒂要負絕大責任。他自「薩雷諾轉向」[1]以來，始終緊抓兩個原則不放：義共以改革為重的政策，以及効忠蘇聯。那份忠誠與他的改革方案並行不悖。若當時與蘇聯決裂，義共的政策很可能，或者說應該在內政上更有分量。將會面臨誰來取代左派的難題。顯然義共領導階層不願意走上那條路。

而那一次就這麼收尾了。十二年後，面對紅軍入侵布拉格，立場有所改變，義共指責入侵行為，但仍未與蘇聯決裂。今天面對波蘭危機，我認為義共又向前跨了一步，而且這一次立場正確。這個長征走了二十四年。坦白說我不知道那班在一九五六年十一月迷途的公車是否還能走回正路。

＊接受艾烏哲尼歐．斯卡法利訪問（〈卡爾維諾與他那個時代的歷史〉），《共和報》，一九八〇年十二月十三日。

＊蘇聯共產黨第二十次代表大會。

＊瓦迪斯瓦夫．哥穆爾卡（Władysław Gomułka，1905-1982），一九四五至一九四八年曾任波蘭工人黨書記，後來被指責有反蘇聯傾向而被撤職。一九五六年爆發波蘭史上第一次人民大規模罷工事件「波茲南事件」後，再度發生波蘭十月事件，哥穆爾卡在蘇聯的壓力下再度崛起成為波蘭統一工人黨書記。

＊格里爾格．盧卡奇（Lukács György，1885-1971），匈牙利馬克思主義哲學家、文藝批評家，一九五六年匈牙利爆發十月革命，盧卡奇曾出任匈牙利共產黨的中央委員和文化部長，但新政府成立十三天即被蘇聯鎮壓，盧卡奇流放至羅馬尼亞。

1 一九四四年陶里亞蒂在拿坡里附近的薩雷諾（Salerno）發表公開演說，說明義共的全國統一政策，號召所有義大利人共同為反法西斯奮鬥，移轉了當時義大利對君主立憲或民主共和的熱烈辯論。主張以民主途徑奪取政權，並將義共變為一個群眾政黨。（譯者註）

領袖像*

可以說在我這一生前二十年，墨索里尼的臉如影隨形，學校每一間教室都掛有他的肖像，所有辦公室及公共場所自不例外。所以我只需藉由留在我腦海中的不同官方肖像就可以撰寫一段墨索里尼像的進化史。

我是一九二九年進小學的，對當時的墨索里尼像印象深刻，仍舊平民打扮，僵硬的領尖上鑲著緄邊，是那個年代有身分的人時興的穿法（不過接下來幾年這個穿法漸漸過時）。我記得的是他掛在教室牆上的小幅彩色肖像（掛在側面牆上；那時講壇上方還是國王像的地盤）和一張夾在破舊拼音表最後幾頁間的黑白照片（拼音表附在本文之外，應該是後來加進去的）。

總而言之，那幾年歷久不衰的是墨索里尼掌權後想要給人的第一個印象，以凸顯他這位秩序重建者的某種威信以及承先啟後性。肖像下限不低於領帶，不過這位總理穿的外套好像是一件 tight（這個字在義大利——只限義大利——指的是黑色的長尾西裝），是他出席官方儀典時慣穿的禮服。

在那幾幅肖像中，墨索里尼額頭還有黑髮，也或許（我不確定）黑髮是在禿額的頭頂上。就一位內閣而言，他的裝扮顯得特別年輕，因為那正是肖像意圖要傳達的新氣象（六歲的我不可能知道），他是有史以來第一位上任時年僅四十歲的總理。在義大利也從來沒見過不留鬍子的總理，既無鬍又無髭，這本身就是現代化的象徵。當時光著下巴已經很普遍，不過大戰期間及戰後較有身分的政治人物仍全都留鬍或蓄髭。這一點在全世界，可以說（我並未翻書或查百科求證）只有美國總統例外。就連向羅馬進軍[1]的為首四人也都留了鬍子，其中兩個還是一把大鬍子。

（好像沒有歷史學家就不同時代的毛髮造型這個角度做過研究，其實當中不乏有其深意的信息，尤其在過渡時期。）

總之，墨索里尼像所要傳達的是現代、精力無窮、令人安心的承先啟後形象，這一切都在他的獨裁嚴肅表情中。這自然跟他之前另一個會令人聯想到法西斯行動隊的影像成對比。我記憶中還有一幅肖像，我想是屬於那個暴力時期所有（儘管我稍後才看到），一張很有戲劇效果的黑白照片，日後名噪一時的簽名M可看出過人的意志力。略側的臉由黑暗中浮出，那片黑可能是一件黑襯衫，也可能是一片深色布景，像代表新紀元開始的——灌輸到我們腦袋裡的觀念——「聖瑟波可洛廣場上的賊窩」那句話令人想起的幽陰。

法西斯行動隊的暴戾橫行也烙印在我最早的童年記憶中（起碼它的最後幾次突襲行動其中之一，時為一九二六年）。不過從我開始上學後，世界看起來風平浪靜。偶有內戰跡象，但這對於任何領袖官方肖像即是鐵的紀律的那個年代的小男孩或青少年來說，有其影響魅力。

這位獨裁者初期官方肖像的另一重要特色是沉思神情，擺出心事重重表情的一張臉。逗弄一、兩歲的孩童時，那個年頭習慣說：「做個墨索里尼的臉」，小孩馬上皺起眉頭，嘟起一張氣呼呼的嘴。畢竟，我那一輩的義大利人在學會由牆上認得墨索里尼像之前，墨索里尼像已深植他們心中，由這一點也看出那個影像中，（還）有其童心未泯的一面，那種小娃娃會有的並不代表就是在凝思的聚精會神。

我寫這篇文章為自己訂下的原則是，只談法西斯統治那二十年我看到的肖像和照片，至於法西斯之後將近四十年來看得見的大批檔案資料則略去不談。所以我僅限於討論那些流通的官方影像：肖像、雕像、「光明」影片（當年的電影新聞片）和畫報。畫報主要有兩份：最暢銷的《周日郵報》及《義大利畫報》，後者是銅版紙印刷的半月刊，讀者群為上流社會人士。

墨索里尼戴著高頂禮帽去簽署拉特拉諾協定[2]那張名聞遐邇的照片，我當時就看過，而且直到稍後法西斯政權喧嘩一時地廢除了資產階級跟不上時代腳步象徵的「煙囪」（高頂禮帽的俗稱）時，我仍銘記於心。對歷史的辯證性懵懂無知，當時我只覺得此舉矛盾無解。

不知道那是不是墨索里尼最後一次戴高頂禮帽，極有可能，因為在教堂的首肯下，他大可以讓全義大利都穿上制服。法西斯風格的轉變（即便偏遠地區亦有所感）可溯自法西斯革命十周年紀念，一九三二年。那個周年紀念在記憶中與我小學四年級長達十五天的假期及一組紀念郵票密不可分。

那個時候，墨索里尼肖像學朝向凱撒式崇拜跨出了重要的一步；在紀念郵票中有一張靈感來自維洛幾歐（Verrocchio）作品中民族英雄科雷歐尼像的墨索里尼騎馬像，背景是波隆納體育場，下方還有一句口號「我前進時跟我來」（這句箴言還有下半段：「我撤退時殺了我」，時機到時果然應驗）。值得說明的是那是少數幾張有墨索里尼像的郵票之一（此刻我想不起還有沒有別的）；票面價值與繼續宣告君主主權，沒有身材只有頭，看起來高大魁梧的維多里歐．艾曼紐三世肖像郵票不相上下。

墨索里尼騎馬像取的是側面。這是另一個重要轉變，由正面轉至自此大量採用的側面，凸顯出完美渾圓的頭顱（少了它，將獨裁者改造為設計客體這項鉅大工程是不可能的事），堅實的頷骨（因為七十五度角更為明顯），頸背至衣領渾然一體，諸此種種，全然的古羅馬氣勢。

小學最後幾年，對於加入法西斯少年先鋒隊這件事我沒辦法再推託了，因為即便在我就讀的私立小學，也已經變成強迫性質。還記得買制服時，聞到的少年先鋒隊之家倉庫裡布料的霉味，看到的戰時受傷殘廢的老管理員。不過這裡我想追憶的是用來固定藍色領巾的法西斯首領側面像徽章（藍色代表的是達馬吉亞[3]，他們這麼說的，至於理由，現在已被遺忘了）。這個側面像我記得有戴鋼盔，可是鋼盔應該是我此刻正試著追述的那段記憶稍後幾年的事才對，所以說，要不是藍領巾一開始是用打結而非用徽章固定，就是徽章的早期版本是光著腦袋的。我想找出墨索里尼變成徽章上宛如羅馬皇帝

（侵犯到保留給帝王的錢幣地盤）側面像的日期，可惜我沒有足夠的資料。

我們還在一九三三－三四年。也是在那個時期我看過一幅「立體主義」的墨索里尼像（或雕像），以幾何線條構成的立方體。擺在市立小學合辦的一場設計展會場裡，我去那裡參加初中入學考。那個立方體，附有「首領欣賞的首領像」字樣，陳列在那裡作為小朋友設計的範本。這個印象為我開啟了表面平整、呈方塊形狀的一種現代「法西斯風格」存在的觀念，此風格後來居上，而且常被視為那幾年已經普及，甚至擴及鄉間的「二十世紀風格」之一。

DVX[4]這個字也出自同一風格，看起來像羅馬數字，站在半身像或列柱的底座上，往往與類似的REX並列。（其實國王與墨索里尼像多是成對出現，要少的話，也不會少墨索里尼。）比較接近新古典、線條較柔和的「二十世紀風格」，是雕刻家魏特（Adolfo Wildt）的半身像，桂冠、長袍、空洞的眼神：跟襲用的形象截然不同，但也符合所有官方標準，因為印在《文稿與演講稿》一書的扉頁上。

藉此我要提一下另外一個所有讀物上都看得到的圖像：墨索里尼的家鄉普雷達皮（Predappio）。學校還發給小學生描摹，這倒無可厚非，因為那確是一棟很漂亮的房子，典型的義大利農舍，有戶外樓梯，一樓挑高，牆面上的幾扇窗子稀稀落落。

墨索里尼的典範造型已成氣候，且注定在他獨裁極盛期不會有任何更動（即一九三〇年代大半時間）。收音機和電影不僅是推廣這個形象，也是奠定這個形象的主要管道。我從未參加過墨索里尼親臨現場的「人海集合」，因為我跟我的鄉下是寸步不離，而他對鄉下既不感興趣也不來走動，不過我認為領袖形象在電影院裡，要比從陽台下的人群中直接看到他本人更具效力，反正聲音總是從擴音器裡傳出來的。說起來視聽設備是墨索里尼凱撒式偶像崇拜必不可少的要件之一。

另一個不可少的要件自然是嚴禁一切批評及嘲諷。我記得墨索里尼最初幾次講話的題目之一是「書與槍，完美的法西斯黨員」，末了，領袖從窗台下拿出一本書和一把槍高高舉起，戲劇效果絕佳。印象中，我是先在家裡聽一個在電影院看到這場演講的反法西斯叔叔說過。（如果不是那場，也是那幾年，一九三〇年之後不久的另一場，可以查證檔案影片。）我還記得我叔叔怎麼描述手勢，雙手握拳插腰，然後突然用手擤了一把鼻涕。忘不了一位嬸嬸感慨地說：「你能怎樣？他是泥水匠出身嘛！」幾天後我也看到「光明」新聞片播出的那場講話，認出叔叔說的那些怪相，還有冷不防擤鼻子那一幕。我對墨索里尼的印象是由大人們（某些大人）挖苦的言談間得來的，與我同時聽到的齊聲讚揚相矛盾。不過齊聲讚揚是對外，至於保留態度則限於私下閒談，不破壞法西斯政權要求的表面統一。

攝影機毫不留情記錄一切醜相及無意識動作這一點，墨索里尼稍假時日就明白了，我相信按時間先後看他演講的新聞片，會發現他對手勢、停頓、演說節奏加快的控制，實用效果日漸彰顯。然而他的表演風格卻與初時並無二致。今天的年輕人看到老片子中的墨索里尼覺得好笑，不懂為什麼會有無以計數的群眾崇拜他。儘管如此，墨索里尼模式直至今日在全世界還繼續有人模仿，同中求變，尤其那些打著民粹主義或第三世界招牌的人，緊抓著落伍的老梗伎倆不放。

在時機大好，可以擺佈大眾並善加利用以鞏固個人權力的那個年代，墨索里尼是塑造出完全符合這個目標的人物形象的先驅之一。最易為他那個時代的大眾接受的所有標幟建立起來的人民領袖形象（精力充沛，專橫，好勇鬥狠，古羅馬指揮官的派頭，以及截至當時為止跟所有國家元首形象相左的魯莽的自傲），透過他個人外貌特徵得以遠播，軍人裝扮，全是「箴言」式短語、頓挫分明的演說，聲如洪鐘，貫徹一致的咬字（像義大亞，義大亞人，他那艾米利亞——羅馬涅省的咬字加重了肯定語氣）。國家元首應該要具備出眾形象，且像他那樣獨樹一格的觀念一旦被認可，不具那類形象就不具備領袖資格變成理所當然的事。

對於外貌與墨索里尼大相逕庭的希特勒來說，在他以墨索里尼為典範的那個時候，這個問題確實嚴重（心思細膩意識到這一點的是《獨裁者》片中的卓別林）。不過希特勒成功地超越了他形象上的障礙，全力往與義大利那位獨裁者的相反方向努力，強調自己外貌神經質的抖動（臉、鬍子、頭髮）或聲音，樹立起一種屬於他的手勢系統和足以釋放狂熱——歇斯底里能量的雄辯風格。在服裝方面，納粹首領盡量避免招搖，選擇樸素制度（相反地，他的繼承人格林的華麗軍服一套換一套，炫耀肥胖身軀）。

我是依我少年時的回憶來描述那個年代，對世界的認識主要來自報上最能激發我幻想的圖片。回想起來，當時世界局勢中的名人，就視覺形象而言最與眾不同的自然是甘地。縱然他也是主要的笑柄人物之一，關於他的傳聞不一而足，但他的形象予人的感覺是，儘管那片土地遙不可及，那裡發生的一切嚴肅且真實。

一九三四年（這個日期是依我的記憶為座標，如果有錯請指正）義大利皇家軍隊換下了自第一次世界大戰保留至那時的軍服。對現役軍人眾多（原本徵兵服役時間就不短，還隨時會被「徵召」回去）的義大利來說，這些新制服（扁帽、領口敞開露出領帶的夾克，軍官散步用長褲）標示一個轉捩點，但也同時宣告十年戰事的開端。

制服以外還換了鋼盔：原先讓人想起戰壕裡可憐戰士的一次大戰鋼盔，換成了德國味低垂的大圓殼，屬於新紀元的工業設計產品（「流線型」汽車也是在那幾年出現的，不過時間和汽車種類我還得查證）。就墨索里尼肖像學來看，那是偉大的一刻：其傳統造型加上鋼盔，彷彿光滑頭顱上延伸出一片金屬罩。

頭盔下惹眼的是頷骨，由於頭的上半部消失不見（包括眼睛），頷骨有決定性的地位。嘴唇因為保持上揚（不自然但彰顯意志堅強的嘴形），頷骨向上聳起的同時也往兩邊鼓出。法西斯首領的頭部自那一刻起改由頭盔及頷骨組成，兩者就體積互相抗衡，相抗衡的還有日漸凸顯的腹部線條。身上的制服是軍中侍衛長的軍服。至於在頭盔下略顯扁縮的側面在官方攝影肖像中出現，僅露四分之三眼睛，讓人恰恰瞄到頭盔邊緣的炯炯目光。頭盔覆蓋下不得不放棄的是沉思的額頭，一九二〇年代墨索里尼的標幟。所以說他的角色的確做了修正，墨索里尼指揮官取代了沉思的墨索里尼。

這可以視為墨索里尼的經典肖像，我在校內、校外、從軍前等等大多時間，眼前都少不了它。與這張墨索里尼像差堪比擬的是國王像，側面，鋼盔，小鬍子及尖下巴一應俱全。國王維多里歐的頭自然比墨索里尼小得多，不過肖像經過加長放大處理後，得以與他舉世無雙的總理的那塊立方體同大。我記得好像兩個人在脖子上都戴著跟鄧南遮一式的領釦，是一條與領結同高處有個鎖片的金鍊子。

不用說，也有法西斯首領不戴帽子的肖像。或許從艾利克·范·施特羅海姆（Eric von Stroheim）[5]處得到靈感，墨索里尼懂得將禿頭這個外貌缺陷（生髮液廣告詞中的「治療前」）逆轉為男子氣概的象徵。在一九三〇年代，有一陣子他突發奇想，把太陽穴及後頸僅存的頭髮給剃了。像隻紅冠大公雞頭戴圓筒無邊帽也是常見的墨索里尼像造型，帽上別的是侍衛長的官階；或穿黑色黨服，無邊帽上的老鷹翅膀稜角分明。騎馬像也不少，其中值得一提的是朝天揮舞著「伊斯蘭之劍」的那一張。

僅有幾張穿便服留下的照片，可看出他在式樣選擇上比以前要不拘小節。某年夏天他校閱大規模演習時，頭戴一頂白色的遊艇駕駛帽，騎師的馬褲及馬靴，還有一件我想是天藍色的夾克。（我的印象可能來自《周日郵報》貝爾特拉美繪的彩色插圖：法西斯首領幫忙砲手將一尊大砲拖上斜坡。）此外，還有著名的「小麥之戰」：法西斯首領穿著背心也或許是打赤膊站在電動打麥機上，頭戴鬆緊帽，臉上是摩托車騎士的擋風眼罩，夾在農民中間抱起一綑綑的麥穗。（是農民？還是出勤的警察？流傳一則笑話說墨索里尼對大家的表現很滿意：「麥子打得不錯！我要怎樣獎勵您的辛勞呢？」「請把我從羅馬警察局調到巴勒摩警察局，首領！」）

攻下埃塞俄比亞之後，領袖崇拜有神化趨勢。儀式性的歡呼詞由「首領好！」變成又臭又長的「向帝國之父法西斯首領致敬！」有笑話說史塔拉齊（Achille Starace）[6]白痴到連這句歡呼詞都記不住（句子還是他想出來的），每一次都得偷看寫好的紙條。

那是史塔拉齊和他反資產階級的「服裝革命」時代，主要是推陳出新，不斷為法西斯黨魁設計新裝：無翻領粗呢外套，黑色、土色、白色的獵裝……。言歸正傳，這個時期法西斯首領的外表是黨內各級爭相仿效的對象：將頭髮剃光假裝是雄赳赳的禿頭，揚起下巴，聳起頸背。也有人繼續做髮油的忠實信徒，像卡雷阿佐・齊阿諾，不過他也刻意模仿他岳父的演說家派頭。只是齊阿諾不上相，其不受歡迎的程度只有史塔拉齊略勝一籌。

戰爭腳步進逼。我進入青少年期，似乎那幾年的視覺記憶比起孩童時期當影像是我與外界接觸的主要管道時的接收能力為弱；腦袋裡開始模模糊糊地為意見、推論、價值觀所盤踞，不再是人與周遭事物外在表象的天下。

一九三八年兩位獨裁者在摩納哥最後一次造型比賽，以他們的酷（這個字眼，今天稀鬆平常，若用在當時倒是恰如其分）與穿燕尾服、衣領僵硬、傘不離身、形容憔悴的古板怪人張伯倫較勁。不過那個時候老百姓由張伯倫的傘得到的啟發是和平；這位英國首相到義大利訪問時受到熱烈歡迎，連當時以和平救星之姿出現的墨索里尼[7]，也有群眾發自內心的報以最後掌聲。

戰爭開打。墨索里尼改穿義大利皇家軍服（戴船形帽穿長靴的野戰服），掛上帝國元帥的超級軍階。遙遠的前線開始有比我略長幾歲的年輕人血染沙場（那些一九一五年次的，戰事爆發後首當其衝）。墨索里尼不久前尚嫌飽滿的體態開始消瘦、掏空、緊繃。胃酸隨著必然的亂事增多。尤其慘不忍睹的是他跟納粹首領會面的照片，他已在希特勒股掌間，沒有發言機會。墨索里尼那時的服裝是一件大衣、一頂帽子，帽沿接近德軍式樣。

面對軍事挫敗的事實，之前受矇騙的老百姓經由做戲的閱兵行動也看清了墨索里尼的華而不實。艾爾・阿拉梅因[8]之役後傳說（消息在義大利傳播飛快）沙漠中撤退的義大利軍隊中有一匹白馬，是墨索里尼要求準備好作為他凱旋進入埃及亞歷山大城的坐騎，自此，古羅馬指揮官形象破滅。

掛在牆上的法西斯首領複製像面臨由象徵秩序的安穩寶座跌下，並在騷動的混亂中曝露街頭、廣場的命運。事情發生在一九四三年七月二十五日（或者更精確一點，隔了一、兩天之後），失去控制的人群衝進法西斯之家將被罷免的獨裁者像丟出窗口；有人對這嚴父像謾罵、吐口水，有人將英姿煥發的肖像送上火刑台，有人將石膏像或銅像拖上石板路，那顆碩大頭顱轉眼間變成了另一個時代的嘉年華遺骸。

我說的故事到此該結束了吧？還沒有，一個半月後，又見頭頂破帽子，身穿黑色軍大衣，滿臉鬍碴宛如幽靈的墨索里尼照片，他在義大利南部皇帝營被德國傘兵綁架，運過義、奧邊境的布雷內洛，送還給納粹首領。最後一幕開演，對義大利人而言最殘酷的一幕。墨索里尼是自己的幽靈，除了在轟炸、槍林彈雨中繼續那疲軟的形象外無計可施。

想當然爾，社會共和國[9]又推出新的領袖官方肖像，新制服，臉龐清瘦，但我無法由那段太過昂揚、紊亂的時期記憶中將它整理出來。值得一提的是，我的平民生涯告終，與影像世界脫離。聽人說才知道「光明」有一則電影新聞片記錄了他死前幾個月最後一次於奠定他一呼百諾形象的米蘭，在出人意料的「人海集合」中發表的一場「抒情」演說。

四月初盟軍飛機空拋給游擊隊的一份小報中（從天而降少有的禮物）有一張英國最有名的漫畫家（很抱歉我不記得名字了；我可以找出來，因為不久前報上還因為他過世談起他，可是我得遵守只憑記憶的原則，不想在最後破戒）以墨索里尼為對象所繪漫畫（應該是我生平所見第一張）。漫畫中墨索里尼和希特勒正在試穿女裝以便潛逃去阿根廷。

結果並非如此。曾是許多沒有畫面的屠殺始作俑者的最後影像是他的死於非命。不忍目睹也不值記憶。然而我希望所有在任的獨裁者或覬覦其位者，無論「進步人士」或保守分子，把這幾張畫面框起來擺在床頭櫃上，每天晚上看個仔細。

＊《共和報》，一九八三年七月十、十一日。原標題為〈由高頂禮帽談起〉。

1　一九二二年十月墨索里尼為向在任政府示威，組成四人執政團，先策動法西斯黨員在拿坡里大集合，後又組織向首都羅馬推進，雖被軍隊擋在羅馬郊區，但此舉已迫使原在位總理辭職，新提名總理婉拒提名，之後墨索里尼即由國王艾曼紐三世任命組閣。十月二十八日「向羅馬進軍」被視為「法西斯紀元」之始。（譯者註）

2　法西斯政權與教廷於一九二九年二月十一日假拉特拉諾宮簽署的協定，文中承認梵蒂岡為主權國家，並尊天主教為國教。義方代表為代艾曼紐三世出席的墨索里尼，梵蒂岡方面則是戛斯帕里紅衣主教。（譯者註）

3　達馬吉亞（Dalmazia），前屬南斯拉夫，今在克羅齊亞—蒙特內哥羅境內領土。依一九二〇年簽訂的拉帕羅協定，義大利擁有扎拉及瓜拉諾群島，一九四一年整區由德義聯軍佔領，一九四四至一九四五年間為南斯拉夫收復。（譯者註）

4　DVX為Duce（法西斯首領）拉丁文。REX為Re（國王）拉丁文。（譯者註）

5　艾利克．范．施特羅海姆（Eric von Stroheim，1885-1957），原籍奧地利的美國演員，自編自導自演，因其

殘酷及寫實手法，是好萊塢影評攻擊對象。（譯者註）

6　史塔拉齊（Achille Starace，1889-1945），義大利政治人物，法西斯黨祕書長，推動全面的「法西斯化」。（譯者註）

7　慕尼黑協定。在墨索里尼穿針引線下，希特勒與西歐各國代表會面討論捷克問題。會中將捷克部分領土劃給德國，德國則保證不發動戰爭。（譯者註）

8　艾爾．阿拉梅因（El Alamein），埃及亞歷山大城東一二〇公里處，臨地中海。一九四二年盟軍在英將蒙哥馬利率領下打敗由隆美爾指揮的義德聯軍。（譯者註）

9　一九四三年墨索里尼在德國扶持下於德軍佔領的義大利北部建國，首都薩洛（Salò），史稱薩洛政府。一九四五年四月瓦解。（譯者註）

成功背後*

我少年即開始寫作，但那時對文學只有籠統印象：我父母在聖雷莫研究的是異國植物移栽、花卉、果樹栽培及繁殖。在我們家走動的都是農業及農學方面的科學或技術人員。我父母二人個性極為鮮明，我父親代表實踐的生命力，我母親是嚴謹學者，在他們的專業領域中都是佼佼者，這一點使我始終對他們敬畏有加，同時形成一種心理障礙，為此我沒能從他們那裡學到半點東西，至今引為憾事。所以說我多藉兒童畫報、收音機播放的喜劇和電影院解悶：總之，我培養出一種對幻想世界的敏感能力，如果環境在這方面能予以刺激，或我懂得更早加以利用的話，原可發展為文學志趣。或許我應該早點發現我的志向，與世界建立較良好的關係，可是我稍嫌慢了一點，尤其是認識我自己。

兩次大戰間的聖雷莫跟義大利社會普遍情況比起來，算是挺反常的一個城市：那個時候聖雷莫外國人很多，從小我感受到的是這種世界一家的氣氛；此外它是道地的鄉間，與那些年的義大利文化圈天各一方（不過即便最活躍的地區那幾年也很封閉）。總而言之，我與文學的初步接觸來自學校。

我小學和初中成績平平，只有義大利文，這門學科我讀來輕而易舉，加上學校要求嚴格。當然，我大可以從學校學到更多東西，如果我清楚認識我自己，預知我的一生，這句話誰都會說。文學對我的吸引力最大，但當年我分辨不出來。照這樣看大學應該註冊文學系，可是我對那個系的認識只限於選擇它的人將來要當高中老師，激不起我一點興趣。挺吸引我的是那個模稜兩可的「新聞工作」，可是當年的報紙又全對法西斯政權唯唯諾諾（或許事實不如我想像中那樣，因為外面發生的事我並不完全知道）：我就先天個性及後天環境來說都不屬於法西斯，但這並不能排除我趨炎附勢變成法西斯的可能性，即便如此，我還是得先克服我的本性，反正我對自己實在莫可奈何就對了。

我之所以鉅細靡遺描述那份猶豫，是因為我認為我對志向的猶豫不決、踟躕在後來也有影響，我的意思是說我從未下決心要「當作家」。如果當年我決定提筆寫作，用文學形式表達我自己，我知道我一定會讓這項伺機而動的活動依附在別的事物上，一個或許在他人眼中或我父母眼中看來有用、實際、穩定的專業上。

以至於中學畢業後我做了一個看起來，或許確實如此，討好家裡的選擇，後來我註冊了都靈大學農學系，而我父親直到幾年前還在那裡開有「熱帶植物栽種」及「樹木栽植學」兩門課（那時候他已經退休了）。我的想法是，對我來說寫作是讓我得以接觸事實、環遊全世界，就像讓我父親在中美洲待上近二十年，歷經過墨西哥革命的一門「嚴肅」專業外的次要活動。

希望與家族傳統重新契合的努力並未奏效，不過說實在的主意並不壞：我若能堅守在務實專業之餘書寫生活經驗的決心，時機一到我還是會變成作家，而且收穫更多。

光復後的新氣象引導我走向報紙和文學。於是我放棄農學系改念文學，不過老實說我不常上課，因為太急於投入文化及政治生活了。正是那個階段，在我的眾多可能性中一個新的因素——政治——起了決定性作用，且在我生命中佔優勢地位達十多年之久。外界情勢大幅改變，但我內心想法未變，我還是不確定我的志向及成為作家的可能，試著把這個志趣當作次要目錄排在責任為先的總體及主要目錄之下：加入讓義大利由戰後及獨裁廢墟中站起來的革新行列。

抗戰期間，因為是游擊隊員，得以與共產黨人有所接觸，光復後，義共在我看來又是完成眼前任務最務實最有效率的組織。我沒有任何理論基礎。在法西斯政權治下，我唯一清楚的念頭是對其專制及宣傳的厭惡；我念了一些克羅齊和得．魯傑洛的書，一度自詡為自由派。另一方面我的家庭傳統向來是人道社會主義，更早則信奉馬志尼。戰爭的慘狀，思考國際問題以服務大眾社會，反法西斯運動中義共扮演的角色諸此種種都促使我入黨，成為共產黨員。光復後建設基層民主架構的實務活動，為君主立憲四處奔走已經把我掏空，那個時候深入討論意識形態問題，或閱讀馬克思主義的經典作品，可能在我看來是浪費時間。

與這段基層黨員生涯同一時間（直到一九四七年我主要活動範圍都在所居的鄉間），我開始為黨報寫稿：寫調查報導、評論、小說，先跟熱內亞的《統一報》合作，之後轉與都靈版合作（《統一報》當年有四個版本，獨立運作）。跟都靈版的關係最為密切，我後來定居都靈，有一段時間（一九四八到四九年間）還擔任過文化版編輯。即便後來，最艱辛的一九五〇年代，偶爾《統一報》還會派我到各工廠去採訪暴動、工人佔廠、危難時刻。所以我目睹了一九四八年七月工人佔領飛雅特車廠，鎮壓工會勢力及維切利農田罷工等事件。

我的新聞工作與少年時的想像相去甚遠。得做一些就新聞從業人員角度看是不入流的新手在做的事情，例如：每次有會議或抗議活動時就要「渲染」一下。這是各報當時，且直到今天在一定範圍繼續維持的習慣，只是今天比較公允，而那個年代與其說是新聞工作，不如說是惡質文學。我記得剛進《統一報》時，「渲染」工作落到我的好友兼良師，詩人阿馮索．卡托頭上，他倒也有辦法自得其樂，打個比方：邊寫邊看義大利自行車大賽。

不過政治——新聞記者這一段畢竟是我新手生涯的次要部分。一九四五年我開始在埃伊瑙迪出版社旁邊打轉。我那時候還住在聖雷莫，常去米蘭找維多里尼及《綜合科技》的朋友；在都靈，脾氣古怪的帕維瑟在注定是他生命的最後幾年中，立刻接納了我，他的友誼對我實在彌足珍貴。具決定性的還有我跟朱利歐．埃伊瑙迪長達四十年的友誼，我們四五年年底在米蘭相識，他要我隨即走馬上任。當時朱利歐認為我具備行動、組織能力、經濟頭腦，總之，屬於他期望能培養的新一代知識分子；而且朱利歐天生有讓別人做出他們自己都不曉得自己做得到的事情的才能。

早在對我而言有如重生的光復後那段時間，我已經幫埃伊瑙迪打一些零工，主要是寫廣告詞，分送各地方報預告新書出版的文章，安排外文書或義大利手稿的看稿進度。就在那時，我理解到能在出版社，一家前衛的出版社，在政治理念不同時有爭執，但全是好朋友的人群中工作，夫復何求。我告訴我自己：我有一份熱愛的工作，跟我喜歡的人在一起，當不當作家不重要。我一直在務實專業和文學之間尋找的平衡，在離文學不遠又並不是文學的那一點上找到了，就像埃伊瑙迪出版社，也出文學類書，但首重歷史、政治、經濟、科學，讓我覺得身處多彩世界的中心。

在米蘭和都靈猶豫了一段時間後，我定居都靈，變成朱利歐．埃伊瑙迪及其他跟朱利歐一起工作，且比我年長者的好友及伙伴：契撒雷．帕維瑟、娜塔莉亞．金茲柏格、菲利契．巴博、馬西莫．米拉、法朗克．文圖理、保羅．瑟里尼，以及全義大利所有直接或間接參與出版社工作的人，當然還有跟我一樣，開始為該出版社効力的新生代。

就這樣，我一生中做了十五年出版社編輯，期間我花在別人書上的時間要遠超過自己的書。我成功地在我和我的寫作志趣之間隔上一道屏障，儘管表面上看起來我佔盡優勢。

我的第一本書《蛛巢小徑》於一九四七年出版，是一本以游擊戰經驗為題材的小說。就一個名不見經傳的年輕人的第一部作品來說，在當時可以算是很成功：短短時間內賣出了三千本，隨即又加印了兩千。那個時候義大利文學作品根本沒人看，但埃伊瑙迪對我的書有信心且極力促銷。他還分送書店一張有我走路時手插在口袋裡的照片的海報，這在當時可是創舉。總而言之，我旋即取得「成功」，可是對此沒什麼概念，因為沒有人用這些字眼看事情，沒有這類術語。再說基於個性，我本不是一個會得意忘形的人；第一本書我寫完了，還教人看得下去，誰知道我寫不寫得出第二本。我仍然認定真正的作家是別人，我呢，天知道。

第二本小說我果然寫了好幾年都不成，帶給朋友看的試讀結果大家都不滿意。一九四九年我出了一本短篇小說集，跟所有短篇小說集一樣，印刷量有限，一千五百本。剛好足夠批評家及當時關注義大利文壇新人的小眾的需要。

我頭幾本書即獲一致好評，其中不乏權威人士青睞，可以說我是一帆風順。只是我雖然不用打卡，但整天待在辦公室裡，想寫作得請假，假單倒是不至於被駁回，這已經萬幸了。

奠定我突出形象的作品是《分成兩半的子爵》，一本百來頁，維多里尼於一九五一年排在實驗類叢書「籌碼」出版的一本中篇小說，印刷量幾乎僅限「同仁」，但評論界反應良好，連艾密利歐．契科，我們文學界當時的教主也談及。自此我的文學道路明確，可以稱之為奇幻文學，與我朝不同方向寫成的，應該說比較寫實的其他作品交替出現。

一九五七年《樹上的男爵》出版，緊接著（還是之前，我不記得了）出了《義大利童話》，是出版社委託下完成的一大工程。一九五八年出版《短篇小說集》，收錄所有截至當時為止我所寫的短篇，總之，我已具備出版一本書名就叫《短篇小說集》的資格了。

我終於可以說自己是個「專職」作家了嗎？距我出版第一本書已經十年了，期間規律地持續出書，十年，我認為是考驗一個作家站不站得住腳的必要時間。至此，「我是或不是作家」的問題不再存在，因為其他人已經為我冠上這個頭銜了。還有作者版稅，儘管尚不足以維生，但開始成為我微薄收入中的可觀項目，甚至能夠在四十歲左右辭掉出版社的全職工作，僅繼續擔任顧問一職。

為阻止自己將寫作視為首要工作，當初在我身邊築起的屏障正在崩塌中。我說過我對編輯工作仍感興趣，但參與方式較為獨立自主；政治方面亦然：不是說我對政治不再關心，只是慢慢地，我終於（遲做總比不做好）能以自主的判斷與意識形態思考模式及黨的集體制約相抗衡。經過一九五六年的爭執、辯論後，一九五七年我以一封公開信宣布退黨。

我入黨之初，是義大利的政治鬥爭將我與黨緊密連接在一起的，其實我始終對「蘇聯模式」及「人民民主」走上的路線等所有一個共產黨員不應提出異議「以免落入敵人陷阱」的議題有所質疑。當期待已久的辯論在莫斯科展開，華沙和布達佩斯揭竿而起，我是那些相信揭露事實真相時刻已到的人其中之一，我試著跟朋友們投入席捲了國際間左派，包括埃伊瑙迪出版社的那場論戰。我可不願再看到新的冰河期。

那是一次沒有留下傷口的斷裂，因為發生在義大利左派大整合期間，每個人當時一心只想確認自己的信仰，找到更明確的身分。至於我在這場變動中的身分問題，此刻我還整理不出頭緒來；或許直到那一刻我才開始理解什麼是共產主義、社會主義及馬克思主義；之前，當我還是黨員時，著重的是眼前問題，然後順帶關心一下整體問題。就在那時候，在對官方共產主義的批判中，我看見自稱為「改革派」和「左派」立場的成形，是義大利及全世界社會衝突加劇的徵兆。當時，我未向任何一邊靠攏：改革主張在我看來傾向於關心參與政治事務及行政等必要，但我個人沒有興趣的瑣碎實務（所以，安東尼奧．喬利提脫離義共及早期幾次創新的文化活動我曾跟隨他左右以外，我並未跟他到社會黨去）；至於走強硬或革命路線（工運分子或「親中共」、親第三世界人士等等），雖然我認出其中的理想張力，但是我反教條、反漠視、反信仰主義、反災變說、反「越糟越好」的異議原則，使我甚至與我在學識上敬佩有加的朋友之間也劃上清楚界限。

於是在義大利左派這片天然棲息地中，我發現自己處在孤立狀態，政治上的「無家可歸」隨著時間成為定局，且使我在聽到膨脹話語及言談時默不作聲的本性變本加厲。

相反地，我更堅定了我長久以來的信念：重要的是由實際層面多樣發展，由勞動生產結果、執行上的技術形式、經驗、認識、道德，透過實務工作釐清的價值看到的一個文明的全面性。一言以蔽之，我的理想一直是參與建設符合現代義大利需要的一個文化環境，讓文學儲備革新力量並保有最深刻的理性。以此為基礎，我重申並堅實我與維多里尼的友誼，我們合辦了《樣書》，一九五九到一九六六年間一年出版兩本，留意或預告義大利文學理論或實務方面的變革。

維多里尼終其一生，都在役使自己的作品為尋找義大利文化及屬於整體文化藍圖的文學之基本原則而戰；為這場戰役他犧牲了自己的創作活動，該寫而未寫的書。他是一個對一點一滴累積擁抱的理念堅信不移且戰鬥力旺盛的人，這一點正為我所欠缺，所以一九六六年維多里尼死後，這類活動與我從此無緣。然而這位作家如此與眾不同的強制性道德於我留下了深刻的烙印，以至於我每寫一本書都得明辨這本書確實能在更開闊的涵構中負起新的文化任務。

於是我再一次找到讓寫作寄生於某樣別的東西的方法，嚴格要求自己的所作所為在當代文化背景中有其革新意義，最好從未嘗試過，呈現文學表達的可能發展。多希望我是那些清楚知道自己要說什麼而且藉助自己的作品一生汲汲於此的作家。我希望，但我不是；我與理念之間的關係較為複雜且有爭議性，我思考每一件事必有正、反面，而且每一次都得建構起一個十分繁複的藍圖。這是為什麼我甚至隔上好幾年也寫不出一本書，在一一陷入危機的計畫旁邊兜圈子。

你看，就成功這個題目來訪問我有點像敲錯了門，因為那些對自己、自己所說、腦中所想篤信不疑，筆直向前走他的路並且確信全世界會跟在他身後的人，才是成功的作家。我則始終覺得我對於寫作，將從腦袋裡挖出的連我都半信半疑又不滿意的東西硬塞給別人這件事，有申辯的必要。我不是在做道德評判：對個人真理有十足把握的作家，也可以是就道德角度而言令人欽佩、甚至躋身英雄之列的人物；唯獨利用成功，不花任何力氣不斷迎合大眾期待，才令人不齒。這一點我從沒做過，明知會引起我讀者的不安，而且半路上可能會丟掉他們之中一部分。

如今六十歲的我，已看清楚作家的任務就是做他能力所及之事：對文學創作者而言就是描述、呈現、虛構。多年來我已不再設定寫作方針，鼓吹一種或另一種文學有何意義，萬一結果你想寫的東西完全不同呢？我花了一些時間才了解意圖並不重要，那得以實現的才重要。於是這份文學工作變成研究自己、理解我是誰的工作。

我發覺一直到現在我都沒怎麼談寫作的樂趣：要是一個人不能稍微樂在其中，就寫不出什麼好東西。讓我引以為樂的是嘗試新奇事物。寫作本身是一個單調、孤獨的工作，一旦重複，更教人萬分沮喪。要不厭其煩地說明的是即便那看來一揮而就的片段，也費了我九牛二虎之力。通常在作品完成以後才有成就感及欣慰。不過重要的是看我的書的人能樂在其中，不是我。

我想可以說儘管我一直在翻新，至少有一部分的讀者始終跟著我，我教我的讀者習慣於期待看到新東西，他們知道我的實驗配方滿足不了我，要是翻不出新花樣我就覺得不好玩。

我的書都不是那種一出版就賣出多少萬本，然後隔年即被遺忘的暢銷書。我的成就感在於看到我的書每年新刷，有些刷次達到一萬到一萬五千本。

到目前為止我只限於談義大利，但這個訪問的題目還涉及一名義大利作家怎麼會在義大利以外的地方成名。作家形象會因地而變，因為在國內觀察一個人是把他跟他的種種活動結合在一起，放在一個由許多東西、許多識別標記組成的文化背景中來看他，在國外，翻譯成當地語言的書就這麼孤零零如隕石般從天而降，評論及大眾只能透過它來猜測原星球的模樣。我的書大約在一九五〇年代末期開始被翻譯到幾個重要國家去；那個時候或許各地的翻譯風氣都較今日為盛，因為對未來抱有較多憧憬。不過有人翻譯你的書並不代表真有人去讀。那是一種常規，在國外，一本翻譯書印上寥寥幾千本，報上刊出措詞典雅的書評，書在書店裡待上幾個星期，然後消失不見，重新出現時已在清倉對折書店中，最後送入浸紙槽。所謂登上國際舞台大多是這麼回事，有很長一段時間我也不例外。在國外正式以作者身分「存在」，是近十年的事，主要在兩個國家：法國及美國。

當我的書以「袖珍本」出版，而且接下來在不同出版社的平裝書系列中出現時，我才開始在法國名副其實地「存在」。突然我開始遇到讀過我的書的法國人，這在之前從未發生過，雖然知道我名字的大有人在。今天我所有的書都常常再版，而且有不少以袖珍版在市面上流通，可以說在法國，我的伯樂是不為人知的讀者而非書評家。

在美國則反其道而行：我的名字首先由幾位重要的文學評論家（例如戈爾・維達，可以說是他為我打出知名度的）所肯定，還有就是那本算是最不順應美國文學潮流的《看不見的城市》。現今在美國，我主要還是《看不見的城市》的作者，這本書似乎深受詩人、建築師及大學生所喜愛。我所有的書都在 trade paperbacks 系列重印，是中等品質的平裝版，讀者包括廣大學生族群。不過當《義大利童話》完整英譯本問世時（距義大利版二十五年），可以說出人意料地獲得「壓倒性」的勝利。

事已至此，我可以開始向自己提出新的問題，研究一下我在國際文學界的定位了吧。不過說真的，我向來認為文學界要比國界更遼闊，所以這對我來說並不是問題。就像身為一個絕不墨守成規，與外國人預期的義大利人相反的義大利作家，我從不覺得有必要解釋我怎麼及為什麼是個道道地地的義大利人。總之，或許在此餘年，是到了該接受我自己和寫我想寫的東西的時候了，或停筆不寫，如果發現已無話可說。

＊ 接受菲利契・佛羅伊歐（Felice Froio）訪問。《成功背後。幾位當代名人的回憶與見證：他們成功的祕訣是什麼？》，蘇軋爾可（Sugarco）出版社，米蘭，一九八四年。

我願是默庫肖*

我願是默庫肖[1]。他的德性中，我最欽羨的是在暴力世界中他的輕盈、夢幻般的想像力——麥柏女王的詩人——及其智慧，彷彿是盲目互相仇視的卡普列和蒙塔古家族之間的理性之聲。或許只為風範，以生命為價，堅守古老騎士律則，同時又是不折不扣的現代人，多疑、幽默，一個清楚知道何為夢、何為事實並坦然接受的堂吉訶德。

---

*《紐約時報書評周刊》，LXXXIX，49，一九八四年十二月二日。訪問名人，他們希望是小說或非小說中的哪一個角色及理由。卡爾維諾做如是回答。

1 默庫肖（Mercuzio）為莎士比亞《羅密歐與茱麗葉》劇中羅密歐之友，挺身維護羅密歐的名譽，死於劍下。（譯者註）

我的家鄉是紐約*

您跟美國文化的初次接觸，尤其美國文學，由海明威到福克納的小說，是在怎樣的情況下成熟的？

在我養成教育期間，那是一九四〇年代，我第一次以純讀者身分接觸到美國文學，就當時義大利來說，著實是開了眼界。所以我在年輕時，美國文學別具意義，而且可想而知，凡是進到義大利的美國小說我全讀了。一開始，我是個鄉巴佬，住在聖雷莫，讀的又是農學系，缺乏文學修養。然後我變成了帕維瑟和維多里尼的朋友，可惜未及認識戰時身亡的品托（Giaime Pintor）[1]。我是戰後才走出戶外的 homo novus（新鮮人）。

海明威確是我早期的典範之一，或許就風格模式而言他最簡單，福克納就複雜多了。還有，我早期寫的東西確實受到了海明威的影響；我還曾去史特雷沙一間飯店找過他，好像是一九四八年吧，我們划船在湖面上釣魚。

面對您那些如此廣博、多樣的文學作品，要找出且釐清您受到哪些作家的可能影響或實質的淵源關係並不是一件容易的事；就美國文學來說，您最欣賞和最愛的文學大家是誰？

我其實更屬於短篇而非長篇小說家，所以說對我有所影響，而且可以上溯至孩童時期的，無疑是愛倫坡的短篇小說，今天，倘若不限美國，要說對我影響至深無出其右的作家，我還是會說愛倫坡，因為他是一個在短篇種種限制下遊刃有餘的作家，在短短篇幅內無所不能；再說他在我心目中是文學英雄、文化英雄的一個神話形象，是後來發展成形的各類敘事體之父。

故而由此類推，還可以推出其他會聯想到愛倫坡的人，例如波赫士、卡夫卡，可以一直說下去沒完沒了。即便像喬爾喬．芒加內利（Giorgio Manganelli）[2]這樣一位獨特的作家——無疑也是晚近最有聲望的義大利作家之一——，包括芒加內利，與愛倫坡截然不同，也以譯者身分去會他，與愛倫坡建立起一種實質關係。正因為如此，我認為愛倫坡有其絕對不墜的地位。不離美國文學大家這個話題，我還可以提出幾個名字，像霍桑，或馬克吐溫，後者不用說，是我覺得很惺惺相惜的一個作家，尤其是，我們這麼說吧，他的率性和「不安於室」的那一面。

我們可以繼續談一談關於您跟那曾經激勵三、四〇年代，但開始改變，向新的道路、新的經驗開放的社會、文學關係的演變。

美國文學在一九五〇年代左右，帕維瑟死後，變得不一樣了；其實在一九四〇年末已經可以感受到這種轉變。我記得當帕維瑟，還有維多里尼，看到戰後進來的新書時——包括索爾．貝婁的第一本小說《晃來晃去的人》（*Dangling Man*）——他說：「這些跟歐洲作家一樣嘛，偏向智性，我們不感興趣。」

美國文學走上一條完全不一樣的路，一九五九年，我成年後第一次去美國，那個神話，大戰後第一批所謂失落的一代的作家，已經退出跑道了。那個年代像亨利．米勒要比不再有人關心的海明威重要多了。所以說，改變不可謂不大：今天值得留意的是我那一代的義大利和美國作家之間的關係，可以做個比較。打個比方，義大利的諾曼．梅勒（Norman Mailer）是誰？就煽情角度看，或許有帕索里尼，雖然說梅勒其實更接近海明威，屬於同類型作家。

我們來談談現況。今天已不可能再用未開化這類字眼來看美國，或美國作家，說他們粗糙、生吞活剝，經常無意識在詮釋事實。

這尚有待商榷：無可否認地，那野蠻、充滿生命力的美國意象已經不存在了。美國作家，與義大利今天，或者說過去的情況不同——義大利也正走向同一方向——在大學教書，小說就以校園生活為背景，寫大學教授的花邊新聞，世界並不大，不怎麼刺激，但生活就那麼回事：美國社會的生活正是如此。

您認為美國現代文壇的多彩風貌中哪些是最具意義的，哪幾位是佼佼者？

今日美國文壇中，有時我會羨慕那些在小說中懂得立即反映現代生活，侃侃而談，滿腹嘲諷的作家，像索爾．貝婁，那一類作品非我所擅長。美國有的小說家可以一年寫一本長篇，而且成功呈現時代精神，我很嫉妒他們。

在同輩作家中，我可以說眼見一位文采翩翩的作家被發掘，我說的是厄普戴克（John Updike），他初登文壇即是重量級小說家。只是後來他也稍嫌多產了一點，不變的是他的聰慧及才華洋溢，不過有時候你會察覺今日美國作家下筆如飛。如果要說近幾年我最喜歡，且多少對我有所影響的作者，那是納博科夫（Vladimir Nabokov）：偉大的俄籍英語作家，自創一種異常華麗的英語。實在是天才，本世紀最偉大的作家之一，也是我最予以認同的人之一。可以想像他非比一般的憤世嫉俗，是個冷酷得可怕的人，但確實偉大。

由您最新作品的走向看來——《如果在冬夜，一個旅人》，尤其是《帕洛瑪先生》——有人會認為您和所謂後現代發起者之間有一定的關係。

我自然跟那可稱之為美國新前衛主義的也有關：我是一個偶爾會到美國去開那些創作課的人，也是以一本美不勝收的小說《道路盡頭》起家的約翰・巴思（John Barth）的朋友。從這第一本我們可以說屬於「存在主義」的作品之後，巴思以較造作的架構朝複雜化經營；雖然只讀英語作品，他有點像與歐洲新文學相呼應的美國大使。巴思、唐納・巴特梅（Donald Barthelme）及湯瑪斯・品瓊（Thomas Pynchon）外，我也很注意其他作家的動態，且保持往來。

最後我想請問您和美國這個實體接觸的個人感受。由城市看美國，除了小說外，也是許多電影的主題，還有真實城市，美國今日象徵。

文學方面我有點是靠自修，很晚才開始，所以多年來我都在看電影，早年一天放兩部，都是美國片的時候。以觀眾身分我跟美國電影一度關係如膠似漆，直到今天我說起電影，主要指的都是美國電影。

跟美國實質接觸確是一次很棒的經驗：紐約是我的家鄉之一，實際上，正是一九六〇年代，《宇宙連環圖》以及《時間零》書中一些短篇的背景就設在紐約。在大西洋彼岸，我覺得自己屬於那些離鄉背井去美國義無反顧的大多數——多達上百萬——而不屬於留在義大利的少數，或許是因為我年僅一歲時，就跟我父母去過美國，那是第一次。成年後再度回到美國，是因為有福特基金會的獎助金，讓我得以暢遊美國，無須盡任何義務，不用說我當然轉了美國一圈，去了南方，還有加州，但我自覺是紐約客：我的家鄉是紐約。

---

* 一九八四年九月於巴勒摩接受烏哥・魯貝歐（Ugo Rubeo）錄音訪問，後收入《美國之惡——由神話到事實》，李烏尼提（Riuniti）出版社，羅馬，一九八七年。標題不是卡爾維諾所擬。

1 品托（Giaime Pintor，1919-1943），義大利作家、評論家及政治家，研究德國文學。企圖穿越戰線加入反法西斯游擊隊時陣亡。（譯者註）

2 喬爾喬・芒加內利（Giorgio Manganelli，1922-1990），義大利作家，以其散文之心理張力及布局、結構繁複著稱，譯有愛倫坡、艾略特等人作品。（譯者註）

瑪麗亞・寇爾提[1]的訪問*

在你作家性格成形的過程中，對你別具意義的作家是哪幾位？你純閱讀的作品之間是否有共通點，某樣統一的東西？

我得先說幾本青少年時讀過，之後在我創作中看出其影響力的書。第一本是伊波利托・尼耶佛（Ippolito Nievo）的《八十告白》[2]，唯一一部堪與當時外國文學汩汩泉湧的小說魅惑力相比擬的十九世紀義大利小說。我第一本小說《蛛巢小徑》其中一段靈感正來自小卡爾洛與斯卡帕夫摩的相遇相識。《分成兩半的子爵》教人想起佛雷塔堡。《樹上的男爵》仿尼耶佛小說，主角的一生也是七百年到八百年間的同一個歷史時期及社會背景，更有甚者，女主角脫胎自皮薩娜。

我開始寫作時，是一個文學底子有限的年輕人，若想編一套「文譜」，意味著三、兩下就回到童年故事書：每一份清單我想都得由《小木偶奇遇記》開始，我認為那是敘事文學的典範，每一個主題的出現及回溯都有足為範例的節奏及明快，每一段插曲在坎坷遭遇這個主旋律中都有其作用和必要性，人物個性鮮明；表達方式獨樹一格。如果說我作家性格成形的第一階段——六歲到二十三歲——

有一個可辨的連續性，那是由《小木偶奇遇記》到卡夫卡的《美國》，那是另一本在我生命中舉足輕重的書，我一直認為它是二十世紀世界文學——或許不限於此——的傑出小說。至於其共通性，可以這麼說：迷失在無垠世界中的某個人的冒險與孤獨，尋找啟發和內心自我建設。

其實左右建構創作世界的因素很多，可以在某些青少年讀物中一一找出它們的明確出處。不久前重看〈慈善騎士聖朱利安傳奇〉（Légende de saint Julien l'Hôpitalier）打獵一段，我實實在在地又重回到在《最後來的是烏鴉》及其他同期作品中哥德——獸形風格於我心中成形的剎那。

你作品的創作路線從不見重複，十分新穎。就這方面來說：你的創作歷程中，是偏向慣性發展的演進，或更恰當地說，因為每一個階段都已觸及、貼切表達了你認為的本質所在，所以才更換路線呢？還是，第三個可能性，你也屬於那些認為自己一生其實只寫了一本書的作家？

我傾向第二種假設：我更換路線，以說出用先前的程式說不出的東西。這並不表示我覺得先前的研究方向已經疲乏，也可能即便我關心的已然不同，仍經年累月繼續計畫其他東西以加入已經寫好的作品中；在我尚未賦予一個可以說明確的意義、結構之前，我不會宣布任務完成。

幾乎我寫的東西收入「宏觀小說」中都很完美，這是瑪麗亞．寇爾提所提出研究馬可瓦多故事的方法。包括我認為「結束」的馬可瓦多組曲，我也可以繼續往下寫，將那個敘事結構放到接下來幾年城市面臨的科技——社會變遷中；可是不用多久，像妳也發現了，特定種類寫作的自發性會慢慢淡掉。所以有很多系列作品我起了頭後，又丟在一旁沒有收尾。

《房地產炒作》、《監票員的一天》和我只寫了幾頁的《駭人的夏季》，是差不多同在一九五五年構思的《五〇年代新聞檔案》三部曲，以知識分子面對消極事實的反應為主題。可是等我寫完《監票員的一天》已經太遲，我們已經進入六〇年代了，我有一股尋找新形式的欲望，結果那個系列作品就半途而廢了。

期間我還寫了《煙雲》，當時我以為是一篇不一樣的小說，因為是以另一種經驗轉換準則寫成的，其實它大可作為計畫中三部曲中的第三篇。後來我找到了十年前寫的《阿根廷螞蟻》，與《煙雲》結構、觀念如此相近，彷彿古羅馬雙葉記事板那樣相呼應。

蒙塔萊說過，一個藝術家的語言是「歷史化的語言，一種報告，因為與其他語言相對立或相異而顯其價值。」就這個角度而言，你對你的語言身分有什麼話要說？

這個問題應該要反問你們寫評論的人。我只能說我試著與腦袋的怠惰對抗，因為看到這一點造成許多小說家朋友在語言使用上毫無新意且呆滯。我認為散文需要豐富的文字做後盾，跟詩一樣：辭彙的選擇要敏捷、精準，使用時及策略上要考慮如何安排、多重涵意及創新性，句子的銳氣、流動性及張力，語調、節奏變換時的靈巧及延展性。比方說使用過於直接或多餘或強烈的形容詞，只為了做出一個若非如此就得不到某個效果的作家，有些情況下可以說他是率真，有的情況下卻居心叵測，總之，是不能夠信賴的人。

這個說完，我要補充的是我也不贊成一個句子裡擺進太多的企圖、暗示、造作、顏色、朦朧、混雜、原地打轉。我同意是要把目標定在取得最好的成果，不過也得想一下，即便無法以最精簡的方式達此目標，至少不能太離譜。

我開始思考如何寫作這個問題時，也就是一九四〇年初，存在一個道德理念，認為應給予風格一個形式，而這大概是當時的義大利文壇在事隔多年後，最讓我銘記於心的。如果要舉個例子說明我的理想寫作，我手邊有一本收錄一九四〇年代作品但剛剛才出版的書（一九八四年）：喬爾喬・卡潑隆尼（Giorgio Caproni）的《迷宮》。我想選的是第十七頁的這一段：

「我們在格拉蒙德光禿禿的山肩上露天過夜。然而天空哭喪著臉，東方狠狠颳來一陣狂風驟雨，尚未生繭、因為第一次強行軍而炙燙的雙腳終於得以呼吸的欣喜，壓過了我把帳篷搭起一溜進去的強烈欲望。可還是有一個莽撞小子，困倦中，居然有力氣輕佻地作起怪來：他大剌剌站上山頂，就在法軍正前方，不像其他人在幾公尺下方，依地掩護。倒不是勇氣，是無知。當他活該被一個軍官臭罵，說他曝身危險時，我才懂得，應該說我才意識到真的人在前線了，交鋒是時間問題，或許再過個幾分鐘。」

我把兩個類似的問題合起來問。你的作品在創作過程中會經過不同階段的再加工嗎？有人說你極為重視虛構中「不可能」的世界，也就是說很重視在你所選擇的、實際放到作品裡的和不得不排除在外但並沒有忘記的三者之間的關係。你可以跟我們談一下嗎？

往往一個靈感，我會擺在心裡好多年後才決定訴諸紙上，很多次在等待中就任它自生自滅了。靈感早晚會死，甚至在我決定提筆時：那一刻起，存在的只有想要完成它的企圖，趑趄摸索，與我的表達方式做拉鋸戰。不管每次動筆寫什麼東西，我都需要堅強的毅力，因為我知道等著我的是疲勞、一試再試、修改、重寫的不滿意。

自發性也會介入：有時候在開頭——那通常維持不了多久——有時候像往前跑著跑著，迸出來的爆發力，有時候則是最後衝刺。到底這個自發性有沒有價值？對寫作的人來說自然有，因為工作時比較不那麼費力，不會每一分鐘都活在危機中，不過並不代表說對作品就一定有利。重要的是自發性是作品傳達出的一種感覺，但可沒說使用自發性為寫作工具就會有此成績：大多數情況是耐心著墨加工後得到的較為圓滿，表面上看來「自發」的結果。

每一個作品都有它自己的故事、方法。有些書是刪減出來的：首先累積一大堆資料，我是說寫好的文稿，然後開始篩揀，慢慢想通可以放哪些東西到那個藍圖、計畫中，而哪些東西得留在外面。

《帕洛瑪先生》就是這類工作來來回回的結果，「丟掉」比「放進去」扮演了更重要的角色。

你待過的自然及文化環境，都靈、羅馬、巴黎，是否都合你的脾性、對你有所啟發，還是在其中某個地方讓你保有了你絕大的孤獨？

比其他任何一個地方更讓我覺得回到家的城市是紐約。甚至一度，這是學斯湯達爾的，我還寫說在我的墓碑上要刻「紐約客」。這是一九六〇年的事。想法並沒有改變，雖然從那以後直到今天，我大部分時間都在巴黎，縱使離開也只是一下子。或許，要是能選擇的話，是我老死的地方。可是我每次去紐約，都覺得它比以前更漂亮，更接近理想城市。大概因為它是一個幾何、透明、沒有厚度、沒有深度、從外表看沒有祕密的城市，所以是不會教你心生畏懼，可以騙自己說能用思想宰制它、瞬間即踏遍的城市。

儘管如此，什麼時候看到紐約在我寫的故事中出現過？少之又少。或許只有《時間零》的兩個短篇，零零星星另外幾篇（我來找一下《命運交織的城堡》：第八十頁）。巴黎呢？也不會多多少。事實是我的小說背景大多在不可辨識的地方。或許就因為如此，我回答這個問題倍感吃力：對我來說，想像過程所走的路線不總與生命中的相吻合。

至於自然環境，最無法拒絕或隱藏的是故鄉和老家的景象、聖雷莫不斷出現在我書中，不同比例縮小，透視，常常是鳥瞰，常常出現在《看不見的城市》中。當然我說的聖雷莫是三十年前或三十五年前，主要是五十年或六十年前我小時候的聖雷莫。所有研究不能不從那個提供影像、心理、語言的中心點出發；這個堅持就像青少年時的向心力那麼強烈，但很快發現沒有退路，因為轉眼間那些場景化為烏有。

戰後我急於要與那世代相傳風貌的一成不變對抗，對大城市滿心嚮往。在米蘭和都靈搖擺了一陣子後，我在都靈找到工作，還有充分理由（如今怎麼也想不起來了）解釋以都靈為定點是一個文化抉擇。所以說當時我是想在米蘭／都靈的對立性中找到一個平衡點？可能吧，然而又有一股強烈欲望要將兩個點銜接起來。在我可以說定居都靈的那些年（可不算少，十五年），我盡可能地來往於在一百二十七公里長的高速公路兩端，對奢望能同居兩處的人構成心理——地形學障礙，互不相容的一個方城及一個圓城之間，彷彿生活在同一個城市中。

戰後初期，普遍的文化生產熱忱在兩地呈現出不同風貌，米蘭歡愉、外向，都靈有條不紊、謹言慎行，將義大利文學磁場引向北方，這相對於兩次大戰間文化首都一直是佛羅倫斯不啻為一則新聞。不過當時若要說那是與之前的「佛羅倫斯」路線對峙的「北方」路線就嫌勉強了，原因很簡單，兩邊的人其實是（時間不同但不曾中斷）同一批。

所以後來也很難替為數眾多，來自不同地方、不同流派的寫作者聚居羅馬找到一個通用的名稱說那是「羅馬路線」，以與任何其他路線相抗衡。總之，我認為今天的義大利文學地圖完全獨立於地理地圖之外，至於這是好是壞，我留給他人來評斷。

至於我，只有當我不需要問自己「我為什麼在這裡？」時便一切都好，通常在一個文化結構豐富且繁複，相關文獻書目多到足以教還想繼續寫的人氣餒的城市，這種問題是可以撇開不談的。打個比方，近兩個世紀以降，來自全世界各地的作家沒有任何特殊理由非待在羅馬不可，卻擇羅馬而居，他們之中有人是好奇，與羅馬氣味相投的探險家（以果戈爾為翹楚），其他人則是想利用身處異鄉的優勢。

跟其他作家不同，你的創作活動從未影響到你對理論、後設敘事及後設創作的思考。舉個例子，就看最近刊登在《符號學學報‧檔案》VI，51，一九八四年（社會科學高等研究學校「符號——語言學研究小組」）的一篇〈我的一本書是如何寫成的〉。還有符號學家及文學理論家也不斷由你的作品中得到啟發，看來又像是出自無心。你怎麼解釋這麼一個顯眼的親密關係？

我受到時下觀念的影響是很自然的，有時適逢其時，有時遲誤。重要的是提前思考某些之後對他人亦有用處的東西，當我在從事義大利寓言故事研究時，還沒有人關心過它們奧祕的結構，而這使我對十多年後引起普遍關注的結構主義議題一見如故。我並不認為自己對理論真有使命感。實驗一種思考方式樂在其中，跟精巧小玩意嚴格繁複的安排一樣，可以與心底的不可知論及經驗論共存；詩人及藝術家的思考方式我相信總是八九不離十。另一個就是在理論方面或一個方法論（例如哲學方面或意識形態）上投注所有的期待，尋求真相。我向來景仰哲學及科學的嚴謹，但多少保持遠觀。

以文學人來看今天的義大利文學，看到什麼？你在與我們最切身的這個時代歌舞昇平的背後有沒有看出什麼別的東西？還有，你認為今天不止一份刊物提出的「文學意義」這個問題有意義嗎？

要了解今日的義大利文學——然後在其光彩照耀下重繪本世紀的文學史——得先弄清楚幾件事。在我還是新鮮人的四十年前如此，今天又重新浮出檯面，真實性不容懷疑：(1)散文家及小說家各展所長亟欲達到的共同目標，是成為價值表徵的詩的領導地位；(2)敘事文學中與長篇相比，佔主流地位的短篇及其他類型的虛構作品成功之作不多，但皆屬上品；(3)不按牌理出牌，特立獨行，自成一派的作家反而是他們那個時代最具代表性人物。

看清楚這一點，重新以正、負價值對我所做、所說、所想做過整體評估，我的結論是，我跟義大利文學如此投契融洽，少了它做背景，我簡直不知道如何想像我自己。

*《手稿》(*Autografo*)雜誌，II，一九八五年十月六日。

1 瑪麗亞．寇爾提(Maria Corti，1915-2002)，義大利作家、評論家。是義大利首批以記號學方式分析文學作品的學者之一。(譯者註)

2 伊波利托．尼耶佛(Ippolito Nievo，1831-1861)，一八六七年始出版的《八十告白》(原書名《一個義大利人的告白》)以自傳體敘述書中主角卡爾洛．阿托維提的一生，及道德、政治觀，他對表妹皮薩娜的愛慕之情，忠實記錄下義大利一七七五年到一八五六年的一段歷史。書中幾段心理描述堪為現代心理小說先驅。卡爾維諾該段所提人名、地名皆出自《八十告白》。(譯者註)

大師名作坊 927

巴黎隱士：卡爾維諾自傳（紀念新版）

作　者—伊塔羅．卡爾維諾
譯　者—倪安宇
編　輯—黃子萍
封面設計—廖韡
內頁排版—芯澤有限公司

總 編 輯—嘉世強
董 事 長—趙政岷
出 版 者—時報文化出版企業股份有限公司
108019臺北市和平西路三段二四〇號三樓
發行專線—（〇二）二三〇六—六八四二
讀者服務專線—〇八〇〇—二三一—七〇五．（〇二）二三〇四—七一〇三
讀者服務傳真—（〇二）二三〇四—六八五八
郵撥—一九三四四七二四時報文化出版公司
信箱—（一〇八九九）臺北華江橋郵局第九九信箱

時報悅讀網—http://www.readingtimes.com.tw
電子郵件信箱—liter@readingtimes.com.tw
法律顧問—理律法律事務所　陳長文律師、李念祖律師
印　刷—勁達印刷有限公司
二版一刷—二〇二三年十月十三日
定　價—新臺幣三八〇元
（缺頁或破損的書，請寄回更換）

時報文化出版公司成立於一九七五年，
並於一九九九年股票上櫃公開發行，於二〇〇八年脫離中時集團非屬旺中，
以「尊重智慧與創意的文化事業」為信念。

巴黎隱士 / 伊塔羅．卡爾維諾(Italo Calvino)著；倪安宇譯. -- 二版. --
臺北市：時報文化出版企業股份有限公司, 2023.10
面；　公分. –(大師名作坊；927)
譯自：EREMITA A PARIGI : Pagine autobiografiche
ISBN 978-626-374-300-7 (平裝)

877.6　　112014434

ISBN 978-626-374-300-7
Printed in Taiwan